Deux petites filles en bleu

Mary Higgins Clark

Deux petites filles en bleu

ROMAN

Traduit de l'anglais
par Anne Damour

Albin Michel

COLLECTION « SPÉCIAL SUSPENSE »

Pour Michael V. Korda
Editeur et ami
Avec toute mon amitié

1

« ATTENDS, Rob, je crois entendre une des jumelles pleurer. Je te rappelle dans une minute. »

Trish Logan, jeune étudiante de dix-neuf ans, posa son téléphone portable, se leva du canapé et traversa à la hâte la salle de séjour. C'était la première fois qu'elle gardait les enfants des Frawley, des gens charmants qui s'étaient installés en ville quelques mois plus tôt. Trish les avait tout de suite trouvés sympathiques. Mme Frawley lui avait raconté que ses parents venaient souvent rendre visite à des amis dans le Connecticut lorsqu'elle était petite, et qu'elle avait toujours eu envie d'y habiter depuis. « Nous étions en quête d'une maison l'année dernière quand nous sommes passés par hasard dans Ridgefield. J'ai su aussitôt que c'était là que je voulais vivre. »

Les Frawley avaient acheté la vieille ferme de Cunningham, une sorte d'entrepreneur véreux que le père de Trish qualifiait plutôt d'arnaqueur. Ce jeudi 24 mars était l'anniversaire des jumelles, Kathy et Kelly, qui avaient trois ans, et Trish avait été engagée pour prêter main-forte aux préparatifs de la fête pendant la journée, et rester le soir alors que les parents assistaient à un dîner de gala à New York.

Après l'excitation de la journée, j'aurais juré qu'elles se seraient écroulées pour de bon, pensa Trish en montant rapidement à l'étage où se trouvait la chambre des jumelles. Les Frawley avaient déposé la vieille moquette usée dans toute la maison et les marches de l'escalier ancien craquèrent sous ses pas.

Arrivée sur le palier, elle s'arrêta. La lumière qu'elle avait laissée allumée dans le couloir était éteinte. Encore un plomb qui avait sauté. C'était déjà arrivé dans la cuisine cet après-midi. L'installation électrique datait de Mathusalem.

La chambre des jumelles était située au bout du couloir. Aucun son n'en parvenait. L'une des fillettes a sans doute poussé un cri dans son sommeil, se dit Trish en avançant à tâtons dans l'obscurité. Soudain elle s'immobilisa. Il y avait autre chose. J'avais laissé la porte de leur chambre ouverte pour pouvoir les entendre si jamais elles se réveillaient. La lumière de la veilleuse devrait être visible. La porte est fermée. Dans ce cas, je n'aurais pas dû entendre ce cri il y a une minute.

Soudain effrayée, elle tendit l'oreille. Elle perçut un bruit qu'elle n'identifia pas sur l'instant. Puis, saisie de panique, elle comprit : ces pas étouffés, cette respiration sourde, cette odeur âcre de transpiration. Quelqu'un se tenait derrière elle.

Trish voulut hurler, mais seul un gémissement franchit ses lèvres. Elle essaya de courir, mais ses

10

jambes refusèrent de lui obéir. Une main empoigna ses cheveux et lui tira la tête en arrière. Ensuite elle se souvint seulement d'avoir senti une pression sur son cou.

L'intrus relâcha son étreinte et laissa Trish s'affaisser par terre. Il se félicita de la rapidité avec laquelle il lui avait fait perdre connaissance, sans même lui faire le moindre mal. Satisfait, il alluma sa lampe torche, dirigea le faisceau vers le sol, contourna la jeune fille, parcourut rapidement le couloir et ouvrit la porte de la chambre des fillettes.

Kathy et Kelly étaient couchées dans le lit double qu'elles partageaient. A moitié ensommeillées, le regard apeuré, elles se tenaient farouchement par la main, les doigts joints. De leur main libre elles tentaient en vain de retirer le bâillon qui leur couvrait la bouche.

L'homme qui avait organisé l'enlèvement se tenait debout au pied du lit. « Tu es sûr qu'elle ne t'a pas vu, *Harry* ? demanda-t-il sèchement.

– Sûr. Sûr et certain, *Bert* », répondit l'autre.

Ils prenaient soin d'utiliser leurs noms d'emprunt pour l'opération, « Bert » et « Harry », d'après les personnages d'une bande dessinée publicitaire des années soixante.

Le nommé Bert souleva Kathy dans ses bras et se tourna avec impatience vers son partenaire. « Prends l'autre. Enveloppe-la dans une couverture. On gèle dehors. »

Pressant nerveusement le pas, les deux hommes dévalèrent l'escalier de service à l'arrière de la maison, traversèrent la cuisine et sortirent sans prendre la peine de refermer la porte derrière eux. Une fois

11

dans la camionnette qu'ils avaient dissimulée à l'ombre de la galerie, Harry s'assit sur le plancher, serrant les deux jumelles dans ses bras puissants. Bert prit place au volant et démarra.

Vingt minutes plus tard ils atteignaient le pavillon où les attendait Angie Ames. « Elles sont adorables », fit cette dernière avec des trémolos dans la voix tandis que les deux hommes transportaient les enfants et les déposaient dans une sorte de lit d'hôpital à barreaux qui avait été installé à leur intention. D'un geste vif, elle les débarrassa des bâillons qui les avaient maintenues silencieuses.

Les fillettes se blottirent l'une contre l'autre et se mirent à pleurer. « Maman... maman.

– Chut, chut, n'ayez pas peur. » Angie tenta de les apaiser en remontant le côté du lit.

Elle glissa ses bras à travers les barreaux et caressa les boucles blondes des petites filles. « Tout va bien, fredonna-t-elle, tout va bien, dormez à présent. Kathy, Kelly, rendormez-vous. Mona va prendre soin de vous. Mona vous aime. »

Mona était le nom qu'elle avait ordre d'utiliser en présence des jumelles. « J'ai horreur de ce prénom, avait-elle protesté. Pourquoi Mona ?

– Parce que ça ressemble un peu à maman, avait répliqué sèchement le dénommé Bert. Parce que le jour où nous aurons touché le fric et qu'ils auront récupéré les mômes, nous n'avons pas envie qu'elles disent : Une dame qui s'appelait Angie s'est occupée de nous. L'autre bonne raison pour utiliser ce nom, c'est que tu as une cervelle de moineau. »

12

« Débrouille-toi pour qu'elles se taisent, lui ordonna-t-il brusquement. Elles font trop de raffut.

– Du calme, Bert. Personne ne peut les entendre », le rassura Harry.

Il a raison, reconnut Lucas Wohl, alias Bert. Si, après mûre réflexion, il avait proposé à Clint Downes – le dénommé Harry – de s'associer à lui, c'était que, pendant neuf mois de l'année, Clint occupait un pavillon situé sur le terrain du country-club de Danbury dont il était le gardien. Entre le premier lundi de septembre et le 31 mai, le club était fermé et les grilles cadenassées. Le pavillon était invisible même depuis la route que Clint empruntait pour entrer au club et en sortir, et il lui fallait utiliser un code pour ouvrir la grille de service.

C'était un endroit idéal pour cacher les jumelles, et le fait qu'Angie, la petite amie de Clint, arrondissait ses fins de mois en faisant du baby-sitting complétait le tableau.

« Elles vont bientôt cesser de pleurer, dit Angie. Je m'y connais. Elles vont se rendormir. » Elle se mit à leur frotter le dos et à chantonner d'une voix fausse : « C'étaient deux petites filles en bleu, mon garçon, deux petites filles en bleu. »

Lucas étouffa un juron, se faufila entre le lit d'enfant et le lit double et sortit de la chambre. Il traversa le salon pour gagner la cuisine. Alors seulement Clint et lui se débarrassèrent de leur blouson à capuche et de leurs gants. La bouteille de scotch et les deux verres vides qu'ils avaient laissés là dans l'intention de fêter le succès de leur mission les attendaient.

Ils s'assirent chacun à une extrémité de la table et s'observèrent en silence. Fixant un regard dédaigneux sur son comparse, Lucas songea qu'ils n'auraient pu être plus différents d'aspect et de tempérament. Réaliste, il se décrivait lui-même sans complaisance : la cinquantaine, taille moyenne, squelettique, le cheveu dégarni, des yeux rapprochés dans un visage étroit. Chauffeur de voitures de maître à son compte, il savait à la perfection prendre l'apparence de l'employé obséquieux et désireux de plaire, personnage qu'il incarnait chaque fois qu'il revêtait sa livrée.

Il avait fait la connaissance de Clint en prison et ils avaient perpétré depuis une série de cambriolages. Ils ne s'étaient jamais fait pincer grâce à la prudence de Lucas. Ils n'avaient jamais commis de délit dans le Connecticut, Lucas ayant pour principe de ne pas opérer dans la région qu'il habitait. Ce kidnapping, cependant, bien que terriblement risqué, lui avait paru trop juteux pour y renoncer, et il avait enfreint la règle.

A présent il regardait Clint ouvrir la bouteille de scotch et remplir leurs verres jusqu'au bord. « Buvons à l'avenir, à la vie à bord d'un bateau à St. Kitts, les poches bien remplies », dit Clint en lui adressant un sourire plein d'espoir.

Lucas jaugea à nouveau son associé. Agé d'une quarantaine d'années, Clint n'était certes pas au mieux de sa forme. Vingt kilos de trop, court sur pattes, il transpirait abondamment malgré la fraîcheur soudaine de cette soirée de mars. Sa poitrine massive et ses bras épais contrastaient avec son visage poupin et ses cheveux longs qu'il coiffait en queue-de-cheval parce que sa petite amie Angie en portait une.

Angie. Maigre et sèche comme une brindille, pensa Lucas avec une moue méprisante. Un teint affreux. Aussi peu soignée que son jules dans son T-shirt fatigué et son jean déchiré. Sa seule vertu aux yeux de Lucas était son expérience de baby-sitter. Rien ne devait arriver à l'une ou l'autre de ces deux gosses avant que la rançon ne soit versée et qu'elles soient rendues saines et sauves à leur famille. Lucas se souvint qu'il y avait autre chose qui jouait en sa faveur. Elle était cupide. Elle voulait cet argent. Elle voulait vivre à bord d'un bateau dans les Caraïbes.

Il porta son verre à ses lèvres. Le Chivas Regal avait un goût agréable et la chaleur de l'alcool coulant le long de sa gorge l'apaisa. « Tout s'est bien passé jusqu'à présent, déclara-t-il calmement. Je rentre chez moi. Tu as bien le téléphone portable que je t'ai donné ?

– Ouais.

– Si tu as des nouvelles du boss, dis-lui que j'ai un client à prendre à cinq heures du matin. Je coupe mon portable. J'ai besoin de dormir.

– Je le rencontre quand, Lucas ?

– Tu ne le rencontreras pas. »

Lucas siffla le scotch qui restait dans son verre et repoussa sa chaise. Ils entendirent Angie chantonner dans la chambre.

« ... Elles étaient sœurs, nous étions frères... »

2

UN GRINCEMENT de freins devant la maison indiqua au commissaire de police Robert « Marty » Martinson que les parents des jumelles disparues venaient d'arriver.

Ils avaient appelé le commissariat de Ridgefield quelques minutes après qu'un appel d'urgence fut déjà parvenu à la police. « Je suis Margaret Frawley, avait dit la femme, d'une voix tremblante. Nous habitons 10 Old Woods Road. Nous n'arrivons pas à joindre notre baby-sitter. Elle ne répond ni au téléphone de la maison ni sur son portable. Elle garde nos jumelles de trois ans. Il est peut-être arrivé quelque chose pendant que nous étions en ville. Nous sommes sur le chemin du retour.

– Nous allons nous rendre sur place immédiatement », avait promis Marty.

Parce que les parents étaient sur la route, et sans doute déjà malades d'inquiétude, il n'avait pas jugé bon de leur dire ce qu'il savait déjà. Le père de la jeune fille venait de téléphoner depuis le 10 Old Woods Road : « J'ai retrouvé ma fille ligotée et inconsciente. Les jumelles qu'elle gardait ont disparu. On a trouvé une demande de rançon dans leur chambre. »

A présent, une heure plus tard, le terrain autour de la maison et de l'allée principale avait été bouclé en attendant l'arrivée de l'équipe médico-légale. Marty aurait préféré que les médias ne soient pas mis au courant de l'enlèvement, mais il ne fallait pas y compter. Les parents de Trish avaient raconté la disparition des jumelles à tout le service de l'hôpital où l'on avait soigné leur fille. Les journalistes ne mettraient pas longtemps à se pointer. Le FBI avait été prévenu, les agents étaient déjà en route.

La porte de la cuisine s'ouvrit brusquement et Marty se prépara à faire face au moment où les Frawley se précipiteraient à l'intérieur. Dès le début de sa carrière, quand il n'était qu'un simple agent de police de vingt et un ans, il s'était entraîné à garder ses premières impressions face à des personnes liées à un crime, qu'elles en soient victimes, auteurs ou témoins. Plus tard, il notait ses réflexions. Dans le milieu de la police, on l'avait surnommé « l'observateur ».

La trentaine, pensa-t-il en voyant Margaret et Steve Frawley s'avancer rapidement vers lui. Un beau couple, tous deux en tenue de soirée. La jeune femme avait des cheveux châtains, qui retombaient souplement sur ses épaules. Elle était mince, mais ses mains crispées semblaient vigoureuses. Des ongles courts, un vernis incolore. Sans doute sportive, pensa Marty. Ses yeux bleu foncé paraissaient presque noirs tant le regard qu'elle posait sur lui était intense.

Steve Frawley, le mari, était grand, presque un

17

mètre quatre-vingt-dix, blond aux yeux bleu clair. Ses épaules robustes et ses bras puissants tiraient sur les coutures de sa veste de smoking. Il devrait s'en offrir une neuve, se dit Marty.

« Quelque chose est arrivé à nos petites filles ? » demanda-t-il.

Marty le vit poser sa main sur le bras de sa femme comme pour l'aider à affronter une mauvaise nouvelle.

Comment apprendre avec ménagement à des parents que leurs enfants viennent d'être enlevés, et que les ravisseurs ont laissé sur leur lit une note exigeant une rançon de huit millions de dollars ? L'incrédulité peinte sur le visage du jeune couple paraissait sincère, pensa Marty, réaction qu'il noterait également dans son calepin, mais suivie d'un point d'interrogation.

« Huit millions de dollars ! *Huit millions de dollars !* Pourquoi pas *quatre-vingts* ? s'exclama Steve Frawley. Nous avons mis jusqu'à notre dernier sou dans l'achat de cette maison il y a quelques mois. Il nous reste à peu près cinq cents dollars en banque aujourd'hui, pas davantage.

– L'un de vous a-t-il des parents fortunés ? » demanda Marty.

Les Frawley éclatèrent d'un rire aigu, frisant l'hystérie. Puis, sans tenir compte de la présence de Marty, Steve prit sa femme dans ses bras. Il l'étreignit tandis que son rire se brisait en sanglots rauques auxquels se mêlaient les gémissements de Margaret : « Je veux mes enfants, je veux mes enfants. »

3

A ONZE HEURES la sonnerie du portable résonna. Clint le saisit. « Allô.

– Le Joueur de Flûte à l'appareil. »

Ce type essaye de déguiser sa voix, pensa Clint en traversant le petit séjour pour s'éloigner d'Angie qui roucoulait ses maudites berceuses aux deux jumelles. « Bon sang, les gosses dorment à présent, fulmina-t-il. La ferme. »

« Qu'est-ce qui fait ce bruit dans le fond ? demanda sèchement le Joueur de Flûte.

– C'est ma petite amie qui chante pour les gamines qu'on lui a demandé de garder. »

Clint savait que c'était l'information qu'attendait le Joueur de Flûte. Elle signifiait que Lucas et lui avaient réussi.

« Je n'arrive pas à joindre Bert.

– Il m'a dit de vous prévenir qu'il avait un client à accompagner à l'aéroport Kennedy à cinq heures du matin. Il est rentré faire un somme chez lui et a coupé son téléphone. J'espère que...

– Harry, allumez la télévision, l'interrompit son interlocuteur. Il y a un flash à propos de l'enlèvement. Je vous rappellerai dans la matinée. »

19

Clint saisit la télécommande, pressa sur le bouton, et vit la maison d'Old Woods Road apparaître sur l'écran. Malgré l'obscurité de la nuit, l'éclairage de la galerie révélait la peinture écaillée de la façade et les volets de guingois. Le ruban de plastique jaune qui interdisait l'accès des lieux aux journalistes et aux badauds s'étendait jusqu'à la route.

« Les nouveaux propriétaires, Margaret et Steve Frawley, se sont installés dans la région il y a seulement quelques mois, disait le présentateur. Les voisins s'attendaient qu'ils fassent démolir la maison, mais ils ont appris que les Frawley avaient l'intention de la restaurer petit à petit. Cet après-midi des enfants du voisinage ont fêté les trois ans des jumelles, comme nous le montre une photo prise au cours de l'anniversaire. »

Les visages identiques des deux sœurs emplirent soudain l'écran, leurs yeux brillant d'excitation devant le gâteau d'anniversaire. Trois bougies étaient disposées de chaque côté de la pâtisserie. Une plus grande était plantée au milieu. « Les voisins nous ont raconté que la bougie du centre est celle qu'il faut souffler pour grandir. Les jumelles se ressemblent tellement que leur mère a jugé inutile d'en mettre une deuxième. »

Clint changea de chaîne et vit apparaître une autre photo des fillettes dans leurs robes de velours bleu. Elles se tenaient par la main. « Clint, regarde comme elles sont mignonnes. Tout simplement ravissantes. » La voix d'Angie le fit sursauter. « Même dans leur sommeil elles restent cramponnées l'une à l'autre. C'est adorable, non ? »

Il ne l'avait pas entendue s'approcher dans son

20

dos. Elle passa les bras autour de son cou. « J'ai toujours désiré un enfant, mais on m'a dit que je ne
pouvais pas en avoir, dit-elle, en frottant son nez
contre sa joue.

– Je sais, mon chou, je sais », dit-il avec patience.
Elle ressassait toujours la même histoire.

« Et je suis restée longtemps séparée de toi.

– Tu avais besoin de séjourner dans cet hôpital,
mon chou. Tu avais blessé quelqu'un très sérieusement.

– Mais maintenant nous allons avoir beaucoup
d'argent et nous vivrons sur un bateau aux
Caraïbes.

– C'est notre plan depuis le début. Nous pour-
rons bientôt le réaliser.

– J'ai une idée. Emmenons les petites avec
nous. »

Clint éteignit la télévision d'un geste brusque et
se releva d'un bond. Se retournant, il la prit par les
poignets. « Angie, pourquoi ces gamines sont-elles
avec nous ? »

Elle le regarda et avala sa salive nerveusement.
« Nous les avons enlevées.

– Pourquoi ?

– Pour avoir beaucoup d'argent et habiter sur un
bateau.

– Au lieu de vivre ici comme des romanichels et
de nous faire virer chaque été quand arrive le professeur de golf. Qu'arrivera-t-il si la police nous
attrape ?

– On nous mettra en prison pendant longtemps,
très longtemps.

– Qu'as-tu promis de faire ?

21

– De m'occuper des petites, de jouer avec elles, de leur donner à manger, de les habiller.

– Et c'est ce que tu vas faire, n'est-ce pas ?

– Oui, oui. Pardon, Clint. Je t'aime. Tu peux m'appeler Mona. Je n'aime pas ce nom, mais je l'utiliserai si tu veux, ça m'est égal.

– Nous ne devons jamais utiliser nos vrais noms devant les gosses. Dans deux ou trois jours nous les rendrons à leurs parents, et nous toucherons le fric.

– Clint, peut-être pourrions-nous... »

Angie se tut. Elle savait qu'il serait furieux si elle suggérait de garder l'une des jumelles. C'est pourtant ce que je vais faire, se promit-elle en secret. Et je sais comment m'y prendre. Lucas se croit très finaud. Mais il n'est pas aussi malin que moi.

4

MARGARET FRAWLEY tenait sa tasse de thé brûlante entre ses deux mains. Elle avait horriblement froid. Steve était allé chercher un plaid sur le canapé du séjour et l'avait drapé autour d'elle, mais rien ne semblait pouvoir calmer les frissons qui la secouaient tout entière.

Les jumelles avaient disparu. Kathy et Kelly avaient disparu. Quelqu'un les avait enlevées, demandait une rançon. Cela n'avait aucun sens. Comme une litanie, les mots résonnaient dans sa tête. *Les jumelles ont disparu. Kathy et Kelly ont disparu.*

La police ne les avait pas autorisés à entrer dans la chambre des filles. « Notre tâche est de les ramener », leur avait expliqué le commissaire Martinson. « Nous ne pouvons courir le risque que soient contaminés des empreintes ou des échantillons d'ADN dans cette partie de la maison. »

La zone interdite comprenait également le couloir de l'étage où la baby-sitter avait été agressée. Trish sortirait bientôt de l'hôpital ; elle avait raconté à la police qu'elle était en train de parler à son petit ami sur son portable quand elle avait cru entendre pleurer l'une des jumelles. Elle était montée au premier. En voyant que la lumière était éteinte dans la chambre, elle avait tout de suite compris qu'il se passait quelque chose d'anormal. C'est alors qu'elle avait senti une présence derrière elle. Elle n'avait aucun souvenir de la suite.

Y avait-il eu quelqu'un d'autre ? se demandait Margaret. Quelqu'un s'était-il introduit dans la chambre ? Kelly avait le sommeil plus léger que sa sœur, mais Kathy s'était peut-être agitée. Elle couvait un rhume.

Si l'une des petites s'était mise à pleurer, quelqu'un l'avait-il obligée à se taire ?

Margaret laissa tomber sa tasse et tressaillit en sentant le thé éclabousser la jupe et le chemisier qu'elle avait achetés au rabais pour la soirée des actionnaires de la société de Steve au Waldorf.

Même si sa tenue lui avait coûté un tiers de ce qu'elle l'aurait payée sur la Cinquième Avenue, le prix était trop élevé pour leur budget.

Steve m'a poussée à l'acheter, se rappela-t-elle tristement. C'était un dîner important. De toute façon, j'avais envie d'être élégante ce soir. Nous n'étions pas sortis en ville depuis au moins un an.

Steve s'efforçait de sécher ses vêtements avec une serviette. « Marg, ça va ? Le thé ne t'a pas brûlée ? »

Il faut que je monte à l'étage, s'entêta Margaret. Kathy et Kelly se cachent peut-être dans la penderie. Elles l'ont déjà fait il y a quelques jours. J'ai fait mine de les chercher partout. Je les entendais pouffer pendant que je les appelais...

« Kathy... Kelly... Kathy... Kelly... où êtes-vous... ? »

Steve est rentré à la maison à ce moment précis.

Je l'ai appelé : « Steve... Steve... les jumelles ont disparu. »

Les petites riaient de plus belle dans leur cachette.

Steve a compris que je plaisantais. Il est monté dans la chambre. Je lui ai désigné la penderie. Il s'est approché en disant à voix haute : « Elles se sont peut-être sauvées. Peut-être ne nous aiment-elles plus. Bon, inutile de les chercher plus longtemps. Eteignons la lumière et allons dîner dehors. »

Aussitôt, la porte de la penderie s'était ouverte. « Papa, maman, c'est pas vrai, nous vous aimons », avaient-elles protesté d'une même voix.

Margaret revoyait leur expression affolée. Elles ont dû être terrifiées au moment où on les a kidnappées. Et quelqu'un les garde cachées à présent.

Non. C'est un cauchemar, je vais me réveiller. *Je veux mes enfants.* Pourquoi ai-je mal au bras ? Pourquoi Steve met-il quelque chose de froid dessus ?

Margaret ferma les yeux. Elle se rendit vaguement compte que le commissaire Martinson parlait à quelqu'un.

« Madame Frawley. »

Elle leva les yeux. Un autre homme venait d'entrer dans la pièce.

« Madame Frawley, je suis l'agent du FBI Walter Carlson. J'ai moi-même trois enfants, je sais ce que vous devez ressentir. Je suis ici pour vous aider à retrouver vos petites filles mais nous avons besoin de votre aide. Pouvez-vous répondre à quelques questions ? »

Le regard de Walter Carlson était plein de sympathie. Il paraissait à peine quarante-cinq ans et Margaret en conclut que ses enfants devaient être encore jeunes. « Pourquoi quelqu'un voudrait-il prendre mes petites filles ? lui demanda-t-elle.

– C'est ce que nous allons découvrir, madame Frawley. »

Carlson s'élança pour rattraper Margaret au moment où elle glissait de sa chaise sur le sol.

5

FRANKLIN BAILEY, le directeur financier d'une entreprise familiale de magasins d'alimentation, était l'homme que devait aller chercher Lucas à cinq heures du matin. Habitué à voyager de nuit sur toute la côte Est du pays, c'était un client régulier. Certains jours, comme aujourd'hui, Lucas le conduisait à Manhattan pour une réunion, puis l'attendait avant de le reconduire chez lui.

Il n'était pas venu une seconde à l'esprit de Lucas de refuser la course. Il savait que le premier travail de la police serait de vérifier les noms de ceux qui avaient été vus dans le voisinage de la maison des Frawley. Or il avait toutes les chances de faire partie de leur liste car Bailey habitait dans High Ridge, à deux rues d'Old Woods.

Les flics n'ont aucune raison de s'intéresser particulièrement à moi, se rassura-t-il. Ça fait vingt ans que je fais le taxi dans la région, et je suis toujours passé à travers les mailles de leur filet. A Danbury, la ville voisine où il vivait, on le considérait comme un type tranquille, solitaire, dont le hobby était de piloter un petit avion. Il racontait également qu'il

27

avait une passion pour la randonnée, raison qu'il invoquait pour demander à un autre chauffeur de le remplacer à l'occasion. L'endroit où il partait en randonnée était, naturellement, celui qu'il avait choisi de cambrioler.

En allant chercher Bailey ce matin, il résista à la tentation de passer devant la maison des Frawley. C'eût été de la folie. Il imaginait sans mal l'activité qui régnait à l'intérieur. Il se demanda si les hommes du FBI étaient déjà sur place, les imagina en train d'échafauder des hypothèses. La porte de derrière pouvait-elle s'ouvrir avec une simple carte de crédit ? Caché dans les hauts buissons autour de la maison, l'intrus avait-il vu la baby-sitter avachie dans le canapé en train de bavarder au téléphone ? Il suffisait de regarder par la fenêtre de la cuisine pour constater qu'un quidam avait pu emprunter l'escalier à l'arrière de la maison et monter au premier étage sans se faire remarquer. Les ravisseurs étaient-ils au nombre de deux, l'un pour se débarrasser de la baby-sitter, l'autre pour faire tenir les enfants tranquilles ?

Lucas se gara dans l'allée de Franklin Bailey à cinq heures moins cinq, laissa le moteur tourner afin que l'intérieur de la voiture fût chaud et confortable à l'intention de l'éminent businessman, et se laissa aller à rêver à sa part de la rançon.

La porte d'entrée de l'imposante maison de style Tudor s'ouvrit. Lucas s'empressa d'aller ouvrir la portière arrière de la limousine. Attentif aux désirs de son client, il s'assurait toujours que le siège à côté du sien soit avancé à fond pour laisser le maximum de place à son passager.

Bailey, élégant sexagénaire aux cheveux argentés, marmonna un bonjour distrait. Puis, au moment où la voiture démarrait il dit : « Lucas, tournez dans Old Woods Road. Je veux voir si la police est encore sur place. »

Lucas sentit sa gorge se serrer. Quelle lubie poussait donc Bailey à passer par là ? Il n'avait rien d'un badaud. Il avait sûrement une raison. Bien sûr, Bailey était un personnage important en ville, se rappela-t-il. Il avait été maire à une époque. Le fait qu'il se manifeste dans les parages n'avait rien d'anormal et n'attirerait pas l'attention sur la limousine. Pourtant Lucas se fiait toujours aux réticences qui s'emparaient de lui dès qu'il se trouvait à proximité des forces de l'ordre, et c'est ce qu'il éprouvait précisément en ce moment.

« Comme vous voudrez, monsieur Bailey. Mais pourquoi y aurait-il des policiers dans Old Woods Road ?

– On dirait que vous n'avez pas écouté les nouvelles, Lucas. Les jumelles de ce jeune couple qui vient d'emménager dans l'ancienne maison Cunningham ont été kidnappées la nuit dernière.

– Kidnappées ! Vous plaisantez, monsieur ?

– Je le voudrais bien, répliqua Franklin Bailey d'un air sombre. C'est la première fois qu'une histoire pareille arrive dans notre ville. J'ai eu à plusieurs reprises l'occasion de rencontrer les Frawley et je les ai trouvés très sympathiques. »

Lucas parcourut deux blocs puis tourna dans Old Woods Road.

La police avait dressé des barrières devant la maison où il s'était introduit et avait enlevé les enfants à peine huit heures auparavant. En dépit de son appréhension et bien qu'il eût préféré se trouver à mille lieues de là, il ne put s'empêcher de penser : Pauvres crétins, si seulement vous connaissiez la vérité !

Des camions de la télévision étaient parqués de l'autre côté de la rue en face de la maison des Frawley. Deux policiers étaient postés devant les barrières pour empêcher l'accès à la maison. Lucas vit qu'ils avaient des calepins à la main.

Bailey ouvrit la vitre arrière en arrivant à la hauteur du sergent de service qui le reconnut aussitôt et s'excusa de ne pouvoir l'autoriser à stationner.

Bailey l'interrompit : « Ned, je n'ai pas l'intention de m'arrêter. Mais je peux peut-être me rendre utile. J'ai rendez-vous à sept heures à New York pour affaires, je serai de retour à onze heures. Qui est à l'intérieur, Marty Martinson ?

— Oui, monsieur.

— Je sais comment se déroulent ce genre de choses en général. Donnez ma carte à Marty. J'ai écouté les nouvelles pendant la moitié de la nuit. Les Frawley sont récemment arrivés en ville et ils ne semblent pas avoir de parents proches pour les assister. Dites à Marty que si je peux servir d'intermédiaire avec les ravisseurs, je suis à leur disposition. Dites-lui aussi que lors de l'affaire Lindbergh, un professeur s'était proposé comme intermédiaire et il a été le seul à entrer en contact avec les ravisseurs.

— Je le lui dirai, monsieur. »

Le sergent Ned Barker prit la carte et nota quelque chose dans son calepin. D'un ton d'excuse, il expliqua : « Je dois noter l'identité de tous ceux qui passent par ici, vous comprenez, monsieur.

– Naturellement. »

Barker se tourna vers Lucas. « Puis-je voir votre permis, monsieur ? »

Lucas lui adressa son sourire le plus empressé. « Bien sûr, monsieur l'agent, bien sûr.

– Je me porte garant de Lucas, dit Franklin Bailey. C'est mon chauffeur depuis vingt ans.

– Je dois suivre les ordres, monsieur Bailey. Je suis certain que vous comprendrez. »

Il examina le permis de Lucas, puis ses yeux se portèrent brièvement sur lui. Sans faire de commentaire, il lui rendit ses papiers et consigna une note dans son carnet.

Franklin Bailey remonta la vitre et s'enfonça dans son siège. « Bon, Lucas. En route maintenant. C'était sans doute une démarche inutile, mais j'ai le sentiment du devoir accompli.

– C'est chic de votre part, monsieur. Je n'ai jamais eu d'enfants, mais je peux facilement imaginer ce qu'éprouvent ces pauvres parents. »

J'espère surtout qu'ils se sentent assez désespérés pour cracher huit millions de dollars, pensa-t-il avec une satisfaction secrète.

6

Clint fut tiré du sommeil où l'avait plongé un abus de Chivas Regal par les appels insistants des deux enfants : « Maman, maman. » N'obtenant pas de réponse, elles avaient entrepris d'enjamber l'un des côtés du lit.

Angie ronflait près de lui, aussi sourde aux voix des enfants qu'au grincement des barreaux. Il se demanda combien de verres elle avait descendus après qu'il s'était couché. Angie restait souvent éveillée la moitié de la nuit à regarder de vieux films, une bouteille de vin à portée de la main. Charlie Chaplin, Greer Garson, Marilyn Monroe, Clark Gable, elle avait une prédilection pour eux. « De vrais *acteurs*, disait-elle, la voix pâteuse. Aujourd'hui ils se ressemblent tous. Blonds. Magnifiques. Botoxés. Liftés. Liposucés. Toutes et tous autant qu'ils sont. Sont-ils de bons comédiens ? Non. »

Ce n'était que depuis peu, après des années de vie commune, que Clint avait compris qu'Angie était jalouse. Elle voulait être belle. Il avait utilisé cet argument pour l'inciter à s'occuper des deux petites Frawley. « Nous aurons tellement de fric que

32

tu pourras te payer une cure dans un centre de remise en forme, changer de couleur de cheveux à ta guise ou demander à un chirurgien de faire de toi une beauté. Pour ça il suffit que tu les gardes pendant un jour ou deux. »

Il lui donna un coup de coude dans le côté. « Lève-toi. »

Elle enfouit sa tête dans l'oreiller.

Il lui secoua l'épaule. « Je t'ai dit de te lever », gronda-t-il.

Elle redressa la tête à regret et regarda en direction du lit des enfants.

« Couchez-vous ! Rendormez-vous, vous deux ! » s'écria-t-elle.

A la vue de son visage furieux, Kathy et Kelly se mirent à pleurer. « Maman... Papa.

– Taisez-vous, bon sang ! La ferme ! »

Les deux petites se recouchèrent en gémissant, serrées l'une contre l'autre. Le son étouffé de leurs sanglots monta du petit lit.

« J'ai dit, la ferme ! »

Les sanglots se muèrent en hoquets.

Angie donna une petite bourrade à Clint. « A neuf heures, Mona commencera à les aimer. Pas une minute plus tôt. »

7

ARGARET ET STEVE restèrent éveillés toute la
nuit en compagnie de Marty Martinson
et de l'agent Carlson. Après s'être trouvée mal, Margaret avait refusé catégoriquement
d'aller à l'hôpital. « Vous avez dit avoir besoin de
mon aide », avait-elle protesté.

Steve et elle répondirent aux questions de
Carlson. Ils affirmèrent à nouveau qu'ils n'avaient
aucun capital à leur disposition, encore moins des
millions de dollars.

« Mon père est mort alors que j'avais quinze ans,
dit Margaret à Carlson. Ma mère vit en Floride avec
sa sœur. Elle est secrétaire médicale. Pour poursuivre mes études à l'université et à l'école de droit
j'ai contracté des emprunts que je dois rembourser
pendant encore dix ans.

– Mon père était pompier de la ville de New
York, il est à la retraite aujourd'hui, déclara Steve.
Ma mère et lui vivent dans un appartement en
Caroline du Nord qu'ils ont acheté avant que les
prix n'explosent. »

Aux questions concernant le reste de leur famille,

Steve répondit qu'il était en mauvais termes avec son demi-frère, Richie. « Il a trente-six ans, cinq ans de plus que moi. Ma mère était une jeune veuve quand elle a rencontré mon père. Richie a toujours eu un côté un peu aventureux. Nous n'avons jamais été proches. Et pour couronner le tout, il a connu Margaret avant moi.

– Nous ne sommes pas sortis ensemble, se hâta de préciser Margaret. Nous assistions par hasard au même mariage, et il m'a invitée à danser à une ou deux reprises. Il m'a laissé un message auquel je n'ai pas répondu. Un mois plus tard, par pure coïncidence, j'ai fait la connaissance de Steve à l'école de droit.

– Où habite Richie à l'heure actuelle ?

– Il est manutentionnaire au service des bagages à l'aéroport de Newark. Il a divorcé deux fois. Il a abandonné l'école et m'en veut d'avoir terminé mes études supérieures et d'être diplômé en droit. » Steve hésita. « Autant vous le dire, il a un casier judiciaire de délinquant juvénile et a passé cinq années en prison pour avoir participé à une affaire de blanchiment d'argent. Mais il ne commettrait jamais une chose pareille.

– Peut-être, mais nous allons enquêter sur lui, dit Carlson. A présent, cherchons qui d'autre pourrait vous en vouloir ou avoir été en contact avec les jumelles et avoir décidé de les kidnapper. Y a-t-il eu des ouvriers dans la maison depuis que vous avez emménagé ?

– Non. Mon père savait tout faire et il a été un bon professeur en la matière », expliqua Steve, d'une voix empreinte de fatigue. « J'ai passé des soi-

35

rées et des week-ends entiers à effectuer les réparations les plus courantes. Je suis probablement le meilleur client du magasin de bricolage local.

– Quelle entreprise de déménagement avez-vous utilisée ? demanda ensuite Carlson.

– Des policiers qui ont bien voulu m'aider en dehors des heures de service », répondit Steve. Un sourire lui vint aux lèvres. « Ils ont tous des enfants. Ils m'ont même montré leurs photos. Il y en a deux qui ont l'âge de nos jumelles.

– Et les gens de votre bureau ?

– Je travaille dans cette société depuis trois mois seulement. C.F.G. & Y. est une compagnie financière spécialisée dans les fonds de placement. »

Carlson nota que, jusqu'à la naissance des jumelles, Margaret avait travaillé comme avocat commis d'office à Manhattan. « Madame Frawley, se pourrait-il qu'une des personnes que vous avez défendues vous en veuille pour une raison quelconque ?

– Je ne pense pas. » Puis elle hésita. « J'ai eu un client qui a écopé d'une lourde condamnation. Je lui avais vivement conseillé de plaider coupable pour négocier une réduction de peine, mais le juge n'a rien voulu savoir. Il l'a condamné au maximum. Sa famille m'a couverte d'injures. »

C'est étrange, pensa-t-elle en regardant Carlson noter le nom du criminel. En ce moment même, je me sens hébétée. Rien d'autre, simplement hébétée.

A sept heures, comme le jour commençait à pointer à travers les stores baissés, Carlson se leva. « Vous devriez prendre un peu de repos tous les deux. Plus vous aurez les idées claires, plus vous nous serez utiles. Je reste sur place. Je vous promets de vous avertir dès l'instant où les ravisseurs entreront en contact avec nous, et nous vous demanderons peut-être de faire une déclaration aux médias dans le courant de la journée. Vous pouvez utiliser votre chambre, mais n'allez pas dans celle de vos filles. L'équipe médico-légale n'a pas terminé. »

Steve et Margaret hochèrent la tête sans parler. Les épaules voûtées sous le poids de la fatigue, ils se levèrent et traversèrent le séjour pour se diriger vers l'escalier.

« Ils ne nous cachent rien, dit Carlson à Martinson. J'en mettrais ma main au feu. Ils n'ont aucune fortune. Dans ce cas, je me demande si cette histoire de rançon n'est pas un canular. Un individu simplement désireux de s'emparer de ces gamines essaye peut-être de nous mettre sur une fausse piste.

– J'y ai pensé moi aussi, fit Martinson. La plupart du temps les kidnappeurs qui exigent une rançon mettent en garde les parents contre l'intervention de la police.

– Exactement. Et je prie pour que ces enfants ne soient pas en ce moment à bord d'un avion à destination de l'Amérique du Sud. »

8

LE VENDREDI MATIN, l'enlèvement des jumelles Frawley s'étalait à la première page de tous les quotidiens de la côte Est et, au début de l'après-midi, c'était devenu un événement d'importance nationale. La photo d'anniversaire des deux jolies fillettes, avec leurs visages angéliques et leurs boucles blondes, vêtues de leurs robes de fête en velours bleu, était diffusée sur toutes les chaînes et reproduite dans la presse à travers le pays.

Un centre opérationnel avait été installé dans la salle à manger du 10 Old Woods Road. A cinq heures de l'après-midi, Steve et Margaret apparurent sur les écrans. Debout devant leur maison, ils supplièrent leurs geôliers de bien traiter leurs deux enfants et de les rendre saines et sauves. « Nous n'avons pas d'argent, dit Margaret d'un ton implorant. Mais nos amis ont organisé une souscription. Elle se monte déjà à près de deux cent mille dollars. Je vous en prie, vous nous avez sans doute confondus avec des gens à même de rassembler huit millions de dollars. Nous en sommes incapables. Mais je vous en supplie, ne faites pas de mal à nos enfants. Rendez-les-nous. Je peux vous promettre que vous aurez aussitôt deux cent mille dollars en liquide. »

Steve, son bras passé autour des épaules de Margaret, prit la parole à son tour : « S'il vous plaît, prenez contact avec nous. Dites-nous que nos petites filles sont en vie. »

Le commissaire Martinson intervint ensuite : « Nous indiquons ici les numéros de téléphone et de fax de Franklin Bailey, qui fut autrefois maire de cette ville. Si vous préférez ne pas prendre contact directement avec la famille Frawley, vous pouvez vous adresser à lui. »

Le vendredi soir, le samedi et le dimanche s'écoulèrent sans aucune nouvelle des ravisseurs.

Le lundi matin, Katie Couric fut interrompue au cours de son émission *Today* pendant qu'elle interviewait un agent du FBI à la retraite au sujet du kidnapping. Elle s'arrêta soudain au milieu d'une question, pressa la main sur son oreillette, écouta avec attention, puis annonça : « Nous ne savons s'il s'agit d'un canular ou d'une information capitale. Nous avons en ligne quelqu'un qui prétend être le ravisseur des jumelles Frawley. A sa demande, nos techniciens vont diffuser son appel. »

Suivit une voix rauque, visiblement déguisée, qui déclara d'un ton exaspéré : « Dites aux Frawley qu'il leur reste peu de temps. Nous avons dit huit millions, pas un sou de moins. Ecoutez ça. »

On entendit alors deux petites voix dire à l'unisson : « Je t'aime, maman, je t'aime papa. » Puis l'une des fillettes s'écria : « On veut rentrer à la maison. »

La séquence fut diffusée à nouveau cinq minutes plus tard à l'intention de Steve et de Margaret. Martinson et Carlson n'eurent pas besoin de demander aux Frawley si l'appel était authentique. L'expression de leurs visages suffit à les convaincre. Au moins le contact avait-il été établi avec les ravisseurs.

9

Lucas était à cran quand il s'était pointé le samedi et le dimanche dans le pavillon du gardien. Il n'avait aucune envie de passer ne serait-ce que quelques minutes avec les jumelles, aussi s'était-il arrangé pour arriver à neuf heures, espérant les trouver endormies.

Le samedi soir Clint avait tenté de le convaincre qu'Angie s'en tirait à merveille avec les jumelles. « Elles ont bien mangé. Angie a joué avec elles et les a couchées pour la sieste. Elle est très gentille avec elles. Elle a toujours voulu avoir des enfants. Mais crois-moi, ça me fiche la chair de poule de les regarder. On dirait deux parties de la même personne.

– Est-ce que tu les as enregistrées ? l'avait coupé Lucas.

– Oh, bien sûr. Elles ont dit ensemble : "Je t'aime maman. Je t'aime papa." Elles étaient parfaites. Puis l'une d'elles s'est mise à hurler : "On veut rentrer à la maison", et Angie s'est foutue en rogne. Elle a levé la main comme si elle allait la frapper, et toutes

41

les deux ont éclaté en sanglots. On a tout ça sur la bande. »

C'est bien la première chose intelligente que tu aies faite, avait pensé Lucas en fourrant la bande dans sa poche. Comme convenu à l'avance avec le boss, il était allé en voiture au Clancy's Pub sur la route 7, était arrivé à dix heures trente. Suivant les instructions, il avait garé la limousine dans le parking bondé sans fermer la porte à clé, et était entré boire une bière. A son retour, la bande avait disparu.

C'était le samedi soir. Le dimanche soir, il était clair qu'Angie commençait à perdre patience. « Ce maudit séchoir ne marche pas et, bien entendu, nous ne pouvons appeler personne pour le dépanner. Tu ne crois quand même pas que je peux compter sur "Harry" pour le réparer ! » Tandis qu'elle prononçait ces derniers mots d'un ton venimeux, elle sortit de la machine à laver une paire de T-shirts à manches longues et des salopettes identiques et les mit à sécher sur des cintres métalliques. « Tu avais dit un jour ou deux. Combien de temps vais-je continuer à jouer les nounous ? Ça fait déjà trois jours.

– Le Joueur de Flûte nous dira à quel moment on doit rendre les gosses, avait répliqué Lucas, réfrénant son envie de l'envoyer au diable.

– Comment savoir s'il ne va pas changer d'avis et disparaître dans la nature en nous laissant ces gamines sur les bras ? »

Lucas n'avait pas l'intention de dévoiler à Angie et à Clint le plan du Joueur de Flûte, mais il lui parut nécessaire de la calmer. « Nous le savons parce qu'il a l'intention de formuler une demande de rançon demain matin entre huit et neuf heures au cours de l'émission *Today*. » Il lui avait cloué le bec.

Il faut reconnaître que le boss a bien joué, pensa Lucas le lendemain matin en regardant *Today*. Les réactions suscitées par l'appel téléphonique du Joueur de Flûte dépassaient ses espérances. Le monde entier allait vouloir envoyer de l'argent pour récupérer ces gamines.

Mais c'est nous qui prenons tous les risques, réfléchit-il quelques heures plus tard, après avoir écouté les commentateurs de toutes les chaînes discourir sur le kidnapping. C'est nous qui les avons enlevées. C'est nous qui les cachons. C'est nous qui irons ramasser le fric lorsque la somme sera rassemblée. D'accord, je connais l'identité du boss, mais rien ne le relie à moi. Si nous sommes pris et que je raconte qu'il tire les ficelles de toute cette histoire, il peut parfaitement dire que je suis cinglé.

Lucas n'avait aucune course prévue jusqu'au lendemain matin, mardi. A deux heures il décida qu'il ne pouvait plus mariner une minute de plus dans cet appartement. Le Joueur de Flûte lui avait recommandé de regarder les infos du soir sur CBS, précisant qu'un nouveau contact serait établi à ce moment-là.

Il préféra aller faire un tour en avion. Il se rendit au club aéronautique de Danbury dont il était membre. Là, il loua un des monomoteurs à hélice et partit faire une virée dans les airs. Il aimait en particulier suivre la côte du Connecticut jusqu'à Rhode Island, puis survoler l'Atlantique pendant une heure ou deux. Voler à six cents mètres au-dessus de la terre lui donnait un sentiment d'invulnérabilité, et il en avait terriblement besoin en ce moment.

C'était une journée froide, à peine troublée par une légère brise et quelques nuages à l'ouest : un temps idéal pour voler. Pourtant, malgré ses efforts pour se détendre et profiter de l'impression de liberté qu'il éprouvait toujours en altitude, Lucas ne parvenait pas à se débarrasser de l'inquiétude qui le rongeait.

Il était certain d'avoir loupé quelque chose, mais n'arrivait pas à déterminer quoi. L'enlèvement des jumelles n'avait présenté aucune difficulté. Le seul souvenir de la baby-sitter était que la personne qui s'était approchée dans son dos sentait la transpiration.

Elle avait raison, songea Lucas avec une grimace tout en survolant Newport. Angie ferait mieux de forcer Clint à changer de chemise tous les jours et de les fourrer dans la machine à laver.

La machine à laver.

C'était ça ! Ces vêtements qu'elle était en train de laver. Une paire de T-shirts et de salopettes identiques. Où les avait-elle dégotés ? Les enfants portaient des pyjamas quand ils les avaient enlevées. Cette idiote était-elle sortie acheter les deux mêmes tenues pour des gamines de trois ans ?

Certainement. Et vous pouviez parier qu'une vendeuse n'allait pas mettre longtemps à faire le rapprochement.

44

Blême de rage, Lucas tira d'un coup sec sur le manche, forçant le nez de l'appareil à monter presque à la perpendiculaire. Sa colère s'accrut quand il prit conscience de son geste, et il chercha aussitôt à rétablir l'équilibre. Mais il réagit trop tard et le moteur cala. Le cœur battant plus vite, il laissa l'avion descendre en vol plané avant de faire redémarrer le moteur. La prochaine fois, cette courge risque d'emmener les mômes dans un MacDo pour y manger des hamburgers, pensa-t-il, affolé.

10

IL ÉTAIT IMPOSSIBLE de faire bonne figure en rapportant le dernier message du ravisseur. Le lundi soir, Walter Carlson reçut un appel téléphonique et entra dans le salon où il trouva Margaret et Steve Frawley assis côte à côte sur le canapé. « Il y a un quart d'heure, le kidnappeur a appelé CBS pendant l'émission *Evening News,* dit-il d'un air sombre. Ils vont repasser la séquence maintenant. C'est le même enregistrement qu'ils ont diffusé ce matin dans l'émission de Katie Couric, avec un détail supplémentaire. »

J'ai l'impression d'assister à une séance de torture, pensa-t-il en observant les visages douloureux du jeune couple au moment où une voix enfantine disait : « On veut rentrer à la maison... »

« C'est Kelly », murmura Margaret.

Un silence...

Puis on entendit des pleurs.

Margaret enfouit son visage dans ses mains. « Non... non... non... »

Suivit une voix rauque, de toute évidence déguisée. « *J'ai dit huit millions. Maintenant. C'est votre dernière chance.* »

« Margaret, intervint Walter Carlson d'un ton pressant, il y a un aspect positif dans tout cela. Le ravisseur cherche à communiquer avec nous. Vous avez la preuve que vos filles sont en vie. Nous allons les retrouver.

– Et trouver huit millions de dollars ? » demanda Steve d'un ton amer.

Carlson ne savait s'il devait laisser entrevoir un espoir dès maintenant. L'agent Dom Picella, à la tête d'une équipe d'enquêteurs, avait passé la journée à la C.F.G. & Y., la compagnie financière dont Steve était depuis peu l'employé. Il avait interrogé ses collègues et tenté d'apprendre si quelqu'un lui en voulait, ou convoitait le poste qui lui avait été confié. La société avait récemment fait face à de sérieux problèmes d'image après avoir été accusée de délit d'initié. Et Picella avait appris qu'un conseil d'administration avait été convoqué à la hâte, avec une vidéoconférence organisée entre tous les directeurs du monde entier. Le bruit courait que la société pourrait peut-être offrir l'argent de la rançon.

« Une de leurs secrétaires est une vraie pipelette, avait raconté Picella à Carlson au cours de l'après-midi. D'après elle, la société a commis des malversations et se sent gênée aux entournures. Elle vient de payer une amende de cinq cents millions infligée par l'Autorité des marchés financiers et a été traînée dans la boue par la presse. A en croire cette fille, payer les huit millions de dollars de la rançon serait plus efficace pour redorer leur image que d'engager les services d'une agence de relations

47

publiques. Le conseil d'administration doit se réunir ce soir à huit heures. »

Carlson observa les Frawley. Ils semblaient avoir vieilli de dix ans en trois jours. Depuis la disparition des jumelles, ils avaient une mine de papier mâché, les yeux lourds de fatigue, les épaules voûtées. Il était visible que ni l'un ni l'autre n'avaient rien avalé de la journée. Dans de tels moments, il était normal de battre le rappel des proches parents, mais il avait entendu Margaret supplier sa mère de rester en Floride. « Maman, tes prières me seront d'un plus grand réconfort que ta présence », avait dit Margaret d'une voix étranglée. « Nous te tiendrons au courant, mais si tu étais ici à pleurer avec moi, je crois que je ne tiendrais pas le coup. »

La mère de Steve avait été opérée du genou récemment, et ne pouvait ni voyager ni rester seule. Quant aux amis qui n'avaient cessé de téléphoner, ils avaient été priés de libérer la ligne au cas où le ravisseur appellerait directement les Frawley.

Sans être certain de prendre la bonne décision, Walter Carlson dit d'une voix hésitante : « Margaret, Steve, je ne veux pas vous donner de faux espoirs, mais le président de votre société vient de convoquer une réunion extraordinaire du conseil d'administration. D'après ce que j'ai compris, il est possible qu'ils décident de voter le paiement de la rançon. »

Voyant une lueur éclairer leurs visages, il préféra couper court. « J'ignore ce qu'il en est pour vous, dit-il, mais moi je meurs de faim. Votre voisine a remis un mot à l'un des policiers. Elle a préparé un repas chaud à votre intention et se tient prête à vous le faire porter dès que vous le voudrez.

– Nous mangerions volontiers un morceau », dit Steve d'un ton ferme. Il regarda Carlson. « Je sais que cela peut paraître insensé. Je suis depuis peu chez C.F.G. & Y., mais il m'était déjà venu à l'esprit qu'il était possible, en tout cas pas impossible, qu'ils proposent de payer la rançon. Huit millions de dollars... c'est une broutille pour eux. »

Allons bon, pensa Carlson. Le demi-frère n'est peut-être pas le seul escroc de cette famille. Steve Frawley pourrait-il avoir manigancé toute cette affaire ?

11

KATHY ET KELLY levèrent la tête. Installées sur le canapé, elles étaient en train de regarder des dessins animés de *Winnie l'Ourson* quand Mona avait interrompu brutalement la vidéo pour voir le journal télévisé. Elles avaient très peur de Mona. Peu auparavant Harry s'était fâché contre elle après avoir parlé avec quelqu'un au téléphone. Il était furieux parce qu'elle leur avait acheté des vêtements.

Mona avait hurlé à son tour. « Je suppose qu'elles devraient se promener en pyjama depuis trois jours ? *Bien sûr* que j'ai acheté des vêtements, et des jouets, et des vidéos de *Winnie l'Ourson*, et, au cas où tu l'aurais oublié, j'ai loué le lit dans un magasin de fournitures médicales. J'ai aussi acheté du jus d'orange et des fruits. Et maintenant, ferme-la et va chercher des hamburgers pour tout le monde. J'en ai marre de faire la cuisine. Compris ? »

Puis, juste au moment où Harry revenait avec les hamburgers, elles entendirent l'homme à la télévision qui disait : « Il est possible que nous recevions un appel du ravisseur des jumelles Frawley. »

« Ils parlent de nous », chuchota Kathy.

Elles écoutèrent. A la télévision la voix de Kelly disait : « On veut rentrer à la maison. »

Kathy s'efforça de retenir ses larmes. « Je veux rentrer à la maison, dit-elle tout bas, je veux ma maman. Je suis malade. »

« Je ne comprends pas un mot de ce que raconte cette gosse, se plaignit Harry.

– Quand elles parlent ensemble, il m'arrive aussi de ne pas les comprendre, dit Angie. Elles parlent le langage des jumeaux. J'ai lu un truc là-dessus. » Elle changea de sujet. « Pourquoi le Joueur de Flûte ne leur a pas indiqué où laisser l'argent ? Qu'est-ce qu'il attend ? Pourquoi a-t-il dit seulement : "Vous aurez bientôt de mes nouvelles" ?

– Bert dit que c'est sa manière de les harceler. Il doit établir un autre contact demain. »

Clint/Harry tenait à la main le sac en papier contenant les hamburgers du McDonald's. « Mangeons pendant que c'est chaud. A table, les enfants. »

Kelly descendit rapidement du canapé mais Kathy resta pelotonnée en boule. « Je ne veux pas manger. J'ai mal à la tête. »

Angie lui tâta le front. « Cette petite a de la fièvre. » Elle regarda Clint. « Avale en vitesse ton hamburger et va chercher de l'aspirine. Il ne manquerait plus qu'elle attrape une pneumonie. »

Elle se pencha sur Kathy. « Oh, ma petite chérie, ne pleure pas. Mona va te soigner. Mona t'aime beaucoup. » Elle jeta un regard méchant en direction de la table où Kelly mangeait son hamburger, puis embrassa Kathy sur la joue. « Mona t'aime plus que ta sœur. Tu es plus gentille qu'elle. Tu es la petite chérie de Mona, hein mon ange ? »

12

AU SIÈGE de C.F.G. & Y., dans Park Avenue, Robinson Alan Geisler, le président-directeur général, attendait avec impatience que les directeurs régionaux qui participaient à la vidéoconférence confirment leur présence à la réunion. Sachant son poste déjà menacé, à la suite de l'amende infligée par l'Autorité des marchés financiers, Geisler n'ignorait pas que la décision qu'il s'apprêtait à prendre dans l'affaire Frawley pourrait s'avérer une erreur fatale. Depuis vingt ans dans la société, il avait été nommé à son poste onze mois auparavant et était encore marqué par ses liens étroits avec le précédent président.

La question était simple. Si la société proposait de payer les huit millions de dollars de rançon, cette offre serait-elle une superbe opération de relations publiques ou, au contraire, comme le laissaient entendre certains directeurs, une invitation pour d'autres kidnappeurs à passer à l'action ?

C'était le point de vue de Gregg Stanford, le directeur financier. « C'est un drame horrible, j'en conviens, mais si nous payons la rançon pour récupérer les petites Frawley, que ferons-nous quand la femme ou les enfants d'un autre employé seront enlevés ? Nous sommes une société internationale, et une douzaine des pays dans lesquels nous sommes implantés sont déjà des zones à risque pour ce genre de chantage. »

Geisler savait qu'au moins un tiers des quinze directeurs partageaient cette opinion. Mais d'un autre côté, se disait-il, que pensera l'opinion publique d'une société qui vient de payer une amende de cinq cents millions de dollars et refuse de débourser une fraction de ce montant pour sauver la vie de deux petites filles ? C'était la question qu'il avait l'intention de mettre sur le tapis. Et si je me trompe, que nous payons la rançon et que la semaine prochaine un autre de nos employés apprend qu'on vient d'enlever son enfant, c'est moi qu'on clouera au pilori, pensa-t-il sombrement.

A cinquante-six ans, Rob Geisler avait fini par décrocher le poste qu'il avait toujours convoité. Plutôt maigrelet, il avait dû surmonter l'inévitable préjugé que le monde des affaires nourrit envers les hommes de petite taille. Il était arrivé en haut de l'échelle parce qu'il était considéré comme un génie de la finance et avait su forger et assurer son pouvoir. Mais dans son ascension il s'était fait d'innombrables ennemis et au moins trois d'entre eux étaient aujourd'hui assis à la table.

Le dernier des directeurs régionaux s'annonça et les yeux se tournèrent vers Geisler. « Nous connaissons tous la raison de notre présence ici, dit-il sans préliminaire, et je suis parfaitement conscient que certains d'entre vous ont le sentiment qu'en payant la rançon demandée, nous cédons au chantage des ravisseurs.

– C'est *exactement* ce que nous sommes plusieurs à penser, Rob, affirma tranquillement Gregg Stanford. Notre société a déjà suffisamment souffert d'une mauvaise image. La coopération avec des criminels ne devrait même pas être envisagée. »

Geisler contempla son collègue avec mépris. Il ne cherchait même pas à dissimuler son aversion pour cet homme. Stanford était le stéréotype du cadre dirigeant tel que les présente la télévision. Quarante-six ans, un mètre quatre-vingt-dix, des traits réguliers couronnés de cheveux blonds décolorés par le soleil, des dents éclatantes qu'il exhibait volontiers chaque fois qu'il souriait. Stanford était toujours impeccablement habillé, son comportement était toujours charmant, même lorsqu'il poignardait un ami dans le dos. Il s'était fait une place dans le monde des affaires grâce à son mariage – sa troisième et actuelle épouse était une héritière dont la famille possédait dix pour cent des actions de la compagnie.

Geisler n'ignorait pas que Stanford guignait son poste, et que si son refus de payer la rançon l'emportait aujourd'hui, ce serait contre lui, Geisler, que les médias s'acharneraient quand la société déclinerait publiquement de la prendre en charge.

Il fit un signe à la secrétaire qui transcrivait le rapport de la réunion et elle alla allumer la télévision. « Je vous demande à tous de regarder ceci, dit Geisler. Et ensuite de vous mettre à la place des Frawley. »

Suivant ses indications, le département des

médias avait réalisé un montage vidéo des séquences du kidnapping : l'extérieur de la maison Frawley, l'appel désespéré des parents aux ravisseurs, le coup de fil adressé à Katie Couric et plus tard à CBS. La bande se terminait par une petite voix qui implorait : « On veut rentrer à la maison », suivie des pleurs terrifiés des jumelles et des exigences menaçantes des kidnappeurs.

« La plupart de ceux qui se trouvent autour de cette table ont des enfants, dit-il. Tenter de sauver ces gamines est le minimum que nous puissions faire. Nous n'y parviendrons peut-être pas. Nous récupérerons ou non cet argent. Mais je ne vois pas comment l'un de nous pourrait refuser de voter le paiement de la rançon. »

Il vit les têtes se tourner vers Gregg Stanford, dans l'attente de sa réaction. « Un vieux dicton dit : "Hantez les chiens, vous aurez des puces." Mon avis est qu'on ne doit jamais coopérer avec des criminels », déclara Stanford en balayant la table de conférence du regard, tournant son stylo entre ses doigts.

Ce fut ensuite au tour de Norman Bond d'exprimer son opinion. « C'est moi qui ai décidé d'engager Steve Frawley et je maintiens que c'était un choix excellent. Ceci n'est pas directement lié à notre discussion, mais j'estime qu'il ira loin avec nous. Je vote en faveur du paiement de la rançon, et incite ce conseil à émettre un vote unanime en ce sens. Et j'aimerais rappeler à Gregg que Paul Getty avait jadis refusé de céder au chantage concernant l'enlèvement d'un de ses petits-enfants, mais qu'il a changé d'avis le jour où l'oreille du petit-fils en question lui est parvenue par la poste. Ces fillettes sont en danger, et plus vite nous agirons pour les sauver, plus grandes seront nos chances d'empêcher les ravisseurs de s'affoler et de leur faire du mal. »

Ce soutien était inattendu ; Geisler et Bond s'empoignaient souvent au cours des conseils d'administration. Bond avait engagé Frawley alors que trois candidats au sein de la société postulaient pour le job. Pour qui savait s'y prendre, c'était un raccourci vers un poste de direction générale. Geisler avait mis Bond en garde contre le choix de quelqu'un d'extérieur à la société, mais Bond s'était obstiné. « Frawley a une maîtrise en économie, et il est diplômé en droit, avait-il dit. Il est intelligent et il est fiable. »

Geisler s'était presque attendu à ce que Bond, quadragénaire divorcé sans enfants, s'oppose au paiement de la rançon, prenant pour prétexte que, s'il n'avait pas engagé Frawley, la société ne se serait pas trouvée dans cette situation.

« Merci, Norman, dit-il. Et pour quiconque voudrait encore discuter le bien-fondé de la réponse de notre société face au désespoir de l'un de ses employés, je suggère que nous regardions à nouveau la bande vidéo avant de passer au vote. »

A neuf heures moins le quart le vote avait recueilli quatorze voix pour le paiement et une voix contre. Geisler se tourna vers Stanford. « Je veux un vote unanime, dit-il d'un ton glacial. Ensuite, comme d'habitude, vous pourrez laisser une source anonyme faire savoir aux médias que, selon vous, le paiement de la rançon risque de mettre en danger les enfants plutôt que de les sauver. Mais tant que je suis dans ce fauteuil et que vous n'y êtes pas, j'insiste pour que le vote soit unanime. »

Le sourire de Gregg Stanford était sarcastique. Il hocha la tête. « Le vote sera unanime, dit-il. Et demain matin, quand on prendra une photo pour la presse devant cette maison en ruine où logent les Frawley, je parie que tous les membres disponibles de ce conseil y figureront à vos côtés.

– Vous inclus, naturellement ? fit Geisler d'un ton ironique.

– Moi exclu, rétorqua Stanford en se levant. Je réserverai mon apparition devant les caméras pour un autre jour. »

13

ARGARET parvint à avaler quelques bouchées du poulet rôti que Rena Chapman,
sa voisine, leur avait fait porter pour le
dîner. Puis, pendant que Steve attendait en compagnie de l'agent Carlson le résultat de la réunion du
conseil d'administration de C.F.G. & Y., elle se faufila à l'étage jusqu'à la chambre des jumelles.

C'était la seule pièce qu'ils avaient totalement
rénovée avant de s'installer dans la maison. Steve
avait peint les murs en bleu clair et posé sur le plancher miteux une moquette blanche dénichée dans
un magasin de soldes. Puis, sans regarder à la
dépense, ils avaient acheté un lit double ancien, à
baldaquin, et une commode assortie.

Nous savions qu'il aurait été stupide d'acheter
deux lits jumeaux, se rappela Margaret en s'asseyant sur la chauffeuse qui avait meublé jadis sa
propre chambre d'enfant. Elles se seraient retrou-
vées dans le même lit de toute façon, et c'était un
moyen pour nous de faire des économies.

Les agents du FBI avaient emporté draps, couvertures, taies d'oreiller et courtepointe pour recher-

cher les traces d'ADN. Ils avaient saupoudré tous les meubles afin de relever les empreintes digitales et pris les vêtements que portaient les jumelles après la fête pour les faire renifler par les chiens de la police de l'Etat du Connecticut qui fouillait les parcs avoisinants depuis trois jours. Margaret savait ce qu'ils cherchaient : il y avait toujours la possibilité que leur ravisseur les ait tuées sur-le-champ et enterrées dans les parages. Mais elle n'y croyait pas. *Elles ne sont pas mortes*, se dit-elle, sinon je le saurais.

Le vendredi, après le départ de l'équipe médico-légale, après que Steve et elle se furent adressés aux ravisseurs par l'intermédiaire des médias, le fait de monter à l'étage, de nettoyer la chambre, de refaire le lit avec des draps propres à motifs de Cendrillon avait été une sorte de dérivatif à son chagrin. Elles seront épuisées et effrayées quand elles rentreront à la maison, s'était-elle raisonnée. A leur retour, je m'étendrai près d'elles jusqu'à ce qu'elles retrouvent leur calme.

Elle frissonna. Elle n'arrivait pas à se réchauffer. Même avec un pull sous son training, elle se sentait glacée jusqu'à la moelle. Anne Morrow Lindbergh a ressenti la même chose quand son bébé a été kidnappé, se rappela-t-elle. Elle l'a raconté dans un livre que j'ai lu lorsque j'étais au lycée. Il a pour titre : *Hour of Gold, Hour of Lead*[1].

Du plomb. Je me sens si lourde. Je veux revoir mes petites filles.

---

1. Littéralement *Heure d'or, heure de plomb,* journal écrit par Anne Morrow Lindbergh après l'enlèvement de son enfant. Non traduit en français. (*N.d.T.*)

Margaret se leva et alla jusqu'à la banquette encastrée sous la fenêtre. Elle se pencha, ramassa l'un après l'autre les deux ours râpés qui étaient les peluches préférées des jumelles et les serra farouchement contre elle.

Elle regarda par la fenêtre et s'étonna de voir la pluie tomber. La journée avait été ensoleillée, froide mais ensoleillée. Kathy souffrait d'un début de rhume. Margaret sentit les sanglots monter dans sa gorge. Elle les refoula et s'efforça de penser à ce que Carlson lui avait dit :

« Pour retrouver les jumelles des douzaines d'agents du FBI fouillent les environs. D'autres passent au peigne fin les archives du quartier général à Quantico et questionnent tous les individus fichés pour extorsion de fonds ou sévices exercés sur des mineurs. Ils recherchent les délinquants sexuels qui sévissent dans la région. »

Mon Dieu, pas ça, pria-t-elle avec un frisson. Faites que personne ne les maltraite.

Dépêchés par le commissaire Martinson, des policiers prennent contact avec tous les habitants, cherchent à savoir si quelqu'un aurait vu un ou des individus d'apparence suspecte. Ils ont même interrogé l'agent immobilier qui nous a vendu la maison, lui ont demandé qui aurait pu la visiter avant nous et se familiariser avec la disposition des pièces. Le commissaire Martinson et l'agent Carlson sont persuadés qu'ils auront bientôt un indice. Que quelqu'un aura vu quelque chose. Ils ont imprimé des affichettes avec les photos des jumelles et les ont diffusées à travers tout le pays. Leurs portraits sont également publiés sur Internet et en première page des journaux.

Serrant les ours en peluche contre sa poitrine, Margaret se dirigea vers la penderie et l'ouvrit. Elle fit courir ses doigts sur les robes de velours que les jumelles portaient pour leur anniversaire, puis les regarda longuement. Ses filles étaient en pyjama quand elles avaient été enlevées. Les portaient-elles encore ?

La porte de la chambre s'ouvrit. Margaret se retourna, regarda le visage de Steve, et comprit en voyant son expression de soulagement que sa société s'était engagée à payer la rançon. « Ils vont l'annoncer d'une minute à l'autre », lui dit-il, les mots se bousculant dans sa bouche. « Demain matin le président en personne et quelques-uns des directeurs vont venir ici pour se faire prendre en photo avec nous. Nous demanderons aux ravisseurs leurs instructions sur la manière de remettre l'argent, et nous exigerons la preuve que les filles sont en vie. »

Il hésita. « Margaret, le FBI veut que nous passions tous les deux au détecteur de mensonge. »

14

L E LUNDI SOIR à neuf heures quinze, assis dans
son appartement au-dessus d'une quincaillerie minable près de Main Street à Danbury,
Lucas regardait la télévision quand un flash d'informations interrompit le programme habituel.
C.F.G. & Y. avait consenti à verser la rançon demandée pour les jumelles Frawley. Un instant plus tard,
son téléphone portable sonna. Lucas mit en marche l'enregistreur qu'il avait acheté à son retour de
l'aérodrome.

« Les choses commencent à bouger », murmura
la voix rauque qu'il connaissait bien.

Gorge profonde, pensa-t-il avec un sourire rail-
leur. La police a tous les moyens nécessaires pour
analyser la voix. Au cas où les choses tourneraient
mal, j'aurais largement de quoi passer un marché
avec eux. Et je n'hésiterais pas à te livrer.

« J'attendais qu'ils fassent l'annonce à la télé, dit
Lucas.

– J'ai appelé Harry il y a une heure, lui rapporta
le Joueur de Flûte. J'ai entendu une des gosses pleurer. Etes-vous allés vous assurer qu'elles vont bien ?

« – Je les ai vues hier soir. Elles allaient bien.

– C'est Mona qui s'occupe d'elles, n'est-ce pas ? Je ne veux pas de bavures. »

Lucas ne put s'empêcher de sauter sur l'occasion. « Cette andouille s'en occupe si bien qu'elle est allée leur acheter des ensembles de rechange dans un magasin de vêtements pour enfants. »

Son interlocuteur en oublia de déguiser sa voix. « Où ça ?

– J'en sais rien.

– Elle n'a quand même pas l'intention de les endimancher au moment où on les relâchera ? A moins qu'elle ne veuille que les flics retrouvent la piste des vêtements, qu'une vendeuse leur dise : "Bien sûr, je me souviens de la femme qui a acheté deux tenues identiques pour enfants de trois ans." »

Lucas sentit avec plaisir l'inquiétude percer chez le Joueur de Flûte. La peur qui le tenaillait s'atténua un peu. Tout pouvait mal tourner. Il le savait et il avait besoin que son angoisse soit partagée. « J'ai ordonné à Harry de lui interdire de sortir de la maison.

– Dans quarante-huit heures l'affaire sera terminée et nous aurons touché au but, dit le Joueur de Flûte. Demain je reprendrai contact et donnerai les instructions concernant l'argent. Mercredi vous récupérerez le fric. Dans la soirée je vous indiquerai où laisser les gosses. Assurez-vous qu'elles aient sur le dos les vêtements qu'elles portaient quand vous les avez enlevées. »

La communication fut coupée.

Lucas poussa le bouton d'arrêt de son enregistreur. Sept millions pour vous, un million à partager entre Clint et moi, pensa-t-il. Pas question, monsieur le Joueur de Flûte.

15

LE MOMENT auquel Robinson Geisler devait
s'adresser aux médias en compagnie de
Margaret et de Steve Frawley était fixé à dix
heures le mardi matin. Finalement, aucun des autres
directeurs n'avait souhaité participer à l'événement. Comme l'un d'eux l'avait dit à Geisler : « J'ai
voté en faveur du paiement de la rançon mais j'ai
moi-même trois jeunes enfants. Je ne veux pas donner à ce genre d'individu l'idée de les kidnapper. »

Incapable de dormir, Margaret se leva à six heures. Elle s'attarda longuement sous la douche, laissant l'eau couler sur son visage, sentant sa chaleur
sur sa peau, espérant chasser le froid qui avait saisi
tout son corps. Puis, enveloppée dans l'épaisse robe
de chambre de Steve, elle regagna son lit. Steve
était déjà debout et s'apprêtait à faire son jogging
matinal, sortant en douce par le jardin derrière la
maison afin d'éviter les journalistes. Epuisée par
cette nuit sans sommeil, Margaret referma les yeux.

Il était neuf heures lorsque Steve la réveilla et
posa sur la table de nuit un plateau avec du café,
des toasts et un jus d'orange. « M. Geisler vient d'ar-

river, dit-il. Tu devrais t'habiller, chérie. Je suis content que tu aies pu dormir un peu. Quand il sera temps d'aller dehors affronter les médias, je viendrai te chercher. »

Margaret se força à boire le jus d'orange et à grignoter un toast. Puis, savourant lentement son café, elle quitta son lit et commença à s'habiller. Alors qu'elle enfilait un jean noir, elle s'interrompit. Il y aura une semaine ce soir que j'ai acheté les robes d'anniversaire des jumelles au centre commercial de la route 7, se souvint-elle. J'en ai profité pour entrer dans un magasin de sport et acheter une tenue de jogging. Je l'ai choisie rouge parce qu'elles aiment me voir porter cette couleur. Celui qui les détient leur permet peut-être de regarder la télévision. Dans ce cas, il y a une chance pour qu'elles nous voient dans moins d'une demi-heure.

« J'aime le rouge parce que c'est joli », lui avait déclaré Kelly d'un ton solennel.

Je porterai du rouge aujourd'hui, décida Margaret en sortant de sa penderie son survêtement neuf. Elle l'enfila rapidement, l'esprit concentré sur ce que Steve lui avait dit. Après l'émission, ils devaient passer les tests du détecteur de mensonge. Comment pouvait-on imaginer que Steve et elle étaient pour quelque chose dans cette horrible histoire ?

Elle laça ses tennis, fit le lit et se laissa tomber au bord du matelas, les mains jointes, la tête baissée. *Mon Dieu, faites qu'elles reviennent à la maison saines et sauves. Je vous en prie. Je vous en supplie.*

Elle se rendit compte du retour de Steve dans la chambre en l'entendant dire : « Es-tu prête, chérie ? » Il s'approcha d'elle, prit son visage dans ses mains et l'embrassa. Puis il laissa ses doigts effleurer ses épaules, les mêlant à ses cheveux.

Margaret savait qu'il avait été sur le point de perdre courage avant d'apprendre que sa société verserait la rançon. Alors qu'elle le croyait endormi la nuit dernière, il lui avait dit calmement : « Marg, si les agents du FBI veulent que nous passions ces tests, c'est à cause de mon frère. Je sais ce qu'ils ont en tête. Ils pensent qu'en allant voir maman en Caroline du Nord vendredi soir, Richie cherchait à se fabriquer un alibi. Il ne l'a pas vue depuis deux ans. Et à la minute où j'ai dit à Carlson que j'avais envisagé que la société accepte de verser la rançon, j'ai compris que j'étais devenu suspect à ses yeux. Mais Carlson fait son boulot. Il est normal qu'il soupçonne tout le monde. »

Le boulot de Carlson, c'est surtout de retrouver mes enfants, pensa Margaret tandis qu'elle descendait l'escalier à la suite de Steve. Dans l'entrée elle s'approcha de Robinson Geisler. « Je vous suis infiniment reconnaissante, ainsi qu'à votre société », dit-elle. Steve ouvrit la porte de l'entrée et prit sa main alors que crépitaient les flashes. En compagnie de Geisler, ils se dirigèrent vers la table et les chaises qui avaient été installées en vue de l'interview. Margaret fut soulagée de voir que Franklin Bailey, qui avait offert de jouer le rôle d'intermédiaire, était présent. Elle l'avait rencontré pour la première fois au bureau de poste un jour où elle achetait des timbres. Kelly s'était échappée et il l'avait rattrapée sur le trottoir avant qu'elle ne parte en courant dans la rue encombrée.

La pluie de la nuit avait cessé. En cette matinée de la fin mars flottait un parfum de printemps. Margaret regarda comme dans un brouillard la foule des journalistes, les policiers qui contenaient les badauds, les véhicules des chaînes de télévision stationnés le long de la route. Elle avait entendu dire que les mourants éprouvaient cette impression de flotter au-dessus de la scène, d'observer en spectateurs l'événement dont ils étaient le centre. Elle écouta Robinson Geisler offrir de verser la rançon, Steve exiger d'avoir la preuve que les enfants étaient en vie, Franklin Bailey proposer ses services de médiateur et communiquer d'une voix lente son numéro de téléphone.

« Madame Frawley, sachant désormais que les exigences des ravisseurs seront honorées, que redoutez-vous le plus ? » demanda quelqu'un.

Quelle question stupide, pensa Margaret. « Ma plus grande crainte, naturellement, est que les choses tournent mal entre le versement de la rançon et le retour de nos enfants. Plus le délai sera long, plus augmenteront les risques d'un incident imprévu. Kathy avait un début de rhume. Elle est sujette aux bronchites. Nous avons failli la perdre quand elle était toute petite. » Elle fixa la caméra. « S'il vous plaît, je vous en supplie, si elle est malade, appelez un médecin ou au moins achetez-lui des médicaments. Les enfants n'avaient que leurs pyjamas sur elles quand vous les avez enlevées. »

Sa voix se brisa. Ces mots lui avaient échappé. Pour quelle raison les avait-elle prononcés ? Il existait une raison, mais elle ne se rappelait pas laquelle. Elle avait un rapport avec les pyjamas.

Geisler, Steve et Franklin Bailey répondaient aux questions que posaient les journalistes. Une foule de questions. Et si jamais les filles étaient en train de les regarder ? Il faut que je leur parle, se dit Margaret. Interrompant un reporter, elle dit brusquement : « Je t'aime, Kelly. Je t'aime, Kathy. Vous allez bientôt rentrer à la maison. C'est promis. »

Tandis que toutes les caméras se braquaient sur elle, Margaret se tut, réfrénant les mots qui avaient failli lui échapper. *Il y a un rapprochement que je dois faire ! Il y a quelque chose dont je dois me souvenir !*

16

L E MÊME JOUR à cinq heures de l'après-midi, Franklin Bailey entendit des coups frappés à sa porte. Il ouvrit et se retrouva face à son voisin, le juge à la retraite Benedict Sylvan. Il semblait hors d'haleine : « Franklin, je viens de recevoir un appel téléphonique. Je crois qu'il s'agit du ravisseur. Il va vous rappeler chez moi dans trois minutes. Il dit avoir des instructions à vous communiquer.

– Il doit savoir que ma ligne est sur écoute, dit Bailey. Voilà pourquoi il a appelé chez vous. »

Les deux hommes franchirent à la hâte les pelouses qui séparaient leurs deux maisons. Ils atteignaient la porte que le juge avait laissée ouverte quand le téléphone sonna dans son bureau. Le juge courut s'en emparer. « Franklin Bailey est avec moi », dit-il précipitamment en tendant le récepteur à Bailey.

Son interlocuteur s'identifia : « Le Joueur de Flûte à l'appareil. » Ses instructions furent brèves et précises : le lendemain matin, C.F.G. & Y. était priée de virer sept millions de dollars sur un compte à l'étranger dont les coordonnées seraient données par téléphone à dix heures. Le million restant serait remis directement. Le tout en coupures usagées de cinquante et vingt dollars, portant des numéros non séquentiels. « Une fois le virement effectué, nous vous communiquerons d'autres instructions pour la remise de l'argent liquide. »

Bailey avait pris des notes à la va-vite dans un carnet posé sur le bureau du juge. « Nous devons avoir la preuve que les enfants sont toujours en vie, dit-il d'une voix tendue et mal assurée.

– Raccrochez à présent. Dans une minute, vous entendrez les voix des deux petites filles en bleu. »

Franklin Bailey et le juge Sylvan se regardèrent, tandis que Bailey reposait l'appareil. Quelques instants plus tard, la sonnerie retentit. Quand il décrocha, Bailey entendit une voix enfantine dire : « Bonjour, monsieur Bailey. Nous vous avons vu à la télévision ce matin avec maman et papa. »

Une deuxième voix murmura : « Bonjour, monsieur... », mais ses mots furent interrompus par une toux bronchitique qui résonnait encore aux oreilles de Bailey lorsque la communication fut coupée.

17

PENDANT que le Joueur de Flûte communiquait ses instructions à Franklin Bailey, Angie poussait un caddie dans les allées du drugstore, cherchant désespérément ce qui pourrait empêcher Kathy de tomber vraiment malade. Elle avait déjà acheté de l'aspirine pour enfants, des gouttes pour le nez, de l'alcool pour des frictions, ainsi qu'un inhalateur.

Grand-mère avait l'habitude de mettre du Vicks dans l'inhalateur quand j'étais petite, se souvint-elle. Je me demande si c'est toujours l'usage. Je devrais peut-être demander l'avis de Julio. C'est un bon pharmacien. Lorsque Clint s'est luxé l'épaule, il m'a conseillé un onguent très efficace.

Elle savait que Lucas serait fou de rage s'il apprenait qu'elle achetait des médicaments pour enfants. Mais que veut-il que je fasse, que je laisse crever cette gamine ?

Clint et elle avaient regardé l'interview télévisée ce matin, quand le type qui était président de la société de Steve Frawley avait promis de verser la rançon. Ils avaient enfermé les petites dans la chambre pendant la durée de l'émission parce qu'ils ne voulaient pas qu'elles se mettent à pleurer en voyant leur père et leur mère à l'écran.

Cela s'était avéré une erreur, car après l'émission le Joueur de Flûte avait téléphoné et insisté pour qu'ils enregistrent les jumelles en train de parler à ce Bailey comme si elles avaient vu la séquence. Et quand ils avaient tenté de les faire parler au téléphone, Kelly, la plus casse-pieds des deux, s'était mise à brailler.

« Nous l'avons pas vu et nous avons pas vu maman et papa non plus, et nous voulons rentrer à la maison. » Puis Kathy s'était mise à tousser chaque fois qu'elle essayait de dire : « Allô, monsieur Bailey. »

Heureusement, se dit-elle, nous avons fini par faire répéter à Kelly ce que le Joueur de Flûte voulait qu'elle dise. Tout ça en lui promettant de la ramener à la maison. Lorsque Clint lui a fait écouter l'enregistrement, il n'a pas paru mécontent que Kathy ne prononce que quelques mots. Il s'est même réjoui de l'entendre tousser, et l'a enregistrée sur son propre téléphone.

Angie poussa le caddie vers le rayon des produits pharmaceutiques, et se sentit soudain blêmir. Près du comptoir était affichée une photo grandeur nature des jumelles. La légende, en gros caractères, disait : DISPARUES. FORTE RECOMPENSE POUR TOUTE INFORMATION PERMETTANT DE LES RETROUVER.

Personne ne faisait la queue et Julio lui fit signe d'approcher. « Salut, Angie », dit-il, puis il désigna la photo. « C'est drôlement moche, cet enlèvement.

72

On se demande qui peut être capable d'une chose pareille.

– Oui, c'est moche, acquiesça Angie.

– C'est heureux que le Connecticut applique toujours la peine de mort. Si jamais il arrive malheur à ces gosses, je veux bien préparer moi-même l'injection létale destinée aux salauds qui les ont kidnappées. » Il secoua la tête. « Pour le moment, on ne peut que prier pour qu'elles retournent chez elles saines et sauves. Dis-moi, Angie, que puis-je faire pour toi ? »

Consciente des gouttes de transpiration qui perlaient sur son front, Angie fit mine de fouiller dans son portefeuille, haussa les épaules. « Pas grand-chose. Je crains d'avoir oublié mon ordonnance. » Son ton sonnait faux, même à ses propres oreilles.

« Je peux téléphoner à ton médecin si tu veux.

– Merci, mais il est à New York. Il est injoignable en ce moment. Je repasserai plus tard. »

Elle se rappela le jour où elle avait acheté le flacon d'embrocation pour l'épaule de Clint. Elle avait bavardé avec Julio pendant quelques minutes, et lui avait raconté qu'elle vivait avec Clint dans le pavillon du gardien du country club. Il y avait au moins six mois de ça, et Julio s'était souvenu de son nom dès l'instant où il l'avait vue. Se souviendrait-il aussi bien de l'endroit où elle habitait ? Sans aucun doute !

Julio était un grand type, du genre latino, à peu près de son âge. Il portait des lunettes avec une monture sexy qui mettait ses yeux en valeur. Elle vit son regard s'attarder sur le contenu de son chariot.

Tout était là, visible dès le premier coup d'œil.

73

De l'aspirine pour enfants. Des gouttes nasales pour enfants. De l'alcool pour frictions. L'inhalateur.

Va-t-il se demander pourquoi j'achète des médicaments pour enfants ? Angie fit taire son inquiétude. Elle ne voulait pas y penser. Elle était là pour accomplir une mission. Je vais acheter un pot de Vicks et en mettre un peu dans l'inhalateur, décida-t-elle. C'était un remède plutôt efficace autrefois.

Elle retourna rapidement dans la travée numéro trois, saisit le pot de Vicks et se dirigea sans s'attarder davantage vers les caisses. L'une d'elles était fermée. Devant l'autre six personnes attendaient. Les trois premières passèrent assez rapidement puis la caissière déclara : « J'ai terminé ma journée. Je vous demande une minute de patience. »

Quelle endormie, pensa Angie en voyant la remplaçante s'installer sans se presser à la caisse.

Dépêche-toi, marmonna-t-elle in petto, en flanquant une poussée impatiente dans son chariot.

L'homme qui la précédait, un costaud au caddie rempli jusqu'au bord, se retourna. Son air agacé se transforma en un large sourire. « Hé, Angie, tu veux passer devant moi ou quoi ?

– Salut, Gus », dit Angie avec un sourire forcé.

Gus était un raseur qu'elle rencontrait parfois quand elle dînait avec Clint au Danbury Pub, le genre de pot de colle qui cherchait toujours à engager la conversation avec d'autres clients au bar. Plombier de son état, il effectuait souvent des travaux au club pendant la saison, et le fait qu'ils habitent le pavillon du gardien durant la période de fermeture l'incitait à se comporter comme s'ils avaient quelque chose d'important en commun.

74

Frères de sang parce qu'on travaille pour les richards, pensa-t-elle avec mépris.

« Comment va mon pote Clint ? » demanda Gus.

Ce type est né avec un haut-parleur dans les cordes vocales, pensa Angie, en voyant les gens se retourner pour les regarder.

« En pleine forme, Gus. Dis donc, je crois que cette endormie à la caisse est enfin prête à s'occuper de toi.

– Bien sûr, bien sûr. » Gus déchargea ses achats sur le tapis roulant et se retourna à nouveau vers Angie. Son regard se posa sur ses achats. « De l'aspirine pour enfants. Des gouttes pour enfants. Dis donc, vous n'auriez pas une bonne nouvelle à m'annoncer tous les deux par hasard ? »

L'inquiétude qui avait envahi Angie face au pharmacien se mua en affolement. Lucas avait raison, se dit-elle. Je ne devrais pas faire d'achats pour les enfants dans les endroits où on me connaît. « Ne sois pas stupide, Gus, répondit-elle d'un ton sec. Je garde le bébé d'une amie, et il a chopé un rhume.

– Ça fait cent vingt-deux dollars et dix-huit cents », annonça la caissière à Gus.

Il ouvrit son portefeuille et en sortit sa carte de crédit. « C'est pas donné. » Il regarda Angie. « Ecoute, si tu fais du baby-sitting, peut-être que mon vieux copain Clint aimerait venir boire une ou deux bières avec moi. Je viendrai le chercher. Tu n'auras pas à craindre qu'il se saoule la gueule. Tu me connais. Je sais m'arrêter à temps. Je vais lui passer un coup de fil. »

Avant qu'elle puisse lui répondre, il avait griffonné sa signature sur le reçu de sa carte, ramassé ses achats et franchi la porte. Angie déposa rapidement le contenu de son chariot sur le comptoir. Il y en avait pour quarante-trois dollars. Elle savait qu'elle n'en avait que vingt-cinq dans son portefeuille, ce qui l'obligeait à utiliser sa carte de crédit. Elle n'y avait pas réfléchi en prenant l'inhalateur sur le rayonnage.

Lorsqu'elle avait acheté le lit, Lucas lui avait donné du liquide. « Mieux vaut ne laisser aucune trace », avait-il dit. Mais il y en aurait désormais. Elle avait utilisé sa carte pour acheter les vêtements, et elle devait s'en servir à nouveau.

J'en aurai bientôt terminé avec tout ça, se promit-elle en se dirigeant vers la sortie. Un vigile était posté à la porte. Elle abandonna le caddie et ramassa ses paquets. A présent, il ne manquerait plus que l'alarme se mette en marche, pensa-t-elle en passant devant l'homme. C'est ce qui arrive quand ces idiotes de caissières oublient de scanner la marchandise au moment du paiement.

Encore deux jours et nous aurons le fric et serons loin d'ici, se rappela-t-elle en traversant le parking pour regagner la vieille camionnette de Clint. Une Mercedes garée à côté d'elle était en train de quitter son emplacement au moment où elle allumait ses phares. Une 500 SL.

Elle doit coûter plus de cent mille dollars, pensa Angie. On pourrait s'en acheter une. Dans deux jours nous aurons cinq fois cette somme, et entièrement en cash.

Durant le court trajet du retour, elle se remémora le déroulement prévu des opérations. D'après Lucas, le Joueur de Flûte devait recevoir le virement le lendemain. Le soir même, ils auraient le million de dollars en liquide. Une fois sûrs que le compte était exact, ils laisseraient les enfants quelque part tôt dans la matinée du jeudi et indiqueraient aux parents où les retrouver.

C'est ainsi que Lucas voit les choses, songea-t-elle. Pas moi.

18

L E MERCREDI MATIN, le temps changeant de mars s'était remis au froid. Un vent âpre faisait trembler les vitres de la salle à manger où Steve et Margaret se tenaient en compagnie de Walter Carlson et de son collègue, l'agent Tony Realto. Une deuxième cafetière trônait sur la table, intacte.

Carlson n'avait pas jugé bon de minimiser les propos de Franklin Bailey, à savoir que l'une des jumelles avait une toux bronchique. « Steve, Margaret, je sais qu'il est inquiétant de penser que Kathy est malade, leur dit-il. Cependant, c'est la preuve que Bailey les entendait réellement. Vous craigniez que Kathy n'ait attrapé froid.

– Ne pensez-vous pas que le Joueur de Flûte ne se risquera plus à appeler le voisin de Bailey ? demanda Steve. Il est certainement assez malin pour se douter que vous avez mis sa ligne sur écoute désormais.

– Steve, les criminels commettent parfois des erreurs. Ils croient avoir pensé à tout, mais il leur arrive de faire des bourdes.

– Je me demande si ceux qui détiennent les

enfants donnent à Kathy quelque chose pour empêcher sa bronchite de tourner à la pneumonie », dit
Margaret d'une voix tremblante.

Carlson la regarda. Elle était blanche comme un
linge. De larges cernes soulignaient ses yeux bleu
foncé. Chaque fois qu'elle prononçait une phrase
elle serrait les lèvres, comme si elle avait peur
d'ajouter autre chose.

« Je pense que ceux qui les détiennent veulent
les rendre en bonne santé. »

Il était dix heures moins le quart. Le Joueur de
Flûte avait dit qu'il les contacterait à dix heures. Ils
se turent. Ils ne pouvaient qu'attendre.

A dix heures, Rena Chapman, la voisine des Frawley, arriva en courant de chez elle. « Il y a quelqu'un
sur ma ligne qui affirme avoir une information
importante pour le FBI concernant les jumelles »,
dit-elle hors d'haleine au policier qui était posté à
l'extérieur de la maison.

Steve et Margaret sur leurs talons, Realto et
Carlson s'élancèrent vers la maison des Chapman.
Carlson saisit le téléphone et se nomma.

« Avez-vous un stylo et du papier ? » demanda son
interlocuteur.

Carlson prit son calepin et son stylo dans sa
poche de poitrine.

« Je veux que les sept millions soient virés sur le
compte 507964 à la Nemidonam Bank de Hong
Kong, lui dit le Joueur de Flûte. Vous avez trois
minutes pour faire exécuter l'ordre. Quand je sau-
rai que le transfert a été effectué, je vous rappellerai.

– Je m'en occupe immédiatement », répliqua

Carlson d'un ton sec. Il entendit le déclic du téléphone avant même d'avoir terminé sa phrase.

« Est-ce que c'était le ravisseur ? demanda Margaret. Les petites se trouvaient-elles avec lui ?

– C'était lui. Il n'a fait aucune allusion aux enfants. Il n'a parlé que de la rançon. »

Carlson composa le numéro de la ligne directe de Robinson Geisler au siège de C.F.G. & Y. Geisler avait promis d'attendre les instructions concernant le transfert de l'argent. De sa voix précise et brève, il répéta le nom de la banque de Hong Kong et le numéro de compte. « Le virement sera effectué en soixante secondes, et les valises contenant l'argent liquide sont prêtes », assura-t-il.

Margaret écouta Carlson aboyer ses instructions à l'équipe du FBI chargée des communications, afin qu'ils se branchent sur la ligne des Chapman pour repérer l'endroit d'où allait rappeler le Joueur de Flûte.

Il est trop malin pour ça, pensa Margaret. Maintenant qu'il a les sept millions de dollars, il risque de disparaître dans la nature sans plus jamais nous donner de nouvelles.

Carlson leur avait expliqué que, moyennant une commission, certaines banques étrangères acceptaient des virements électroniques qu'elles transféraient aussitôt vers un autre établissement. Supposons qu'il s'en contente. Supposons que nous n'entendions plus jamais parler de lui. Pourtant la veille Franklin Bailey a entendu les voix des enfants. Elles ont dit qu'elles nous avaient vus à la télévision avec lui. Elles étaient en vie hier matin.

« Monsieur Carlson. Nous avons un autre appel.

Trois maisons plus loin. » Un policier de Ridgefield venait d'entrer en trombe dans la cuisine de Rena Chapman.

Les rafales de vent rabattirent dans ses yeux les cheveux de Margaret tandis qu'elle se hâtait avec Steve à la suite de Carlson et Realto jusqu'à une maison où une femme qu'elle n'avait jamais vue leur faisait des signes frénétiques.

Le Joueur de Flûte avait raccroché, mais il rappela moins d'une minute plus tard. « Vous avez agi avec célérité, dit-il à Carlson. Merci pour le virement. Maintenant écoutez bien. Votre précieux ami, ce M. Franklin Bailey, devra se trouver ce soir à huit heures à Manhattan devant le Time Warner Building sur Columbus Circle. Dites-lui de porter une cravate bleue et d'en avoir une rouge dans sa poche. Il aura avec lui les valises contenant l'argent et un téléphone portable. Quel est numéro du vôtre, monsieur l'agent du FBI ?

– 917-555-3291, répondit Carlson.

– Je répète : 917-555-3291. Remettez votre téléphone à Franklin Bailey. N'oubliez pas que nous le tiendrons à l'œil. Toute tentative pour le suivre ou s'emparer du messager qui réceptionnera les valises aura pour conséquence la disparition définitive des gamines. Une fois vérifiés le montant et l'authenticité des billets, un peu après minuit, quelqu'un recevra un appel téléphonique vous indiquant où récupérer les enfants. Elles réclament beaucoup leur papa et leur maman, et l'une d'elles a de la fièvre. Je vous conseille d'éviter toute fausse manœuvre. »

19

SUR LE CHEMIN du retour, s'agrippant au bras de Steve, Margaret s'efforçait de croire qu'elle reverrait ses enfants dans vingt-quatre heures. Je dois y croire, se disait-elle. Kathy, Kelly, je vous aime.

Dans sa précipitation pour arriver la première dans la maison de Rena Chapman, puis chez son autre voisine, elle n'avait pas remarqué la présence des camions de télévision qui stationnaient dans la rue. Soudain, elle vit les journalistes massés devant chez elle qui réclamaient une déclaration.

« Les ravisseurs vous ont-ils contactés ? »

« La rançon a-t-elle été versée ? »

« Avez-vous la confirmation que les jumelles sont en vie ? »

« Nous ne pouvons rien vous dire pour le moment », intervint Carlson d'un ton sec.

Ignorant les questions qui fusaient dans leur direction, Margaret et Steve remontèrent à la hâte l'allée qui menait chez eux. Le commissaire Martinson les attendait dans la galerie. Il n'avait cessé d'entrer et de sortir de la maison depuis la nuit de vendredi, s'entretenant parfois en privé avec les agents du FBI, apportant le simple réconfort de sa présence. Margaret savait que le commissariat de Ridgefield et la police du Connecticut avaient distribué des centaines d'affiches représentant les deux petites filles debout près de leur gâteau d'anniversaire. Sur l'une des affichettes elle avait lu cette question : « Connaissez-vous quelqu'un qui possède ou a possédé une machine à écrire Royal ? »

C'était le type de machine sur laquelle avait été tapée la note exigeant une rançon.

La veille, Martinson leur avait dit que les habitants de la ville avaient promis une récompense de dix mille dollars pour toute information permettant de retrouver les jumelles saines et sauves. Avait-il déjà un indice ? Quelqu'un avait-il déjà réagi ? Il semblait préoccupé, mais ce n'était sûrement pas parce qu'il avait reçu une mauvaise nouvelle, tenta-t-elle de se persuader en pénétrant dans l'entrée. Il ne sait pas encore que tout est arrangé pour la remise de la rançon.

Comme s'il craignait les oreilles indiscrètes des journalistes, Martinson attendit qu'ils soient dans le séjour pour parler. « Nous avons un problème, dit-il. Franklin Bailey a eu une syncope ce matin. Sa femme de ménage a appelé le 911 et il a été emmené d'urgence à l'hôpital. Son électrocardiogramme est bon. Son médecin pense qu'il a eu une crise d'angoisse provoquée par le stress.

– Le ravisseur vient de nous avertir que Bailey doit se trouver devant le Time Warner Building à huit heures ce soir, dit Carlson. S'il ne se présente pas, ceux qui détiennent les enfants risquent de soupçonner une manœuvre de notre part.

– Mais il faut absolument qu'il y soit ! » s'écria Margaret. Sa voix avait pris une intonation hystérique et elle se mordit la lèvre jusqu'au sang. « Il faut qu'il y soit », répéta-t-elle dans un murmure.

Elle regarda à l'autre extrémité de la pièce les photos des jumelles posées sur le piano. Mes deux petites filles en bleu, pensa-t-elle. Oh, mon Dieu, ramenez-les à la maison !

« Il a bien l'intention d'y aller, dit Martinson. Il n'a pas voulu rester à l'hôpital. »

Il échangea un regard avec les autres agents.

Mais c'est Steve qui dit tout haut ce qu'ils pensaient : « Supposons qu'il ait un autre accès de faiblesse, qu'il panique ou s'évanouisse pendant qu'il reçoit les instructions à propos de la remise de l'argent ? Qu'arrivera-t-il alors ? Si Bailey ne parvient pas à établir le contact, le Joueur de Flûte a spécifié que nous ne reverrions jamais nos enfants. »

Tony Realto ne laissa pas paraître l'inquiétude qui avait peu à peu envahi son esprit et était devenue une évidence. Nous n'aurions jamais dû laisser Bailey s'impliquer dans cette histoire, songea-t-il. Et pourquoi avait-il tellement insisté pour apporter son aide ?

20

L E MERCREDI, à dix heures vingt, Lucas regardait par la fenêtre de son appartement, tirant nerveusement sur sa cinquième cigarette de la journée. Supposons que le Joueur de Flûte mette la main sur les sept millions de dollars virés électroniquement et décide de nous laisser tomber ? se dit-il. J'ai un enregistrement de sa voix, mais sans doute n'est-ce pas suffisant. S'il met les voiles, que ferons-nous des enfants ?

Même si le Joueur de Flûte joue franc jeu et s'arrange pour récupérer le million en cash, ce sera à nous de nous emparer du pognon et de filer sans nous faire pincer. L'histoire pouvait mal tourner. Lucas le sentait au plus profond de lui-même, et son instinct le trompait rarement. Il en avait fait l'expérience dans sa jeunesse, à l'époque où il s'était fait arrêter par la police. Et pour l'avoir ignoré plus tard, alors qu'il était adulte, il avait écopé de six années de taule. Cette fois-là, il était entré par effraction dans une maison et avait eu aussitôt une prémonition, bien qu'il soit parvenu à ne pas déclencher l'alarme.

Et il ne s'était pas trompé. Des caméras branchées sur un circuit séparé avaient enregistré chacun de ses gestes. Ce soir, si Clint et lui se faisaient prendre, il risquait la perpétuité.

Cette gosse était-elle vraiment malade ? Si jamais elle mourait, la situation serait encore pire.

Son téléphone sonna. C'était le Joueur de Flûte. Lucas mit en marche l'enregistreur.

« Tout se passe pour le mieux, Bert, dit l'homme. Le virement a été fait. Je ne pense pas que le FBI va s'amuser à vous suivre de trop près. Ils n'ont pas envie de mettre en péril la vie des gamines. »

Il parlait en roulant les *r*, persuadé de déguiser ainsi sa voix. Lucas écrasa son mégot sur l'appui de la fenêtre. Continue comme ça, mon vieux, pensa-t-il.

« C'est à vous deux de jouer, poursuivit son interlocuteur. Si vous comptez avoir l'argent ce soir, notez ce que je vais vous dire. Comme vous le savez, vous aurez besoin d'une voiture volée. Vous m'avez bien dit que Harry était bon pour ça, n'est-ce pas ?

— Ouais. C'est une chose qu'il sait faire.

— Nous prendrons un premier contact avec Franklin Bailey ce soir à huit heures devant le Time Warner Building à Columbus Circle. Harry et vous vous serez garés dans la 56e Rue Ouest, à la hauteur du passage qui mène à la 57e, à l'est de la Sixième Avenue. Vous serez dans la voiture volée. Vous aurez changé les plaques du véhicule.

— Pas de problème.

— Voilà comment se déroulera l'opération. »

En l'écoutant, Lucas fut obligé d'admettre que le plan avait de bonnes chances de réussir. A la fin, après avoir assuré inutilement au Joueur de Flûte qu'il n'oublierait pas d'emporter son téléphone portable spécial, il entendit le clic qui indiquait que la communication avait été coupée.

Bon, décida-t-il. Je sais quoi faire. Ça peut marcher. Tandis qu'il allumait une nouvelle cigarette, son autre téléphone sonna.

Il était posé sur la commode de sa chambre et il alla rapidement répondre. « Lucas, dit une voix lasse et tendue, Franklin Bailey à l'appareil. J'ai besoin de vos services ce soir. Si vous êtes déjà pris, pouvez-vous vous faire remplacer par le type qui travaille avec vous ? J'ai une course très importante à faire à Manhattan et je dois me trouver à Columbus Circle à huit heures. »

L'esprit tendu, Lucas coinça l'appareil contre son oreille et tira de sa poche son paquet de cigarettes à moitié vide. « Je suis retenu en effet, mais je pense pouvoir m'arranger. Combien de temps prendra votre course, monsieur Bailey ?

– Je n'en sais rien. »

Lucas se souvint du regard soupçonneux du flic le vendredi précédent, quand Bailey avait voulu s'arrêter devant la maison des Frawley pour proposer son aide. Si les agents fédéraux avaient relevé que Bailey utilisait toujours le même chauffeur et constataient qu'il lui avait fait faux bond cette fois-ci, ils pourraient se demander ce que Lucas avait eu à faire de si important pour laisser tomber un vieux client.

Je ne peux pas refuser, décida Lucas. « Monsieur Bailey », dit-il, s'efforçant de donner à sa voix son ton d'empressement habituel. « Je trouverai quelqu'un pour me remplacer. A quelle heure avez-vous besoin de moi ?

— A six heures. Nous arriverons sans doute longtemps avant l'heure du rendez-vous, mais je ne veux pas courir le risque d'être en retard. »

Lucas jeta son téléphone sur le lit, fit les quelques pas qui le menaient à son séjour miteux, et prit le portable spécial. Lorsque son interlocuteur décrocha, Lucas essuya d'une main nerveuse la sueur qui couvrait son front et le mit au courant de la situation. « Je ne pouvais pas lui dire non, si bien que notre plan tombe à l'eau. »

Malgré ses efforts pour déguiser sa voix, une note d'amusement pointait dans l'intonation du Joueur de Flûte. « Vous avez raison et tort, mon vieux. Certes, vous ne pouviez pas refuser, mais ça ne nous empêchera pas de suivre notre plan. En réalité, ce petit changement va peut-être jouer en notre faveur. Vous aviez l'intention de faire une sortie en avion, n'est-ce pas ?

— Oui, une fois que Harry m'aura refilé le pognon.

— Vous emporterez avec vous la machine à écrire qui a été utilisée pour taper la demande de rançon, ainsi que les vêtements et les jouets d'enfants. Il ne doit y avoir aucune trace de la présence des gamines dans la maison.

— Je sais. Je sais. »

Ils avaient déjà discuté de tous ces aspects.

« Dites à Harry de me téléphoner quand il aura la voiture. Vous m'appellerez dès que vous aurez déposé Bailey devant le Time Warner Building. Je vous indiquerai ce que vous devrez faire ensuite. »

21

A DIX HEURES ET DEMIE, attablée devant son café, Angie prenait son petit-déjeuner avec les jumelles. A la troisième tasse, elle commença à avoir les idées plus claires. Elle avait passé une nuit épouvantable. Elle observa Kathy. L'aspirine et l'inhalation avaient fait leur effet. La chambre empestait le Vicks, mais sa toux avait légèrement diminué. L'enfant était restée éveillée une grande partie de la nuit, réclamant sa mère. Je suis vannée, pensa Angie, moulue de fatigue. Dieu soit loué, l'autre dormait bien, encore qu'elle se soit mise parfois à tousser de concert avec sa sœur.

« J'espère qu'elle n'est pas malade, elle aussi ! s'était inquiété Clint.

– Non. Rendors-toi, l'avait rassuré Angie. Je ne tiens pas à ce que tu sois épuisé ce soir. »

Elle contempla Kelly qui lui rendit son regard. L'envie lui démangeait de frapper la petite effrontée. « Je veux rentrer à la maison, répétait-elle sans arrêt. Kathy et moi, on veut rentrer à la maison. Vous avez promis de nous ramener chez papa et maman. »

Je ne demande que ça, faillit répondre Angie.

Clint semblait à bout de nerfs. Il s'était installé avec son café dans le canapé, face au poste de télévision, et tambourinait contre une malheureuse table basse qui avait connu des jours meilleurs. Il avait regardé les informations, curieux de savoir si on en disait davantage sur le kidnapping, mais la prudence l'avait poussé à supprimer le son. Les gosses tournaient le dos à la télévision.

Kelly avait mangé les céréales qu'Angie s'était donné le mal de leur préparer et Kathy avait fini par avaler quelques bouchées. L'une et l'autre avaient une mine de chien, les cheveux en bataille. Elle hésita à les coiffer. Mais elle n'avait franchement pas envie de les entendre hurler si elle était obligée de démêler les nœuds. Tant pis.

Elle repoussa sa chaise. « Bon, les enfants. C'est le moment de faire un petit dodo. »

Elles s'étaient habituées à retourner au lit après le petit-déjeuner. Kathy lui tendit même les bras. Elle sait que je l'aime, se dit Angie, puis elle réfréna un juron. Le coude de Kathy venait de heurter le bol de céréales, éclaboussant le devant de son pyjama.

Kathy fondit en larmes, laissant échapper un son plaintif qui s'acheva en quinte de toux.

« Calme-toi, calme-toi », dit sèchement Angie.

Elle ne savait pas quoi faire. Ce crétin de Lucas allait arriver d'une minute à l'autre, et elle avait reçu l'ordre de laisser les petites en pyjama. Je vais essayer de la protéger avec une serviette, décida-t-elle.

« Chut », fit-elle avec impatience en soulevant

Kathy dans ses bras, mouillant son propre chemisier au contact du pyjama trempé.

Kelly descendit de sa chaise et marcha à côté d'elle, cramponnée au pied ballant de sa sœur.

Angie déposa Kathy dans le lit à barreaux et attrapa sur le dessus de la commode une serviette de toilette qu'elle glissa sous le haut de son pyjama. Lorsqu'elle l'eut fixée, Kathy s'était pelotonnée en rond et suçait son pouce. Tiens, c'est nouveau, songea Angie, en soulevant Kelly à son tour pour la coucher dans le lit.

Kelly se releva aussitôt et agrippa le barreau supérieur à deux mains. « Kathy et moi on veut rentrer à la maison, cria-t-elle. Tu as promis.

– Vous rentrerez ce soir, répondit Angie. Tais-toi, maintenant. »

Les stores étaient baissés dans la chambre. Angie s'apprêta à en relever un puis se ravisa. Si elle les laissait dans le noir, peut-être finiraient-elles par s'endormir. Elle regagna la cuisine en claquant la porte derrière elle, comme pour prévenir Kelly qu'elle ferait mieux de se tenir tranquille. La veille, quand la petite s'était mise à secouer son lit, un pinçon au bras avait suffi à lui faire comprendre que ce n'était pas une bonne idée.

Clint était toujours devant la télévision. Angie entreprit de débarrasser la table. « Tu ferais mieux de ramasser les DVD de *Winnie l'Ourson*, dit-elle en empilant les assiettes dans l'évier. Et de les fourrer dans la boîte avec la machine à écrire. »

Le Joueur de Flûte avait ordonné à Lucas de jeter dans la mer tout ce qui pouvait avoir un rapport avec l'enlèvement. « C'est-à-dire la machine à écrire que nous avons utilisée pour la demande de rançon, les vêtements, les jouets, les draps et les couvertures, en gros tout ce qui pourrait comporter des traces de leur ADN », avait expliqué Lucas à Clint.

Aucun des deux ne se doute que ces précautions servent mon plan, pensa Angie.

« Angie, cette boîte est beaucoup trop grande, protesta Clint. Lucas aura du mal à s'en débarrasser.

– Elle n'est pas trop grande, rétorqua-t-elle. J'ai l'intention d'y mettre aussi l'inhalateur. D'accord ?

– Dommage qu'on puisse pas y fourrer le lit d'enfant.

– Quand nous aurons relâché les gosses, tu pourras revenir ici et le démonter. Demain tu iras le jeter. »

Deux heures plus tard, elle s'attendait à la réaction furieuse de Lucas à la vue de la boîte. « Tu n'aurais pas pu trouver quelque chose de plus petit, non ? aboya-t-il.

– Bien sûr que j'aurais pu. J'aurais même pu aller à l'épicerie et expliquer pourquoi j'en voulais une et ce que j'allais fourrer dedans. Celle-ci était dans la cave. Elle fera l'affaire.

– Angie, je crois que nous avons des boîtes plus petites en bas, proposa Clint.

– J'ai déjà fermé et ficelé celle-là, hurla Angie. C'est bon comme ça !

Une minute plus tard, elle regarda avec une intense satisfaction Lucas emporter la boîte volumineuse jusqu'à sa voiture.

22

LILA JACKSON, vendeuse au magasin Abby's Discount sur la route 7, était devenue une sorte de célébrité auprès de sa famille et de ses amis. C'était elle qui avait vendu les robes de velours bleu à Margaret Frawley deux jours avant l'enlèvement.

Trente-quatre ans, de petite taille et débordante d'énergie, Lila avait quitté une confortable situation de secrétaire à Manhattan pour venir s'installer avec sa mère qui avait récemment perdu son mari. Elle avait pris cette place de vendeuse chez Abby. Comme elle l'expliquait à ses amis surpris : « Je me suis aperçue que je détestais rester assise à un bureau, et que je ne m'étais jamais autant amusée que lorsque je travaillais à temps partiel chez Bloomingdale. J'adore les vêtements. J'adore les vendre. Dès que je le pourrai, j'ouvrirai ma propre boutique. » Elle suivait dans ce but des cours de gestion au centre universitaire.

Quand s'était répandue la nouvelle de l'enlèvement, Lila avait reconnu Margaret à la télévision ainsi que les robes que portaient les jumelles.

« Elle m'a paru très gentille », racontait-elle d'une voix étranglée par l'émotion à un attroupement de clientes fascinées qu'elle ait pu être en contact avec la mère des jumelles deux jours à peine avant leur enlèvement. « Mme Frawley est une femme bien, simple et aimable. Et elle sait reconnaître les choses de qualité. Je lui ai fait remarquer que les mêmes robes coûtaient quatre cents dollars chez Bergdorf, et que celles-ci étaient données en comparaison. Elle a dit que c'était encore trop cher pour elle, et je lui ai présenté d'autres tenues, mais elle revenait toujours à son premier choix. Elle a fini par les acheter. Elle a ri au moment de payer en ajoutant qu'elle espérait prendre en photo ses petites filles dans leurs jolies robes bleues avant qu'elles ne renversent du chocolat ou de la confiture dessus.

« Nous avons bavardé, se rappela Lila, évoquant les détails de leur rencontre. J'ai dit à Mme Frawley qu'une autre dame était venue acheter deux ensembles identiques pour des jumelles. Ce n'était certainement pas leur mère, car elle n'était pas certaine de leur taille. Elle m'a demandé mon avis. Elle a dit qu'elles avaient trois ans et étaient de taille moyenne. »

Le mercredi, Lila eut le temps de voir le journal télévisé de midi avant de partir à son travail. Secouant la tête avec compassion, elle regarda attentivement la vidéo qui montrait Margaret et Steve courant jusqu'à la maison voisine et, cinq minutes plus tard, se précipitant vers une autre maison un peu plus loin dans la rue.

« Bien que l'information ne soit confirmée ni par

la famille ni par le FBI, il semblerait que le Joueur de Flûte, comme se fait appeler le ravisseur, ait fait part de ses exigences concernant la rançon en appelant les Frawley sur le téléphone de leurs voisins », disait le commentateur de CBS.

Un plan rapproché de Margaret Frawley apparut ensuite, révélant son expression angoissée et ses yeux cernés.

« Robinson Geisler, le président de C.F.G. & Y., se refuse pour l'instant à nous préciser si le transfert de fonds est en cours, poursuivait le journaliste, mais si c'est le cas, il est évident que les prochaines vingt-quatre heures seront cruciales. Cela fait six jours aujourd'hui que Kathy et Kelly ont été enlevées à leur domicile, le jeudi vers dix heures du soir. »

Elles étaient sans doute en pyjama quand on les a kidnappées, se dit Lila en prenant la clé de sa voiture. Cette pensée ne la quitta pas durant le trajet jusqu'à son travail, et elle l'accompagnait encore quand elle accrocha son manteau et recoiffa rapidement sa crinière rousse qu'avait ébouriffée le vent sur le parking. Elle épingla son badge, « Bienvenue, je m'appelle Lila », puis alla directement au bureau de la comptabilité.

« Je voudrais juste jeter un coup d'œil sur mes ventes depuis mercredi dernier, Jean », expliqua-t-elle à la comptable. « J'ai oublié le nom de la cliente qui a acheté des vêtements pour deux jumelles, mais je le retrouverai en voyant le ticket de caisse. Elle a acheté deux salopettes et deux T-shirts assortis, ainsi que des sous-vêtements et des chaussettes. Elle n'a pas acheté de chaussures parce qu'elle ignorait la pointure exacte. »

Elle ne mit pas cinq minutes à passer en revue tous les reçus et à trouver ce qu'elle cherchait. Le reçu avait été signé par une certaine Mme Clint Downes qui avait utilisé une carte Visa. Lila hésita. Devait-elle demander à Jean de téléphoner au centre Visa pour avoir les coordonnées de cette cliente ? Ne sois pas stupide, se reprit-elle en regagnant hâtivement la boutique.

Un peu plus tard, poursuivie par le sentiment qu'elle devait malgré tout se fier à cette intuition troublante, Lila se résolut à demander à la comptable d'obtenir l'adresse de cette femme.

« Bien sûr, Lila. S'ils se montrent récalcitrants, je leur dirai qu'elle a oublié un paquet au magasin.

– Merci, Jean. »

Le centre des cartes bancaires répondit que Mme Clint Downes était enregistrée au 100 Orchard Street, à Danbury.

Sans trop savoir quoi faire de cette information, Lila se souvint que sa mère avait invité à dîner Jim Gilbert ce soir-là. Jim avait fait partie de la police de Danbury autrefois. Elle lui demanderait son avis.

Lorsqu'elle arriva chez elle, sa mère l'avait attendue pour dîner et prenait l'apéritif avec Jim dans le petit salon. Lila se versa un verre et s'assit devant la cheminée, le dos au feu. « Jim, commença-t-elle, je présume que ma mère vous a raconté que c'est moi qui ai vendu les robes de velours bleu à Margaret Frawley.

– En effet, c'est ce que j'ai appris. »

Sa voix profonde de baryton étonnait toujours

Lila, venant d'un homme aussi petit et mince. Son expression avenante s'assombrit. « Ecoutez-moi. Ils ne retrouveront pas ces petites, mortes ou vives. Je suis prêt à parier qu'elles sont déjà à l'étranger à l'heure qu'il est, et que toute cette histoire de rançon n'était qu'une diversion.

— Jim, je sais que ma réflexion peut paraître insensée, mais peu avant de vendre ces robes à Margaret Frawley, j'ai servi une femme qui achetait des ensembles identiques pour des enfants de trois ans dont elle semblait ne pas connaître la taille exacte.

— Et alors ? »

Lila se jeta à l'eau. « Je veux dire, se pourrait-il que cette femme ait un rapport quelconque avec ce kidnapping et qu'elle ait acheté des vêtements, prévoyant que les jumelles pourraient en avoir besoin ? Les petites Frawley étaient vêtues de leurs seuls pyjamas quand elles ont été enlevées. A cet âge, les enfants ne restent pas cinq jours dans la même tenue.

— Lila, vous avez trop d'imagination, dit Jim Gilbert d'un ton indulgent. Si vous saviez combien d'informations de ce type parviennent quotidiennement à la police de Ridgefield et au FBI ! »

Lila insista : « Cette femme s'appelle Mme Clint Downes, et elle habite Danbury, au 100 Orchard Street. J'ai envie de faire un saut chez elle et de sonner à sa porte en prenant pour prétexte qu'un des T-shirts qu'elle a achetés provenait d'un lot défectueux. Ne serait-ce que pour satisfaire ma curiosité.

— Lila, vous faites fausse route. Je connais Clint

Downes. C'est l'homme à tout faire du country club. Il habite le pavillon de gardien. 100 Orchard Street est l'adresse du club. La femme en question était-elle maigre et coiffée d'une queue-de-cheval ?

– Oui.

– C'est Angie, la petite amie de Clint. Elle signe peut-être Mme Downes, mais elle n'est pas Mme Downes. Elle fait souvent du baby-sitting. Rayez-les tous les deux de votre liste de suspects. Aucun n'est assez intelligent pour organiser un enlèvement tel que celui qui nous occupe. »

23

LUCAS savait que Charley Fox, un nouveau mécanicien du club aéronautique, l'observait tandis qu'il montait dans l'avion, serrant dans ses bras un colis volumineux. Pour le moment, il s'étonne de me voir chargé d'un paquet pareil et il pense que j'ai l'intention de le jeter par-dessus bord, se dit-il. Puis il pensera qu'il s'agit probablement de quelque chose dont je dois impérativement me débarrasser, à moins qu'il ne croie que je transporte de la drogue. Et la prochaine fois qu'un flic se pointera dans les parages en posant des questions sur les membres du club, il lui parlera de moi.

« Pourtant c'était une bonne idée de nettoyer la maison de tout ce qui pouvait rappeler les jumelles, marmonna-t-il en coinçant la boîte derrière le siège du pilote dans le cockpit. Ce soir, après les avoir abandonnées, j'aiderai Clint à démonter le lit à barreaux et nous le disperserons à différents endroits. Il doit y avoir des traces d'ADN sur le matelas. »

Alors qu'il faisait les vérifications habituelles avant le décollage, un sourire sarcastique lui vint aux lèvres. Il avait lu quelque part que les véritables jumeaux possédaient le même ADN. Par conséquent, ils pourront seulement prouver que nous détenions une des jumelles, se dit-il. Epatant !

Le vent était encore vif. Ce n'était pas le meilleur temps pour voler dans un avion léger, mais la stimulation du danger avait toujours un effet apaisant sur Lucas. Aujourd'hui elle libérait son esprit de ses craintes grandissantes concernant la façon dont devaient se dérouler les opérations de la soirée. Renonce au cash, répétait avec insistance une voix dans sa tête. Demande au Joueur de Flûte de vous reverser un million sur les sept qui lui ont été virés. Abandonne les gosses à un endroit où on pourra les retrouver. Ainsi, personne n'aura de raison de vous suivre et de vous arrêter.

Mais le Joueur de Flûte n'acceptera pas, pensa amèrement Lucas tandis que les roues de l'avion quittaient le sol. Soit nous ramassons le fric ce soir, soit nous nous retrouvons sans un rond avec un kidnapping sur les bras et la police à nos trousses.

Son vol fut de courte durée. Le temps de parcourir quelques miles au-dessus de la mer. Coinçant le manche entre ses genoux, il réduisit sa vitesse, saisit la boîte, la maintint en équilibre sur ses genoux et, ouvrant avec précaution la porte du cockpit, la jeta dans le vide. Il la regarda tomber. La mer était grise et agitée. La boîte disparut parmi les vagues, soulevant une gerbe d'écume. Lucas referma la porte, et tira sur le manche. Il s'agissait de passer aux choses sérieuses à présent.

Quand il se posa en douceur sur la piste, Charley Fox n'était plus dans les parages, ce qui le rassura.

100

Il ne saura pas si j'ai rapporté ou non la boîte avec moi, se dit-il.

Il était presque quatre heures. Le vent soufflait moins fort, mais des nuages menaçants s'amassaient dans le ciel. La pluie qui s'annonçait leur serait-elle favorable ou risquait-elle, au contraire, d'entraver leur plan ? Lucas gagna le parking et monta dans sa voiture. Il resta assis pendant quelques minutes, plongé dans ses réflexions. On verra bien, décida-t-il enfin. En attendant, il allait sortir la limousine du garage et la conduire à la station de lavage afin qu'elle soit fin prête pour M. Bailey. Si jamais les agents fédéraux étaient postés devant la maison de son client, c'était l'occasion de leur montrer que Lucas était un chauffeur consciencieux, ni plus ni moins.

C'était aussi pour lui une façon de s'occuper. A tourner en rond dans l'appartement, il finirait par devenir dingue. Sa décision prise, il mit le contact.

Deux heures plus tard, douché et rasé de frais, impeccablement vêtu de sa livrée de chauffeur, Lucas engageait la limousine étincelante dans l'allée de Franklin Bailey.

24

« Margaret, nous sommes absolument certains que vous n'avez rien à voir avec la disparition des jumelles, disait l'agent Carlson, mais votre deuxième test au détecteur de mensonge est encore moins concluant que ne l'était le premier. Votre état émotionnel en est probablement l'explication. Contrairement à tout ce que vous pouvez lire dans les romans ou voir à la télévision, les résultats du détecteur de mensonge ne sont pas toujours précis, c'est pourquoi ils ne sont pas reconnus comme preuve par les tribunaux.

– Qu'est-ce que vous dites ? » Margaret semblait absente.

A quoi ça rime ? pensait-elle. Lorsque j'ai passé ces tests, j'étais à peine capable de comprendre les questions. Ce n'étaient que des mots. Une heure plus tôt, Steve l'avait presque forcée à avaler le calmant prescrit par le médecin. Elle était censée en prendre toutes les quatre heures, mais elle détestait cette sensation de flou dans laquelle il la plongeait. Maintenant, elle avait du mal à se concentrer sur ce que cet agent du FBI lui disait.

« Au cours des deux tests, on vous a demandé si vous connaissiez la personne responsable de l'enlèvement, répéta Walter Carlson d'une voix posée. Vous avez répondu non et, la deuxième fois, l'appareil a détecté un mensonge. » Il leva la main pour prévenir la protestation qu'il voyait se former sur les lèvres de la jeune femme. « Margaret, écoutez-moi. Vous ne mentez pas, bien sûr. Nous le savons tous. Mais il est possible que votre inconscient soupçonne quelqu'un d'être impliqué dans l'enlèvement, et c'est cela qui affecte les résultats du test à votre insu. »

La nuit tombe, songea Margaret. Il est sept heures. Dans une heure, Franklin Bailey sera devant le Time Warner Building, en train d'attendre qu'un inconnu le contacte. S'il lui remet l'argent, je retrouverai peut-être mes petites filles ce soir.

« Margaret, écoute », la pressa Steve.

Margaret entendit le sifflement de la bouilloire. Elle vit Rena Chapman apporter un plat de macaronis, du fromage et du jambon de Virginie. Nos voisins sont tellement gentils, pensa-t-elle. Je n'ai pas eu le temps de faire leur connaissance. Dès que nous aurons retrouvé les enfants, je les inviterai tous pour les remercier.

« Margaret, je voudrais que vous regardiez à nouveau les dossiers de certaines des personnes que vous avez défendues, disait Carlson. Nous en avons repéré trois ou quatre qui, après avoir été condamnées, vous ont accusée de leur avoir fait perdre leur procès. »

Margaret se força à se concentrer sur les noms des prévenus. « Je leur ai assuré la meilleure défense possible, protesta-t-elle. Ils étaient tous coupables, et je leur avais obtenu des négociations satisfaisantes avec le juge s'ils plaidaient dans ce sens, mais ils n'ont pas voulu me suivre. Ensuite, quand le tribunal les a condamnés à des peines plus lourdes, ils ont décrété que c'était ma faute. C'est un problème bien connu des avocats commis d'office. »

Carlson poursuivit : « Après sa condamnation, Donny Mars s'est pendu dans sa cellule. A son enterrement, sa mère a hurlé : "Attendez que Frawley comprenne la douleur de perdre un enfant."

– C'était il y a quatre ans, un an avant la naissance des jumelles. Elle était devenue complètement hystérique, répondit Margaret.

– Peut-être, mais elle a disparu de la circulation, ainsi que son autre fils. Croyez-vous que vous auriez pu la soupçonner, sans même en avoir conscience ?

– Elle était hystérique », répéta calmement Margaret, surprise de se sentir aussi détachée. « Donny était maniaco-dépressif. J'avais supplié le juge de le faire hospitaliser. Il aurait fallu le placer sous surveillance médicale. Son frère m'a écrit une lettre me demandant d'excuser les propos tenus par sa mère. Elle ne le pensait pas vraiment. »

Elle ferma les yeux, puis les rouvrit lentement.

« C'est ça, c'est l'autre chose qui me tracassait », dit-elle soudain.

Carlson et Steve la regardèrent, éberlués. Elle se renferme en elle-même, pensa Carlson. Le calmant commençait à agir et le sommeil la gagnait. Le timbre de sa voix était de plus en plus étouffé et il dut se pencher pour saisir ce qu'elle disait. « Il faudrait prévenir le Dr Harris, Kathy est malade. Quand elle et Kelly seront de retour, je veux que ce soit le Dr Harris qui s'occupe de Kathy. »

Carlson se tourna vers Steve. « Est-ce que le Dr Harris est votre pédiatre ?

– Oui. Elle exerce au New York Presbyterian à Manhattan, elle a publié de nombreuses études sur le comportement des jumeaux. Lorsque nous avons su que nous aurions des jumelles, Margaret est allée la consulter. Depuis, elle est devenue la pédiatre des filles.

– Dès que nous saurons où récupérer les enfants, nous les emmènerons dans l'hôpital le plus proche pour les faire examiner, leur dit Carlson. Le Dr Harris pourra alors nous y rejoindre. »

Nous raisonnons comme si nous étions certains de les retrouver, pensa Steve. Je me demande si elles sont encore en pyjama. Il tourna la tête vers la fenêtre en entendant la pluie battre contre les vitres, puis regarda Carlson. Il crut deviner la pensée qui lui traversait l'esprit. La pluie allait rendre plus difficile la surveillance des ravisseurs.

Mais l'agent du FBI Walter Carlson n'était pas en train de songer au temps qu'il faisait. Il pensait à ce que Margaret venait de dire. *C'est l'autre chose qui me tracassait.* Margaret, quelle est cette autre chose ? *Vous possédez peut-être la clé. Rassemblez vos souvenirs avant qu'il ne soit trop tard.*

25

LE TRAJET de Ridgefield à Manhattan prit une heure et quinze minutes. A sept heures et quart, Franklin Bailey se tenait tassé sur le siège arrière de la limousine que Lucas avait garée dans Central Park South, à un demi-bloc du Time Warner Builiding.

La pluie s'était mise à tomber. En route, Bailey, très nerveux, avait expliqué à Lucas pourquoi il avait tenu à ce que ce soit lui qui le conduise en personne. « Le FBI va me demander de descendre de voiture. Ils savent que les ravisseurs soupçonneront qu'un de leurs agents sera au volant. S'ils nous ont épiés et me voient arriver dans la limousine conduite par le chauffeur que j'utilise habituellement, ils comprendront peut-être que nous ne voulons rien d'autre que récupérer les enfants saines et sauves.

– Je comprends, monsieur Bailey, dit Lucas.

– Je sais que les agents grouillent aux abords du Time Warner Building, ils conduisent des taxis ou des voitures banalisées, prêts à me suivre dès que j'aurai reçu les instructions », continua Bailey d'une voix tremblante.

Lucas jeta un coup d'œil dans le rétroviseur. Il n'a pas l'air plus rassuré que moi, constata-t-il amèrement. Je suis sûr que c'est un piège qu'on nous a tendu, à Clint et moi. Le FBI n'aura plus qu'à le refermer. D'ailleurs, ils sont peut-être en train de passer les menottes à Angie à l'heure qu'il est.

« Lucas, vous êtes sourd ? Je vous ai demandé si vous aviez un téléphone portable.

– Oui, monsieur, bien sûr.

– Quand la remise de la rançon aura été effectuée, je vous appellerai immédiatement. Vous resterez garé dans les parages, n'est-ce pas ?

– Oui, monsieur, prêt à vous prendre là où vous serez.

– L'un des agents montera avec nous. Ils m'ont prévenu qu'ils souhaitaient recueillir mes impressions après mon contact avec la personne chargée de récupérer l'argent. Je comprends que ce soit nécessaire, mais je leur ai dit que je voulais être dans ma voiture. » Bailey laissa échapper un petit rire. « Je veux dire, dans votre voiture, Lucas. Pas la mienne.

– Elle est à votre disposition chaque fois que vous le désirez, monsieur Bailey. »

Lucas avait les mains moites et il les frotta l'une contre l'autre. L'attente le rendait nerveux.

A huit heures moins deux, il s'arrêta devant le Time Warner Building. Il pressa sur le bouton d'ouverture du coffre, bondit hors de la limousine et alla ouvrir la portière du côté de Bailey. Son regard s'attarda sur les deux valises tandis qu'il les sortait du coffre.

L'agent du FBI qui avait été dépêché au domicile de Bailey les avait déposées lui-même dans la voiture en même temps qu'un chariot à roulettes. « Quand vous déposerez M. Bailey, assurez-vous d'attacher les valises sur le chariot, avait-il recommandé à Lucas. Elles sont très lourdes. »

Résistant à une envie irrésistible de s'en emparer et de prendre la fuite, Lucas les déposa sur le chariot et les attacha à la poignée.

Il pleuvait à verse à présent et Bailey remonta le col de son pardessus. Il s'était coiffé d'une casquette, mais pas assez rapidement pour empêcher que des mèches humides ne retombent sur son front. Il prit dans sa poche le téléphone de l'agent Carlson et le porta anxieusement à son oreille.

« Il vaut mieux que je m'éloigne, à présent, dit Lucas. Bonne chance, monsieur. J'attendrai votre appel.

– Merci. Merci, Lucas. »

Lucas reprit sa place au volant de la limousine et jeta un rapide coup d'œil autour de lui. Bailey se tenait au bord du trottoir. Le flot des voitures se déplaçait lentement autour de Columbus Circle. A chaque croisement les gens hélaient en vain les taxis qui semblaient tous occupés. Lucas démarra et regagna lentement Central Park South. Comme il s'y attendait, il ne restait plus aucune place de stationnement. Il tourna à droite dans la Septième Avenue, puis à droite à nouveau dans la 55e Rue. Entre la Huitième et la Neuvième Avenue, il se gara devant une bouche d'incendie et attendit l'appel du Joueur de Flûte.

26

LES JUMELLES avaient dormi pendant une grande partie de l'après-midi. Quand elles se réveillèrent, Angie constata que Kathy était très rouge et qu'elle avait à nouveau de la fièvre. Je n'aurais pas dû la laisser dans son pyjama mouillé, se reprocha-t-elle. Elle attendit que Clint soit parti avant de changer Kathy et lui enfiler une des salopettes et un T-shirt assorti qu'elle s'était bien gardée de jeter.

« Je veux m'habiller moi aussi », protesta Kelly. Devant le regard furieux que lui lança Angie, elle tourna son attention vers les dessins animés que diffusait la télévision.

A sept heures, Clint téléphona. Il lui dit qu'il avait acheté une nouvelle voiture, une Toyota noire, il ajouta qu'il l'avait trouvée dans le New Jersey. Ce qui signifiait qu'il avait volé une voiture et l'avait munie de plaques d'immatriculation du New Jersey. « T'en fais pas, Angie, on va faire la fête ce soir », conclut-il.

Tu parles qu'on va faire la fête ! faillit lui répondre Angie.

A huit heures, elle remit les jumelles au lit. Kathy respirait avec difficulté et elle était toujours très chaude. Angie lui donna une autre aspirine, puis la regarda se pelotonner comme un chaton, son pouce dans sa bouche. Un frisson la parcourut. En ce moment même, Clint et Lucas sont en contact avec la personne qui détient l'argent, pensa-t-elle.

Kelly se tenait assise toute droite, son bras autour de sa sœur. Le pyjama bleu orné de nounours qu'elle portait depuis la première nuit était froissé et déboutonné. La salopette de Kathy était bleu foncé, assortie au T-shirt à carreaux bleus et blancs.

« Deux petites filles en bleu, fredonna Angie. Deux petites filles en bleu... »

Kelly leva les yeux vers elle et l'écouta d'un air grave répéter la dernière phrase du refrain : « Mais nous avons pris des chemins différents. »

Angie éteignit la lumière, ferma la porte de la chambre et regagna le séjour. Tout était nickel. La pièce n'avait pas été aussi bien rangée depuis long-temps. J'aurais dû garder l'inhalateur, regretta-t-elle. C'est Lucas qui m'a forcée à m'en défaire.

Elle consulta la pendule. Huit heures dix. Concernant la remise de la rançon, Clint savait seu-lement qu'il devait être garé à huit heures précises à deux blocs de Columbus Circle dans une voiture volée. L'opération était sans doute en train de se dérouler.

On n'avait pas demandé à Clint d'être armé, mais Angie l'avait encouragé à prendre un pistolet. « Ré-fléchis, lui avait-elle dit. Suppose que tu partes avec le fric et que quelqu'un te prenne en filature. Tu sais te servir d'un flingue, non ? Si tu n'as pas le choix, vise le flic aux jambes ou tire dans les pneus de sa voiture. »

Clint avait fourré le pistolet dans sa poche.

Angie se prépara du café, s'installa sur le divan et regarda les informations à la télévision. Sa tasse brûlante dans une main, une cigarette dans l'autre, elle écouta attentivement le présentateur commenter les chances de réussite de la remise de rançon. « Notre site Internet est submergé de messages de téléspectateurs exprimant leur espoir de voir les deux petites filles en bleu retrouver leurs parents le plus vite possible. »

Angie se mit à rire. « Tu ne sais pas tout, mon vieux », dit-elle, avec un sourire narquois à l'adresse du visage grave du présentateur.

27

Un ARTICLE de magazine l'avait récemment décrite comme une sexagénaire avenante, avec des yeux couleur noisette emplis de sagesse et de douceur, une masse de cheveux gris coiffés à la diable et des formes replètes et rassurantes qui offraient un refuge confortable aux tout-petits. Le Dr Sylvia Harris était chef du département pédiatrie du New York Presbyterian Hospital de Manhattan. Lorsque la nouvelle de l'enlèvement s'était répandue, elle avait tenté de joindre Steve et Margaret Frawley, mais n'était parvenue qu'à laisser un message sur leur répondeur. Elle avait alors téléphoné au bureau de Steve et demandé à sa secrétaire de lui faire part de son soutien et de celui de son entourage. Tout le monde priait pour le retour des jumelles.

Elle n'avait rien changé à son emploi du temps depuis, elle avait fait ses consultations comme à l'habitude, mais à aucun moment les jumelles n'avaient quitté son esprit.

Telle une vidéo repassant en boucle sous ses yeux, elle se remémorait ce jour d'automne, trois ans et demi plus tôt, où Margaret Frawley avait demandé à la rencontrer. « Quel âge a le bébé ? avait demandé Sylvia.

– Elles doivent naître le 24 mars, avait répondu Margaret, d'un ton joyeux. Je viens d'apprendre que j'attends des jumelles et j'ai lu plusieurs de vos articles sur les enfants nés d'un même œuf. C'est pourquoi j'aimerais que vous vous en occupiez après leur naissance. »

Elle avait reçu le jeune couple lors d'un rendez-vous préliminaire, et la sympathie avait été immédiate et réciproque. Avant même l'arrivée des jumelles, leur relation s'était transformée en une véritable amitié. Elle leur avait offert plusieurs ouvrages sur les liens particuliers qui se développent entre des jumeaux, et à cette époque ils assistaient souvent à ses conférences sur le sujet. Ils semblaient fascinés par les cas de vrais jumeaux qu'elle prenait pour exemples, s'étonnant qu'ils puissent souffrir au même moment de douleurs physiques identiques, se transmettre des messages télépathiques, même s'ils se trouvaient à des lieues l'un de l'autre.

Lorsque Kathy et Kelly étaient nées, deux beaux bébés débordant de santé, Steve et Margaret avaient été fous de bonheur. Et moi aussi, autant sur le plan professionnel que personnel, pensait aujourd'hui Sylvia en refermant la porte de son bureau, s'apprêtant à rentrer chez elle. J'ai eu avec elles l'occasion d'examiner le comportement de vraies sœurs jumelles dès la seconde où elles sont nées et elles m'ont confirmé tout ce qui a été écrit sur le lien gémellaire. Elle revoyait soudain le jour où Kathy lui avait été amenée en urgence parce que son rhume s'était transformé en bronchite. Steve était assis dans la salle d'attente avec Kelly pendant que j'examinais Kathy dans mon cabinet, se rappelat-elle. Au moment où j'ai fait une piqûre à Kathy, Kelly s'est mise à hurler. Et ce n'est qu'un exemple parmi tant d'autres. Pendant ces trois années, Margaret a tenu une sorte de journal de bord à mon intention. Combien de fois lui ai-je dit que Josh aurait aimé pouvoir s'occuper de leurs filles et les étudier.

Elle avait parlé à Steve et à Margaret de son mari décédé, soulignant qu'ils lui rappelaient la relation qu'elle avait eue avec Josh. Les Frawley s'étaient connus à l'université de droit. Josh et elle à l'école de médecine de Columbia. La différence était que les Frawley étaient les heureux parents de jumelles tandis que Josh et elle n'avaient jamais eu d'enfants. Après l'internat, ils avaient ouvert ensemble un cabinet de pédiatrie. Puis, à peine âgé de quarante-deux ans, Josh avait commencé à se sentir fatigué. Les analyses avaient révélé qu'il souffrait d'un cancer du poumon en phase terminale, une ironie du sort que seule la foi sans faille de Sylvia lui avait permis d'accepter avec sérénité.

« L'unique fois où je l'ai vu se mettre en rage contre une patiente, c'est le jour où une jeune mère s'est présentée au cabinet avec des vêtements qui empestaient le tabac, avait-elle raconté à Steve et à Margaret. Josh lui a demandé d'une voix glaciale : "Vous fumez en présence de ce bébé ? Ne comprenez-vous pas le danger que vous lui faites courir ? Vous devez vous arrêter immédiatement." »

A la télévision, Margaret avait dit qu'elle craignait que Kathy n'ait attrapé froid. Ensuite les ravisseurs avaient passé un enregistrement des jumelles et l'une d'elles toussait. Kathy était sujette aux pneumonies, pensa Sylvia. Il était peu probable que son ravisseur l'emmène chez un médecin. Peut-être devrais-je appeler le commissariat de police de Ridgefield, expliquer que je suis la pédiatre des jumelles et faire en sorte qu'ils demandent aux stations de télévision de diffuser à l'intention des ravisseurs les précautions à prendre au cas où Kathy aurait de la fièvre.

Son téléphone sonna. Pendant une minute elle fut tentée de laisser le secrétariat prendre l'appel, puis se ravisa et décrocha. C'était Margaret. Sa voix était étranglée par l'émotion.

« Docteur Harris. La rançon est sur le point d'être versée, nous pensons récupérer nos filles très bientôt. Vous serait-il possible de venir jusqu'ici et de les attendre avec nous ? Je sais que c'est beaucoup vous demander, mais nous ignorons comment elles ont été traitées. Et Kathy a une vilaine toux.

– Je pars tout de suite, répondit Sylvia Harris. Indiquez-moi comment arriver chez vous. »

28

LE TÉLÉPHONE PORTABLE que Franklin Bailey tenait serré dans sa main se mit à sonner. Les doigts tremblants, il l'ouvrit et le pressa contre son oreille. « Franklin Bailey à l'appareil, dit-il, la bouche subitement sèche.

– Monsieur Bailey, vous êtes très ponctuel. Mes félicitations. » La voix était un murmure rauque.

« Maintenant, je vais vous demander de descendre la Huitième Avenue en direction de la 57ᵉ Rue. Ensuite, tournez à droite dans la 57ᵉ et dirigez-vous vers la Neuvième Avenue. Attendez au coin nord-ouest. Chacun de vos pas est surveillé. Je vous rappellerai dans cinq minutes exactement. »

Vêtu en clochard, l'agent du FBI Angus Sommers était assis recroquevillé sur le trottoir, le dos appuyé à cette curiosité architecturale qui avait été jadis le musée Huntington-Hartford. A côté de lui, un caddie branlant, recouvert de plastique et rempli de fripes et de journaux, le protégeait des regards d'un éventuel observateur. Comme la douzaine d'autres agents du FBI postés alentour, il avait un téléphone portable programmé pour capter l'appel que Franklin Bailey était censé recevoir du Joueur de Flûte. Il regarda Bailey tirer son chariot à travers la rue. Même à cette distance, Sommers vit qu'il peinait sous le poids des valises et qu'il commençait à être trempé par la pluie.

Plissant les yeux, Sommers parcourut du regard les alentours de Columbus Circle. Le ravisseur et ses comparses se trouvaient-ils quelque part dans les parages, mêlés à la foule des passants qui se hâtaient à l'abri de leurs parapluies ? Ou s'agissait-il d'un individu isolé qui allait balader Bailey d'un bout à l'autre de New York afin d'identifier et de semer ceux qui pourraient le suivre ?

Comme Bailey sortait de son champ de vision, Sommers se leva lentement, poussa son caddie jusqu'à l'angle de la rue et attendit de voir changer le feu de circulation. Il savait que des caméras disposées sur le Time Warner Building et dans la rotonde filmaient chaque centimètre carré de la scène.

Il traversa la 58ᵉ Rue, et tourna sur la gauche. Là, un agent déguisé comme lui en SDF s'empara de son caddie. Sommers monta alors dans une des voitures du FBI en stationnement dans la rue, troqua ses loques contre un imperméable Burberry et un chapeau assorti, et se fit déposer deux minutes plus tard devant le Holiday Inn de la 57ᵉ Rue, à un demi-bloc de la Neuvième Avenue.

« Bert, ici le Joueur de Flûte. Précisez votre position.

117

– Je suis garé dans la 55ᵉ Rue entre la Huitième et la Neuvième Avenue. Devant une bouche d'incendie. Je ne pourrai pas rester longtemps. Je vous préviens. D'après Bailey, l'endroit fourmille d'agents du FBI.

– Je n'en attends pas moins d'eux. Je veux que vous alliez jusqu'à la Dixième Avenue. Ensuite, vous tournerez vers l'est dans la 56ᵉ Rue. Arrêtez-vous le long du trottoir dès que possible et attendez d'autres instructions. »

Un moment plus tard, le portable de Clint sonna à son tour. Il était garé dans la 61ᵉ Rue Ouest, au volant de la voiture qu'il avait volée. Il reçut les mêmes instructions de la part du Joueur de Flûte.

Franklin Bailey attendait à l'angle nord-ouest de la Neuvième Avenue et de la 57ᵉ Rue. Il était trempé jusqu'aux os à présent, et essoufflé à force d'avoir tiré les lourdes valises. Les mesures de protection mises en place par le FBI n'atténuaient en rien l'angoisse qui s'était emparée de lui à la pensée de jouer au chat et à la souris avec les ravisseurs. Quand le téléphone sonna à nouveau, sa main tremblait tellement qu'il le laissa choir. Espérant qu'il fonctionnait encore, il l'ouvrit et dit : « Je suis là.

– C'est ce que je vois. Vous allez maintenant vous diriger vers la 59ᵉ Rue et la Dixième Avenue. Entrez dans le magasin Duane Reade à l'angle nord-ouest. Achetez un téléphone portable avec une carte prépayée, et un rouleau de sacs-poubelle. Je vous rappellerai dans dix minutes. »

Il va lui dire de se débarrasser du téléphone que nous lui avons remis, réfléchit Sommers qui s'était posté dans l'allée du Holiday Inn et venait d'intercepter l'appel. S'il est capable d'observer le moindre mouvement de Bailey, il se trouve probablement dans l'un des immeubles alentour. Il vit un taxi s'arrêter de l'autre côté de la rue et un couple en sortir. Il savait qu'une douzaine d'agents conduisaient des taxis transportant d'autres agents à l'arrière. Le plan était d'avoir l'air de décharger des passagers près de l'endroit où attendait Bailey afin qu'une voiture soit immédiatement disponible au cas où Bailey recevrait l'ordre de héler un taxi. Mais le Joueur de Flûte essayait à l'évidence de savoir si Bailey était suivi.

Encore quatre blocs à parcourir sous cette pluie, avec ces foutues valises à tirer, s'inquiéta Sommers en regardant Bailey tourner en direction du nord, suivant les instructions du Joueur de Flûte. J'espère seulement qu'il ne va pas s'effondrer avant de remettre la rançon.

Une limousine avec une plaque de voiture de maître s'arrêta le long du trottoir. Sommers s'élança à l'intérieur. « Tournez autour de Columbus Circle, dit-il à l'agent qui était au volant, et allez vous garer dans la Dixième, près de la 60e Rue. »

Il fallut dix bonnes minutes à Franklin Bailey pour atteindre le Duane Reade. Quand il en ressortit, il tenait un petit paquet dans une main et un téléphone dans l'autre, mais Sommers ne pouvait plus entendre ce que lui disait le Joueur de Flûte. Il le regarda monter dans une voiture qui démarra aussitôt.

A l'intérieur du Duane Reade, Mike Benzara, étudiant de l'université de Fordham au Lincoln Center et vendeur à mi-temps, s'apprêtait à passer devant une des caisses enregistreuses. Il s'arrêta en apercevant un portable oublié parmi les chewing-gums et les bonbons en vente au comptoir. Un téléphone de luxe, pensa-t-il en le confiant à la caissière. « Dommage qu'il n'appartienne pas à celui qui le trouve, plaisanta-t-il.

— C'est le deuxième de la journée », fit remarquer l'employée en le rangeant dans un tiroir sous la caisse. « Je mettrais ma tête à couper que celui-ci appartient à ce pauvre vieux qui trimbalait deux lourdes valises. Il n'avait pas plus tôt payé les sacs-poubelle et un téléphone neuf que l'appareil qu'il avait dans sa poche s'est mis à sonner. Il m'a demandé de donner le numéro du nouveau mobile à la personne qui l'appelait. Il a dit que ses lunettes étaient embuées et qu'il n'arrivait pas à lire les numéros.

— Il a peut-être une petite amie et il préfère que sa femme ne découvre pas son numéro en épluchant les factures.

— Non. Il parlait à un homme. Sans doute son bookmaker »

« Une voiture vous attend dehors, avait dit le Joueur de Flûte à Bailey. Votre nom est indiqué sur la fenêtre du côté passager. Vous pouvez monter sans crainte. C'est la voiture 142 de l'Excel Driving Service. Elle a été réservée à votre nom et payée d'avance. Il vous faudra seulement ôter les valises du chariot et demander au chauffeur de les déposer sur le siège arrière. »

Angel Rosario, le chauffeur de la compagnie Excel, s'arrêta en double file à l'angle de la 59e Rue et de la Dixième Avenue. Le vieux qui traînait un chariot à bagages et lorgnait à l'intérieur des voitures stationnées le long du trottoir était sans doute son passager. Angel bondit hors de son siège. « Monsieur Bailey ?

– Oui. Oui. »

Angel saisit la poignée du chariot. « Je vais ouvrir la malle, monsieur.

– Non, j'ai besoin de prendre quelque chose dans les bagages. Posez-les sur la banquette arrière.

– Elles sont trempées, fit remarquer Angel.

– Mettez-les sur le plancher, répliqua sèchement Bailey. Allez. Pressez-vous.

– Bon. D'accord. Ne vous mettez pas dans des états pareils. »

Angel était chauffeur depuis vingt ans chez Excel, et il avait eu son compte de cinglés et de maniaques, mais ce vieux bonhomme l'inquiétait vraiment. Il semblait au bord de la crise cardiaque, et Angel n'avait pas envie d'envenimer la situation en continuant à discuter. En outre, il aurait peut-être

121

droit à un pourboire généreux s'il se montrait serviable. Bien que trempés, les vêtements de son client ne venaient visiblement pas du magasin du coin, et sa voix avait une intonation distinguée, rien de comparable avec celle de sa dernière passagère, une femme qui avait fait tout un foin au moment de payer la totalité de la course. Une vraie crécelle.

Il ouvrit la portière de l'arrière de la berline, mais Bailey refusa de monter tant que ses valises n'auraient pas été placées sur le plancher à ses pieds. Je vais finir par lui flanquer son foutu chariot sur les genoux, pensa Angel tout en le repliant pour le caser sur le siège du passager. Il claqua la portière, fit le tour de la voiture et reprit sa place au volant. « Au musée de Brooklyn, n'est-ce pas, monsieur ?

– C'est ce que l'on vous a dit, apparemment. »

Il y avait un ton interrogateur dans sa réponse.

« Ouais. Nous devons prendre votre ami et le ramener avec vous à l'hôtel Pierre. Je vous avertis, ça va prendre du temps. La circulation est très dense, et la pluie n'arrange rien.

– Je comprends. »

Comme la voiture démarrait, le nouveau téléphone de Franklin Bailey sonna. « Vous avez trouvé votre chauffeur ? demanda le Joueur de Flûte.

– Oui. Je suis dans la voiture.

– Commencez à transférer l'argent des valises dans deux sacs-poubelle. Liez l'un avec la cravate bleue que vous portez et l'autre avec la rouge que vous avez reçu l'ordre d'emporter. Je vous rappellerai bientôt. »

29

A NEUF HEURES ET QUART, le téléphone retentit dans le pavillon du gardien. La sonnerie fit sursauter Angie. Elle venait d'ouvrir la porte de la chambre pour jeter un coup d'œil sur les enfants. Elle la referma à la hâte et courut répondre. Elle savait que ce n'était pas Clint. Il l'appelait toujours sur son portable. Elle décrocha le récepteur. « Allô.

– Angie, je suis vexé, franchement vexé. Je pensais que mon vieux pote Clint m'appellerait pour que nous allions boire une bière ensemble hier soir. »

Oh, non. C'était encore cet abruti de Gus, et le brouhaha dans le fond indiquait qu'il se trouvait au Danbury Pub. Quant à ta capacité d'entonner des bières sans être saoul, cause toujours mon bonhomme, pensa-t-elle en entendant sa voix pâteuse. Mais elle savait qu'elle devait se montrer prudente. Un jour Gus s'était présenté chez eux à l'improviste, sous prétexte qu'il se sentait seul.

« Salut, Gus », dit-elle, s'efforçant de paraître amicale. « Clint ne t'a pas téléphoné ? Je lui avais pourtant recommandé de le faire. Il ne se sentait pas dans son assiette hier soir et il s'est couché tôt. »

Dans la chambre, Kathy recommençait à pleurer, un long sanglot plaintif, et Angie se rendit compte que, dans sa précipitation, elle n'avait pas complètement refermé la porte. Elle tenta de couvrir le micro de sa main, mais trop tard.

« C'est la gosse que tu gardes qu'on entend ? On dirait qu'elle pleure.

— C'est elle en effet, et il faut que j'aille m'en occuper. Clint est sorti. Il devait voir une voiture qu'un type vend à Yonkers. Je lui dirai de te rejoindre au bar demain soir, compte sur moi.

— Une nouvelle voiture ne sera pas du luxe. La vôtre est un vrai tas de ferraille.

— C'est sûr. Gus, cette môme pleure de plus en plus fort, tu entends ? Demain soir sans faute avec Clint. D'accord ? »

Angie s'apprêtait à raccrocher quand Kelly se mit à hurler à son tour : « Maman, maman ! »

Gus s'était-il rendu compte qu'il entendait deux enfants ou était-il déjà trop ivre pour percevoir la différence ? s'inquiéta Angie. Il était capable de rappeler. Il avait envie de parler à quelqu'un, c'était sûr. Elle pénétra dans la chambre. Les deux jumelles étaient debout dans le lit, cramponnées aux barreaux, réclamant désespérément leur mère. Bon, il y en a au moins une que je peux faire taire, se dit Angie en fouillant dans la commode à la recherche d'une chaussette avec laquelle elle bâillonna Kelly.

30

Assis à côté de l'agent Ben Taglione qui faisait office de chauffeur, Angus Sommers, le téléphone à l'oreille, gardait les yeux rivés sur la voiture qui les précédait, dans laquelle se trouvait Franklin Bailey. Dès qu'il avait repéré le logo de l'Excel Driving Service, Sommers avait contacté le responsable du dispatching de la compagnie. La voiture 142 avait été réservée au nom de Bailey et le montant de la course débité sur sa carte American Express. Destination : le musée de Brooklyn où elle devait prendre un passager supplémentaire et de là se rendre à l'hôtel Pierre, à l'angle de la 61e Rue et de la Cinquième Avenue. C'est trop simple, pensait Sommers, un sentiment partagé par le reste de son équipe. Néanmoins, une douzaine d'agents du FBI étaient déjà en route pour le musée, et plusieurs autres faisaient le guet près du Pierre.

Comment le Joueur de Flûte s'était-il procuré le numéro de la carte American Express de Bailey ? Sommers était de plus en plus convaincu que la personne qui tirait les ficelles de cette histoire était connue de la famille. Mais le problème n'était pas là pour l'instant. Ils devaient retrouver les deux jumelles. Ensuite, seulement ensuite, ils pourraient se concentrer sur les auteurs du rapt.

Cinq autres voitures occupées par des agents suivaient Bailey. Sur le West Side Drive la circulation était presque arrêtée. L'individu censé rencontrer Bailey et prendre l'argent risquait de s'impatienter, s'inquiéta Sommers. Il savait ses craintes partagées par les autres agents. Il était vital que la remise de la rançon se déroule dans le calme. Si le ou les ravisseurs paniquaient, personne ne pouvait prédire ce qu'il adviendrait des enfants.

A la sortie de la West Side Highway qui donnait autrefois accès aux tours du World Trade Center, la cause du ralentissement apparut clairement. Un accrochage entre deux véhicules avait bloqué deux voies. Quand ils eurent enfin dépassé les deux voitures, la circulation devint beaucoup plus fluide. Sommers se pencha en avant, clignant les yeux pour s'assurer que la berline noire, que rien ne distinguait des autres voitures noires sous la pluie, ne leur échappait pas.

Prenant soin de rester à trois voitures de distance, ils roulèrent à sa suite le long de la pointe de Manhattan, tournèrent à leur tour dans la direction du nord sur le FDR Drive. Les lumières du pont de Brooklyn apparurent bientôt à travers le rideau de la pluie. Puis, à la hauteur de South Street, la berline opéra un brusque virage sur la gauche et disparut dans la bretelle de sortie. Taglione étouffa un juron et tenta de changer de file, mais il en fut empêché par un 4 × 4 qui roulait à leur hauteur.

Les poings fermés, dissimulant à peine sa frustration, Sommers entendit son portable sonner. « Nous sommes toujours derrière lui, lui dit l'agent Buddy Winters. Il se dirige vers le nord à nouveau. »

Il était vingt et une heures trente.

31

L E D R S YLVIA H ARRIS tenait dans ses bras une Margaret Frawley en pleurs. Les mots en un pareil moment étaient non seulement inappropriés mais vains. Son regard se posa sur Steve. Pâle et amaigri, il paraissait vulnérable et semblait plus jeune que ses trente et un ans. Elle vit qu'il luttait pour retenir ses larmes.

« Il faut qu'elles reviennent ce soir, murmura Margaret d'une voix brisée. Elles vont revenir ce soir. Je le sais.

– Nous avons besoin de vous, docteur », commença Steve d'une voix qu'étouffait l'émotion. » Il fit un effort pour continuer : « Même si les ravisseurs les ont traitées convenablement, nos enfants seront effrayées et traumatisées à leur retour. Et Kathy tousse beaucoup.

– Margaret m'a prévenue au téléphone », dit doucement Sylvia.

Walter Carlson vit l'inquiétude que trahissait son visage et crut comprendre ce qui la tracassait. Si le Dr Harris avait déjà soigné Kathy pour une pneumonie, elle craignait sans doute que la forte toux de sa petite patiente prenne un vilain tour.

« J'ai fait un feu dans le bureau, dit Steve. Allons-y. L'inconvénient de ces vieilles maisons chauffées par air pulsé, c'est que vous avez beau régler le thermostat, il fait toujours soit trop chaud, soit trop froid dans les pièces. »

Carlson savait que Steve s'efforçait de distraire Margaret de l'appréhension grandissante qui la gagnait. Depuis le moment où elle avait imploré le Dr Harris de venir les rejoindre, Margaret n'avait cessé d'exprimer sa conviction que Kathy était malade. Debout près de la fenêtre, elle avait dit : « Lorsque la rançon aura été payée, les ravisseurs laisseront les petites quelque part sous la pluie et Kathy attrapera une pneumonie. »

Elle avait ensuite demandé à Steve d'aller dans leur chambre chercher le journal intime qu'elle tenait quotidiennement depuis la naissance des jumelles. « J'aurais dû continuer à écrire pendant cette semaine », dit-elle à Carlson d'une voix blanche. « Parce que, lorsque nous les reverrons, je serai sans doute tellement heureuse et soulagée que j'essaierai de tout occulter. Or je veux raconter à quoi ressemble cette attente, ce que je ressens. » Puis, l'air absent, elle avait ajouté : « Ma grand-mère avait une expression favorite quand j'étais petite et m'impatientais de voir arriver mon anniversaire ou le jour de Noël. Elle disait : "L'attente paraît courte une fois qu'elle a pris fin." »

Lorsque Steve lui apporta son journal relié de cuir, Margaret en lut à voix haute quelques passages. L'un d'eux racontait que dans leur sommeil

Kathy et Kelly ouvraient et fermaient leurs mains en même temps. Un autre que le jour où Kathy était tombée et s'était cogné le genou contre la commode de la chambre, Kelly se trouvait dans la cuisine et s'était tenu le genou sans raison apparente. « C'est le Dr Harris qui m'a incitée à prendre ces notes », expliqua-t-elle.

Carlson les laissa dans le bureau et regagna la salle à manger où se trouvait le téléphone dont la ligne était branchée sur écoute. Son instinct lui disait que le Joueur de Flûte pouvait encore décider de prendre contact directement avec les Frawley.

Il était neuf heures quarante-cinq. Presque deux heures s'étaient écoulées depuis que Franklin Bailey avait commencé à suivre les indications du Joueur de Flûte concernant la remise de la rançon.

32

« B ERT, d'ici deux minutes vous allez recevoir un appel de Franklin Bailey, avec pour instructions de l'attendre dans la 56e Rue, à la sortie du passage entre la 56e et 57e, juste à l'est de la Sixième Avenue, expliqua le Joueur de Flûte à Lucas. Harry sera déjà garé là. Lorsque j'aurai confirmé votre arrivée sur place, j'ordonnerai à Bailey de déposer les sacs contenant l'argent sur le trottoir devant le magasin d'optique Cohen Fashion Optical de la 57e Rue. Il les placera sur le dessus des sacs-poubelle qui sont déposés à cet endroit à l'intention des éboueurs. Chacun sera fermé par une cravate. Avec Harry, vous traverserez en vitesse le passage, prendrez les sacs, rebrousserez chemin, mettrez les sacs dans le coffre de la voiture de Harry qui démarrera aussitôt. Il sera loin avant que les flics puissent rétablir le contact avec lui.

– Si je comprends bien, il nous faudra piquer un sprint sur toute la longueur de la rue en portant les sacs-poubelle ? Ça n'a pas de sens, protesta Lucas.

– Détrompez-vous. Même si les types du FBI ont continué de filer la voiture de Bailey, ils seront loin

131

derrière vous et vous aurez largement le temps de vous emparer des sacs. Harry repartira seul. Vous resterez sur place, et quand Bailey et le FBI se montreront, vous pourrez sans mentir dire que M. Franklin Bailey vous a demandé de l'attendre. Aucun agent n'osera vous suivre de trop près dans le passage, de peur de se faire repérer. Lorsqu'ils arriveront, vous serez leurs témoins, vous direz que vous avez vu deux hommes déposer des valises dans une voiture garée près de la vôtre. Et vous leur fournirez une description partielle et erronée de ladite voiture. »

Sur ces mots, il coupa la communication.

Il était dix heures moins dix.

Franklin Bailey avait dû expliquer à Angel Rosario pourquoi ils changeaient constamment de direction. En regardant dans son rétroviseur, Rosario avait vu les billets passer des valises dans les sacs-poubelle, et menacé de se rendre au commissariat le plus proche. Affolé, Bailey lui avait expliqué que cette somme était la rançon des jumelles Frawley, le suppliant de lui apporter son aide. « Vous pourrez obtenir une jolie récompense par la même occasion, avait-il ajouté.

– J'ai deux mômes moi aussi, avait répondu Rosario. Je vous conduirai où ce type nous dira d'aller. »

Après avoir pris brusquement la sortie de South Street, ils avaient reçu l'ordre de remonter la Première Avenue, de tourner vers l'ouest dans la 55e Rue, et de trouver une place de stationnement aussi proche que possible de la Dixième Avenue. Dix minutes s'écoulèrent avant que le Joueur de Flûte ne rappelle. « Monsieur Bailey, nous entrons dans la phase finale de notre collaboration. Vous allez téléphoner à votre chauffeur personnel et lui demander de vous attendre dans la 56ᵉ Rue Ouest, devant le passage qui relie la 57ᵉ à la 56ᵉ. Dites-lui de se trouver à une centaine de mètres à l'est de la Sixième Avenue. Téléphonez-lui maintenant. Je vous rappellerai. »

Cinq minutes plus tard le Joueur de Flûte téléphonait de nouveau. « Avez-vous contacté votre chauffeur ?

– Oui. Il était dans les parages. Il sera là d'une minute à l'autre.

– La soirée est pluvieuse, monsieur Bailey. Je me soucie de votre confort. Dites à votre chauffeur de s'avancer jusqu'à la 57ᵉ Rue, de tourner à droite et de se diriger vers l'est, de ralentir et de rouler au pas le long du trottoir lorsque vous aurez traversé la Sixième Avenue.

– Vous parlez trop vite, protesta Bailey.

– Ecoutez attentivement si vous voulez que les Frawley retrouvent leurs enfants. Devant le magasin Cohen Fashion Opticals, vous verrez une pile de sacs-poubelle prêts à être ramassés. Ouvrez la porte de votre voiture, prenez les sacs contenant l'argent, et déposez-les au-dessus de la pile, sans oublier de vous assurer que les cravates sont bien visibles. Ensuite, remontez aussitôt dans la voiture, et dites au chauffeur de continuer à rouler en direction de l'est. Je vous rappellerai. »

Il était dix heures six.

« Bert, le Joueur de Flûte à l'appareil. Engagez-vous immédiatement dans le passage. Les sacs-poubelle viennent d'y être déposés. »

Lucas avait ôté sa casquette de chauffeur, enfilé un ciré à capuche et mis des lunettes noires qui lui masquaient la moitié du visage. Il sauta hors de la voiture, ouvrit un large parapluie et suivit Clint, vêtu et équipé de la même manière contre la pluie, le long du passage. La pluie tombant toujours aussi dru, Lucas était certain que les rares passants qui l'empruntaient dans un sens ou dans l'autre ne leur prêtaient pas attention.

A l'abri de son parapluie, il vit Franklin Bailey remonter dans une voiture. Il resta caché tandis que Clint s'emparait des sacs noués avec les cravates et retraversait le trottoir jusqu'au passage. Lucas attendit de voir s'éloigner la voiture de Bailey et s'assura que personne ne pouvait le repérer avant de rejoindre Clint et de prendre l'un des deux sacs.

Un instant leur suffit pour se retrouver dans la 56e Rue. Clint pressa en vain le bouton d'ouverture du coffre de la Toyota. Jurant entre ses dents, il voulut ouvrir la portière arrière du côté du trottoir qui resta obstinément fermée.

Lucas savait qu'ils n'avaient que quelques secondes de battement. Il ouvrit précipitamment le coffre de la limousine. « Fourre-les à l'intérieur », grommela-t-il en jetant un coup d'œil anxieux autour d'eux dans la rue. Les piétons qui empruntaient le passage au moment où ils l'avaient franchi au pas de course étaient déjà hors de vue.

Il était installé au volant, coiffé de sa casquette d'uniforme, son ciré roulé sous le siège avant, quand des hommes, visiblement des agents du FBI, déboulèrent dans le passage et aux deux extrémités du pâté de maisons. Les nerfs tendus, Lucas garda néanmoins un calme imperturbable pour répondre aux coups frappés à sa vitre : « Que se passe-t-il ? questionna-t-il.

– Avez-vous vu un homme chargé de sacs-poubelle sortir de ce passage voilà à peine quelques minutes ? demanda l'agent Sommers.

– Oui. Leur voiture était garée tout près d'ici. »

Lucas indiqua l'emplacement que Clint venait de quitter.

« "Leur" ? Vous voulez dire qu'ils étaient plusieurs ?

– Ils étaient deux. L'un plutôt gros, l'autre grand et mince. Je n'ai pas vu leurs visages. »

Sommers était trop loin pour les avoir vus déposer les sacs. Sa voiture était restée coincée par le feu de la Sixième Avenue. Taglione et lui étaient arrivés au moment où le taxi Excel démarrait devant le magasin d'optique. N'apercevant aucune trace des valises sur les sacs-poubelle empilés à cet endroit, il avaient continué à suivre la berline jusqu'à la Cinquième Avenue.

Avertis de leur erreur par un appel provenant d'un autre agent, ils s'étaient garés et étaient revenus sur leurs pas. Un piéton qui s'était arrêté pour prendre un appel sur son téléphone portable leur avait indiqué avoir vu un homme corpulent tirer péniblement derrière lui deux sacs-poubelle et les déposer dans le passage. Ils étaient arrivés pour trouver la limousine de Bailey et son chauffeur en train de l'attendre.

« Décrivez la voiture que vous avez vue, ordonna Sommers à Lucas.

– Bleu marine ou noire. Un modèle récent, une Lexus quatre portes.

– Les deux hommes y sont montés ?

– Oui, monsieur. »

Les mains moites, Lucas parvint malgré tout à répondre aux questions de la voix obséquieuse qu'il utilisait pour s'adresser à Franklin Bailey. Durant les minutes qui suivirent, encore nerveux mais secrètement amusé, il observa la rue grouillante d'agents. A cette heure, il est probable que tous les flics de New York sont à la recherche de la Lexus, pensa-t-il. La voiture que Clint avait volée était une Toyota plus ancienne, de couleur noire.

Quelques minutes s'écoulèrent, puis le taxi Excel qui transportait Franklin Bailey s'arrêta derrière Lucas. Au bord de la syncope, Bailey regagna la limousine. Deux agents montèrent avec lui, d'autres suivirent, et Lucas regagna Ridgefield, écoutant Bailey répondre aux questions qui lui étaient posées concernant les instructions du Joueur de Flûte. Il se réjouit de l'entendre dire : « J'avais demandé à Lucas de rester à proximité de Columbus Circle. Aux environs de dix heures, j'ai reçu l'ordre de prier Lucas de m'attendre ici même, dans la 56e Rue. Pour finir, après m'être débarrassé des sacs-poubelle, je devais le retrouver à cet endroit précis. Le Joueur de Flûte a dit qu'il ne souhaitait pas me voir rester sous la pluie. »

A minuit moins le quart, Lucas s'arrêta devant la maison de Franklin Bailey. Un agent aida le vieil homme à entrer. L'autre resta pour remercier Lucas et le féliciter de son efficacité. Avec l'argent de la rançon dans le coffre, Lucas retourna dans son garage, transféra les billets de la limousine dans sa vieille voiture, et se dirigea vers la maison où l'attendaient un Clint à l'air réjoui et une Angie bizarrement silencieuse.

33

L A RANÇON avait été remise, mais le FBI avait
laissé échapper les individus qui avaient pris
l'argent. Ils ne pouvaient qu'attendre à présent. Steve, Margaret et le Dr Harris étaient assis
en silence, priant pour que le téléphone sonne à
nouveau, que quelqu'un, peut-être un autre voisin,
leur dise : « On vient de m'indiquer au téléphone
où se trouvent les jumelles. » Mais il n'y avait que
le silence.

Où avaient-ils l'intention de les laisser ? se
demandait Margaret. Peut-être dans une maison
déserte. Ils ne peuvent pas aller dans un endroit
public comme une gare routière ou une gare de
chemin de fer et espérer passer inaperçus. Tout le
monde remarque les jumelles lorsque je sors avec
elles. Mes deux petites filles en bleu. C'est ainsi que
les journaux les appellent.

Les robes de velours bleu...

Et si nous n'avions plus de nouvelles des ravisseurs ? Ils ont l'argent. Peut-être ont-ils pris la fuite.

L'attente paraît courte une fois qu'elle a pris fin.

Les robes de velours bleu...

34

« L E ROI était dans la salle du trésor, à compter ses sous », récita Clint en gloussant. « Je n'arrive pas à croire que tu aies rapporté le fric avec les types du FBI dans la voiture. »

Les liasses étaient empilées sur le plancher du séjour, la plus grosse part en coupures de cinquante dollars, le reste en coupures de vingt. Suivant les instructions, les billets étaient usagés. Une rapide vérification au hasard suffit à indiquer que leurs numéros ne se suivaient pas.

« C'est pourtant vrai, répliqua sèchement Lucas. Commence à mettre ta part dans un des sacs. Je mettrai la mienne dans l'autre. »

Même avec l'argent étalé devant ses yeux, Lucas était convaincu que quelque chose allait mal tourner. Cet abruti de Clint n'avait même pas eu l'idée de vérifier l'ouverture du coffre de la voiture qu'il avait volée. Si je ne m'étais pas trouvé sur place avec la limousine, il aurait été cuit, pensa Lucas. Maintenant, il leur restait à attendre un appel du Joueur de Flûte pour savoir où déposer les gosses.

Quel que soit l'endroit choisi, on pouvait être sûr

qu'Angie voudrait s'arrêter pour leur acheter une glace. Dieu soit loué, ils n'avaient aucune chance de trouver un marchand ouvert en plein milieu de la nuit. Lucas avait l'estomac noué. *Pourquoi le Joueur de Flûte n'avait-il pas encore appelé ?*

A trois heures cinq, la sonnerie du téléphone fixe les fit tous sursauter. Angie se leva et courut décrocher. Elle marmonna : « J'espère que ce n'est pas ce débile de Gus. »

C'était le Joueur de Flûte. « Passez-moi Bert, ordonna-t-il.

– C'est lui », souffla Angie.

Lucas se leva à son tour, prenant son temps pour traverser la pièce et s'emparer du récepteur qu'elle lui tendait. « Je me demandais quand vous vous manifesteriez, dit-il avec mauvaise humeur.

– Vous n'avez pas le ton d'un homme qui contemple un million de dollars. Ecoutez-moi attentivement. Vous allez conduire la voiture volée au parking de La Cantina, un restaurant sur la branche nord de la Saw Mill River Parkway à Elmsford. Très exactement près de l'entrée du Great Hunger Memorial dans V.E. Macy Park. Il est fermé depuis plusieurs années.

– Je sais où ça se trouve.

– Dans ce cas, vous devez également savoir que le parking est situé à l'arrière du bâtiment et qu'on ne le voit pas depuis l'autoroute. Harry et Mona vous suivront dans la camionnette de Harry, ils emmèneront les jumelles avec eux. Ils devront ensuite les transférer dans la voiture volée et les y enfermer à clé. Vous repartirez alors tous les trois en camionnette et regagnerez le pavillon de gardien. J'appellerai vers cinq heures du matin pour vérifier que vous avez bien suivi toutes les instructions. Enfin viendra la dernière étape, et aucun de vous n'entendra plus jamais parler de moi. »

Ils se mirent en route à trois heures et quart. Installé au volant de la voiture volée, Lucas regarda Clint et Angie porter dans leurs bras les jumelles endormies. Si cette vieille guimbarde pourrie a un pneu qui crève ; si nous sommes arrêtés à un barrage ; si un chauffard nous rentre dedans... Toute une panoplie de catastrophes éventuelles lui vinrent à l'esprit au moment où il tournait la clé de contact. C'est alors qu'il remarqua que le réservoir de la voiture était aux trois quarts vide.

Il reste assez d'essence, se rassura-t-il.

Il pleuvait encore, mais moins fort. Lucas voulut y voir un signe favorable. Alors qu'il traversait Danbury et prenait la direction de l'ouest, il se rappela le restaurant La Cantina. Des années auparavant il s'y était arrêté pour dîner après un cambriolage particulièrement réussi à Larchmont. Les propriétaires étaient dehors autour de la piscine et il s'était glissé à l'intérieur de la maison par une porte latérale qui n'était pas fermée à clé. Il était monté directement dans la chambre principale. Un vrai coup de chance ! L'épouse de ce gros bonnet de l'industrie hôtelière avait laissé la porte du coffre ouverte – pas seulement déverrouillée, carrément ouverte ! Après avoir embarqué les bijoux, j'ai passé trois jours à Las Vegas, se souvint Lucas. J'ai presque tout perdu, mais je me suis bien amusé.

Cette fois, il serait plus prudent. Pas question de perdre un demi-million au jeu. La chance va forcément finir par me lâcher. Et je ne veux pas passer le restant de ma vie dans une cellule. C'était ça aussi qui le tourmentait. Angie était capable d'attirer l'attention sur elle en faisant des folies dans les magasins.

Il s'engagea dans la Saw Mill River Parkway. Encore dix minutes, et il serait arrivé à destination. Il n'y avait guère de circulation sur la route. Soudain, il sentit son sang se figer à la vue d'une voiture de patrouille. Il jeta un coup d'œil au compteur : il roulait à quatre-vingt-dix dans une zone limitée à quatre-vingts. Pas de problème. Il se trouvait sur la bonne voie, n'avait pas changé de file sans raison. Clint était suffisamment loin derrière pour que personne ne puisse imaginer qu'il le suivait.

La voiture de police quitta la route à la sortie suivante. Bon. Jusque-là, tout marchait comme sur des roulettes. Il humecta ses lèvres du bout de sa langue. Encore cinq minutes, pensa-t-il. Quatre. Trois. Deux.

Le bâtiment délabré, vestige de La Cantina, apparut sur la droite. Il n'y avait aucune voiture en vue d'un côté ni de l'autre de l'autoroute. D'un geste rapide, Lucas éteignit les phares, s'engagea à droite sur la route qui contournait le restaurant et pénétra à l'arrière du parking. Puis il coupa le moteur, resta assis sans bouger, et attendit tranquillement jusqu'à que le grondement d'une voiture lui annonce que la phase finale du plan était sur le point de s'achever.

« COMPTER un million de dollars prend du temps », fit remarquer Walter Carlson, cherchant à se montrer rassurant.

« L'argent a été remis un peu après dix heures, répliqua Steve. Ça fait cinq heures maintenant. »

Son regard se posa sur Margaret, mais elle ne réagit pas.

Elle était recroquevillée sur le divan, la tête sur les genoux de Steve. Par instants, sa respiration régulière laissait croire qu'elle s'était assoupie, mais tout à coup elle sursautait et ouvrait grands les yeux.

Le Dr Harris était assise très droite dans le fauteuil à oreillettes, les mains jointes devant elle. Son visage et son attitude ne trahissaient aucun signe de fatigue. C'était sans doute ainsi qu'elle se comportait au chevet d'un patient gravement malade, pensa Carlson. Une présence silencieuse et apaisante. Exactement ce dont ils avaient besoin.

Bien qu'il s'efforçât de paraître confiant, il savait que plus le temps passait, plus diminuaient les chances d'avoir des nouvelles des ravisseurs. Le Joueur de Flûte lui avait précisé qu'un appel leur

143

parviendrait peu après minuit, indiquant l'endroit où retrouver les jumelles. Steve a raison, songea Carlson d'un air sombre. Cela fait des heures qu'ils sont en possession de l'argent. Les petites sont peut-être déjà mortes.

Franklin Bailey avait entendu leurs voix au téléphone le mardi. Elles disaient avoir vu leurs parents à la télévision. On pouvait en conclure qu'elles étaient en vie un jour et demi auparavant. A condition d'ajouter foi au dire de Bailey.

Au fil des heures, un doute s'était insinué dans l'esprit de Carlson, le genre d'intuition qui lui avait souvent servi au cours des vingt années qu'il avait passées au FBI. Son flair le portait aujourd'hui à faire surveiller Lucas Wohl, ce chauffeur omniprésent qui s'était trouvé au bon moment à l'endroit exact d'où il avait pu voir les ravisseurs emporter l'argent, et donner ensuite une description de leur voiture.

Carlson reconnaissait que tout ça collait avec les déclarations de Bailey, qui disait avoir reçu les instructions du Joueur de Flûte concernant le lieu de rendez-vous avec son chauffeur alors qu'il se trouvait à bord du taxi Excel, instructions que lui-même avait ensuite transmises à son chauffeur. Mais un soupçon s'était insinué en lui : et si Bailey les avait menés en bateau ?

Angus Sommers, l'agent du FBI responsable de l'unité de New York, se trouvait dans la voiture de Bailey, et était convaincu de son honnêteté et de celle du chauffeur. Carlson décida malgré tout d'appeler Connor Ryan. Ryan, responsable de la section du FBI de New Haven, était son supérieur

144

direct. Il se trouvait dans son bureau avec ses hommes, prêt à agir sur-le-champ si on apprenait que les jumelles avaient été abandonnées dans le nord du Connecticut. Il serait à même de vérifier les antécédents de Lucas.

Margaret parut se réveiller. Elle se redressa lentement, rejeta ses cheveux en arrière d'un geste las, comme si lever le bras était au-dessus de ses forces. « Quand vous avez parlé au Joueur de Flûte, il a bien dit que l'appel aurait lieu vers minuit, n'est-ce pas ? » murmura-t-elle.

Carlson ne put lui cacher la vérité : « Oui, c'est ce qu'il a dit. »

CLINT savait qu'ils approchaient de La Cantina et craignait de dépasser la sortie. Clignant les yeux, il scrutait le côté droit de l'autoroute. Il avait repéré la voiture de patrouille de la police et s'était obligé à ralentir afin que les flics ne se doutent pas qu'il suivait Lucas. A présent, il l'avait perdu de vue.

Assise à côté de lui, Angie berçait l'enfant malade dans ses bras. Dès l'instant où elle était montée dans la camionnette, elle s'était remise à fredonner le sempiternel refrain de « Deux Petites Filles en Bleu ». « *Mais nous avons pris des chemins différents* », chantonnait-elle à présent, traînant sur les dernières paroles.

Etait-ce la voiture de Lucas qui se trouvait devant lui ? se demanda Clint. Non, ce n'était pas elle.

« *Deux petites filles en bleu...*, reprit Angie.

– Angie, est-ce que tu peux cesser de bramer cette foutue rengaine ? aboya Clint.

– Kathy aime bien que je la lui chante », répondit Angie d'un ton glacial.

Clint lui jeta un regard inquiet. Angie avait un

comportement étrange, ce soir. Un de ses accès d'humeur. Quand ils étaient entrés dans la chambre pour y prendre les petites, il s'était aperçu que l'une d'elles dormait avec une chaussette nouée autour de la bouche. Comme il faisait mine de l'ôter, Angie lui avait saisi la main. « Je n'ai pas envie qu'elle braille dans la voiture. » Puis elle avait tenu à ce qu'ils couchent la pauvre gamine sur le plancher à l'arrière et la recouvrent avec un journal ouvert.

Clint avait protesté, faisant remarquer qu'elle risquait d'étouffer, et Angie s'était mise en rogne. « Il n'y a aucun risque qu'elle étouffe, et si par malchance nous tombons sur un barrage de police, il vaut mieux que les flics ne découvrent pas que nous transportons des jumelles. »

L'autre gosse, celle qu'Angie tenait dans ses bras, ne cessait de s'agiter et de gémir. Heureusement qu'ils allaient la rendre à ses parents. Pas besoin d'être toubib pour voir qu'elle était malade.

Voilà sans doute la fameuse Cantina, pensa Clint en apercevant une vieille bâtisse devant lui. Il engagea prudemment la voiture sur la voie de droite. Des gouttes de sueur lui coulaient dans le cou. C'était toujours comme ça quand arrivait l'instant crucial. Il passa devant l'entrée du restaurant et tourna à droite pour gagner le parking derrière le bâtiment. Il vit la voiture de Lucas et s'arrêta derrière.

« *Elles étaient sœurs...* », chantait Angie, d'une voix soudain plus forte.

Dans ses bras, Kathy remua et se mit à pleurer. Le

147

gémissement étouffé de Kelly à l'arrière répondit à la plainte de sa sœur.

Clint se tourna vers Angie. « Ferme-la, bon sang, implora-t-il. Si Lucas ouvre la portière et t'entend faire un raffut pareil, je ne sais pas ce qu'il est capable de te faire. »

Angie cessa aussitôt de chanter. « Il ne me fait pas peur. Tiens, prends-la. » Elle lui fourra Kathy dans les bras, sortit, courut jusqu'à la Toyota, et frappa à la fenêtre du conducteur.

Clint vit Lucas abaisser la vitre et Angie se pencher à l'intérieur de la voiture volée. Un instant plus tard, une détonation retentit dans le parking désert, un bruit qui ne pouvait provenir que d'une arme à feu.

Angie revint en courant vers la camionnette, ouvrit la portière arrière et s'empara de Kelly.

Figé, muet, Clint la vit repartir en direction de la Toyota, déposer Kelly sur la banquette arrière et monter à l'avant à la place du passager. Lorsqu'elle réapparut, elle tenait à la main les deux portables de Lucas et un trousseau de clés. « Quand le Joueur de Flûte rappellera, il faudra que nous puissions répondre, lui dit-elle d'une voix vibrante d'excitation.

– Tu as tué Lucas ! » s'écria Clint stupéfait, serrant inconsciemment contre lui Kathy dont les pleurs s'étaient à nouveau transformés en quinte de toux.

Angie la lui prit des bras. « Il a laissé une note. Tapée sur la même machine à écrire que la demande de rançon. Il explique qu'il n'avait pas l'intention de tuer Kathy mais qu'elle pleurait tellement qu'il a voulu la faire taire en appliquant la main sur sa bouche. Quand il s'est rendu compte qu'elle ne respirait plus, il l'a empaquetée, emportée en avion et jetée dans la mer. J'ai eu une bonne idée, non ? Il fallait donner l'impression qu'il s'était suicidé. Dorénavant, nous avons tout le fric pour nous et j'ai mon bébé. Démarre. Décampons d'ici. »

Soudain pris de panique, Clint mit le contact et appuya à fond sur l'accélérateur.

« Ralentis, espèce d'imbécile », lui ordonna Angie, sans plus aucune trace d'excitation dans la voix. « Tu es censé reconduire ta petite famille à la maison, doucement et tranquillement. »

Alors qu'il rebroussait chemin et s'engageait sur l'autoroute, Angie se remit à chanter, cette fois à mi-voix : « *Nous étions sœurs... mais nous avons pris des chemins différents.* »

37

L A LUMIÈRE était restée allumée toute la nuit dans les bureaux de la direction de C.F.G. & Y. sur Park Avenue. Quelques-uns des membres du conseil d'administration avaient monté la garde, souhaitant être associés au retour triomphal des jumelles Frawley dans les bras de leurs parents.

Ils étaient tous conscients que le Joueur de Flûte avait promis qu'une fois le versement de la rançon effectué, il se manifesterait vers minuit. Au fil des heures l'espoir d'une ample couverture médiatique et d'énormes retombées en matière de relations publiques se changeait en inquiétude et en doute.

Robinson Geisler n'ignorait pas qu'un certain nombre de journaux avaient déjà laissé entendre qu'en payant la rançon ils faisaient le jeu des ravisseurs et risquaient d'augmenter le nombre de victimes de criminels du même acabit.

Ransom, le film dans lequel Glenn Ford prévient les ravisseurs de son enfant qu'il ne paiera pas la rançon mais emploiera au contraire l'argent à les poursuivre, était projeté sur de nombreuses chaînes. Le film se terminait bien : l'enfant était relâché

150

sain et sauf. L'histoire dans laquelle ils étaient empêtrés aurait-elle le même heureux dénouement ?

A cinq heures du matin, Geisler alla se raser et se changer dans son cabinet de toilette personnel. Il avait lu que feu Bennet Cerf, dont il avait toujours apprécié les émissions, était toujours tiré à quatre épingles quand il apparaissait à la télévision. Cerf portait souvent un nœud papillon. Devrait-il en faire autant quand on le filmerait avec les jumelles ?

Non. Ce serait exagéré. En revanche, une cravate rouge était signe d'optimisme, de victoire. Il en choisit une dans son placard.

Puis il regagna son bureau et répéta à voix haute le discours qu'il avait l'intention de prononcer devant les médias : « Certains trouveront sans doute que verser une rançon revient à coopérer avec les criminels. Mais si vous demandez leur avis aux agents du FBI, tous vous diront que leur premier souci est de retrouver les victimes. C'est ensuite seulement qu'il est possible de poursuivre activement les ravisseurs. L'exemple que ces criminels laisseront ne sera pas d'avoir touché une rançon, mais de n'avoir jamais eu l'occasion de la dépenser. »

Il sourit. Voyons si Gregg Stanford fera mieux.

38

« L A PREMIÈRE CHOSE à faire est de se débarrasser de sa bagnole », dit calmement Angie au moment où ils entraient dans Danbury. « D'abord, nous prendrons sa part de la rançon dans le coffre et ensuite tu iras la garer devant son immeuble. Je te suivrai avec la camionnette.

— On ne va pas s'en tirer, Angie. Tu n'arriveras pas à cacher la petite indéfiniment.

— Si, j'y arriverai.

— Quelqu'un risque de faire le rapprochement entre Lucas et nous. Une fois qu'ils auront pris ses empreintes digitales, ils découvriront que le vrai Lucas Wohl est mort depuis vingt ans, que celui-là s'appelait Jimmy Nelson et qu'il a fait de la taule. Et que je partageais sa cellule.

— Et ton vrai nom n'est pas Clint Downes. Mais qui d'autre le sait ? Lucas et toi ne vous êtes trouvés ensemble que sur un coup. Il n'était jamais venu à la maison avant ces dernières semaines. Et il se ramenait toujours la nuit.

— Il y est venu hier après-midi, ramasser tout le barda.

– Même si quelqu'un a vu sa voiture s'engager dans l'allée de service, crois-tu qu'il se soit dit : "Tiens, voilà Lucas dans sa vieille Ford marron qui ressemble à n'importe quelle Ford marron." Ce serait différent s'il était venu avec la limousine. Nous savons qu'il ne t'a jamais appelé sur le portable spécial, et c'est nous qui l'avons désormais.

– Je pense tout de même...

– Je pense tout de même que nous avons un million de dollars, que j'ai l'enfant que j'ai toujours voulu, et que nous sommes débarrassés de ce salaud qui nous a toujours traités comme des moins que rien et dont la tête repose maintenant sur son volant, aussi ferme-la. »

A cinq heures cinq, le portable que le Joueur de Flûte avait donné à Lucas sonna. Angie et Clint venaient de s'arrêter dans l'allée du pavillon. Clint contempla le téléphone d'un air méfiant. « Qu'est-ce que tu vas lui dire ?

– Nous n'allons pas répondre », répondit Angie avec un sourire satisfait. « Qu'il croie que nous sommes encore sur l'autoroute, peut-être en train de parler à un flic. » Elle lui lança un trousseau de clés. « Ce sont les clés de Lucas. Dégage sa voiture d'ici. »

A cinq heures vingt, Clint garait la Ford de Lucas devant la quincaillerie. Au premier étage une faible lumière filtrait à travers les stores baissés. Lucas avait laissé une lampe allumée en prévision de son retour.

Clint sortit de la voiture et regagna la camionnette à la hâte. Son visage poupin ruisselant de sueur, il se mit au volant. Le téléphone du Joueur de Flûte sonna à nouveau. « Il doit commencer à s'inquiéter sérieusement, ricana Angie. Bon, rentrons à la maison. Mon bébé vient encore de se réveiller. »

« Maman, maman... »

Kathy s'agitait et tendait une main dans le vide.

« Elle essaye de prendre celle de sa jumelle, dit Angie. N'est-ce pas mignon ? »

Elle tenta de mêler ses doigts à ceux de Kathy, mais l'enfant eut un mouvement de recul. « Kelly, je veux Kelly », dit-elle d'une voix faible mais distincte. « Je veux pas Mona. Je veux Kelly. »

Au moment de démarrer, Clint jeta un regard inquiet vers Angie. Elle n'aimait pas être repoussée, c'était quelque chose qui la mettait hors d'elle. Il savait qu'elle en aurait vite marre de cette gamine. Elle ne la supporterait pas plus d'une semaine. Et ensuite ? se demanda-t-il. Elle était à cran. Elle pouvait se montrer cruelle. Il l'avait vue à l'œuvre aujourd'hui. Il faut que je me barre d'ici, se dit-il, que je quitte cette ville, le Connecticut.

La rue était calme. S'efforçant de dissimuler la panique qui l'habitait, il roula sans allumer les phares jusqu'à la route 7. Ce n'est qu'une fois franchie la grille d'entrée du country club, qu'il put enfin respirer à fond.

« Après m'avoir déposée, tu iras ranger la camionnette dans le garage, lui ordonna Angie. Si jamais l'envie prend à cet ivrogne de Gus de nous faire une petite visite dans la matinée, il pourra croire que tu n'es pas là.

– Il ne vient jamais sans prévenir », grommela Clint, sachant qu'il était vain de protester.

« Il a bien téléphoné hier soir, non ? Il voulait voir son vieux pote. »

Angie n'ajouta pas que, même ivre, Gus avait peut-être entendu les petites pleurer.

Kathy s'était remise à geindre : « Kelly... Kelly... » Clint s'arrêta devant la porte de la maison et courut l'ouvrir. Portant Kathy dans ses bras, Angie monta directement dans la chambre. Elle déposa la fillette dans le lit d'enfant. « Arrête de geindre, mon chou, vaut mieux te faire une raison », dit-elle. Sur ce, elle tourna les talons et se dirigea vers la salle de séjour.

Clint était encore devant la porte d'entrée. « Je t'ai dit d'aller ranger la camionnette », lui ordonna-t-elle.

Il s'apprêtait à lui obéir quand le téléphone de Lucas sonna. Cette fois, Angie répondit. « Allô, monsieur le Joueur de Flûte », dit-elle. Elle écouta puis continua : « Nous savons que Lucas n'a pas répondu aux appels sur son téléphone. Il y a eu un accident sur l'autoroute et ça grouillait de flics. Il existe une loi qui interdit d'utiliser son téléphone au volant, vous savez. Tout s'est bien passé. Lucas a eu l'impression que les fédéraux voulaient lui parler et il a préféré ne pas garder son appareil avec lui. Oui. Oui. Je vous l'ai dit, tout s'est très bien passé. Dites à qui vous voulez où récupérer les petites filles en bleu. J'espère ne plus jamais avoir affaire à vous. Bonne chance. »

39

L E JEUDI MATIN à cinq heures quarante-cinq, la réceptionniste de l'église catholique Sainte-Marie reçut un appel. « Je suis à bout. J'ai besoin de parler à un prêtre », dit une voix rauque.

Rita Schless, l'opératrice, était convaincue que son interlocuteur déguisait sa voix. Oh non, j'espère que ça ne va pas recommencer, pensa-t-elle. L'année précédente un petit malin de la classe de terminale avait demandé d'une voix suppliante à parler à un prêtre, prétextant un drame survenu dans sa famille. Rita avait réveillé le révérend père Romney à quatre heures du matin, et quand ce dernier avait pris la communication, il avait entendu le gosse lui dire au milieu d'un brouhaha de rires : « Nous sommes à la mort, mon père. Nous n'avons plus de bière. »

L'appel qu'elle recevait aujourd'hui lui parut tout aussi tordu. « Etes-vous blessé ou malade ? demanda-t-elle sèchement.

– Je veux parler à un prêtre. Tout de suite. C'est une question de vie ou de mort.

156

– Ne quittez pas, monsieur », lui dit Rita.

Je ne crois pas un mot de ce qu'il raconte, pensa-t-elle, mais je ne peux pas prendre de risque. Elle se résigna à appeler le vieux père Romney qui lui avait demandé de lui transmettre tous les appels de nuit. « Je suis insomniaque, Rita, avait-il dit. N'hésitez pas à me déranger.

– Je suis certaine que cet individu ment, expliqua Rita. Je jurerais qu'il essaye de déguiser sa voix.

– Nous ne mettrons pas longtemps à le savoir. »

Le père Joseph Romney se redressa, basculant ses jambes hors de son lit. Inconsciemment, il frotta son genou droit qui le faisait toujours souffrir quand il changeait de position. Au moment où il tendait la main pour prendre ses lunettes, il entendit le déclic du transfert d'appel. « Ici le père Romney, dit-il. En quoi puis-je vous être utile ?

– Père, vous avez entendu parler de ces deux jumelles qui ont été enlevées, n'est-ce pas ?

– Oui, naturellement. Les Frawley sont de nouveaux paroissiens. Nous célébrons une messe tous les matins afin qu'on les retrouve saines et sauves. »

Rita a raison, admit-il. Cette personne essaye de déguiser sa voix.

« Kathy et Kelly sont en bonne santé. Elles se trouvent actuellement à l'intérieur d'une voiture parquée derrière le restaurant La Cantina sur le côté nord de la Saw Mill River Parkway à Elmsford. »

Joseph Romney sentit son cœur battre plus fort dans sa poitrine. « C'est une blague ? demanda-t-il.

– Ce n'est pas une blague, mon père. Je suis le Joueur de Flûte. La rançon a été versée, et c'est vous que j'ai choisi pour transmettre un message de joie aux Frawley. Le côté nord de la Saw Mill, derrière le vieux restaurant de La Cantina, près d'Elmsford. Avez-vous bien compris ?

– Oui, oui.

– Dans ce cas je vous conseille de vous dépêcher d'avertir les autorités. Les petites sont là-bas depuis plusieurs heures, et Kathy souffre d'un gros rhume. »

40

À L'AUBE, incapable de supporter davantage la profonde détresse qui marquait les visages de Margaret et de Steve Frawley, Walter Carlson alla s'asseoir à la table de la salle à manger près du téléphone. Lorsqu'il l'entendit sonner à six heures moins cinq, il était prêt au pire.

C'était Marty Martinson qui appelait du commissariat. « Walt, dit-il, le révérend père Romney de l'église Sainte-Marie vient de recevoir un appel d'un individu qui prétend être le Joueur de Flûte. Il dit que les deux jumelles sont enfermées dans une voiture derrière un ancien restaurant sur la Saw Mill River Parkway. Nous avons prévenu la police de la route. Ils seront sur place dans moins de cinq minutes. »

Carlson entendit les pas des Frawley et du Dr Harris qui accouraient dans la salle à manger. Ils avaient entendu le téléphone sonner. Il se retourna et leva les yeux vers eux. L'espoir qui illuminait leurs visages était presque aussi insoutenable que la détresse qu'il y avait vue précédemment. « Ne coupez pas, Marty », dit-il en les regardant. Il

159

ne pouvait rien leur offrir d'autre que la simple vérité.

« Nous saurons dans quelques minutes si l'appel téléphonique qu'a reçu le père Romney est une mauvaise plaisanterie ou non, dit-il calmement.

– Emanait-il du Joueur de Flûte ? » interrogea Margaret d'une voix étranglée.

« A-t-il dit où elles se trouvaient ? » demanda Steve.

Carlson ne répondit pas. « Marty, dit-il, la police de la route est-elle en contact avec vous ?

– Oui. Je vous rappelle dès que j'aurai des nouvelles.

– Si cette information est exacte, nos gars auront besoin de faire faire des expertises scientifiques sur la voiture.

– Ils le savent. Ils vont appeler votre bureau de Westchester. »

Carlson raccrocha.

« Dites-nous ce qui se passe, le pressa Steve. Nous avons le droit de savoir.

– Nous saurons dans quelques minutes si l'appel reçu par le révérend père Romney n'est pas un canular, leur dit Carlson. D'après son interlocuteur, les jumelles seraient saines et sauves, enfermées dans une voiture aux abords de la Saw Mill River Parkway, près d'Elmsford. La police se rend tout de suite sur les lieux.

– Le Joueur de Flûte a donc tenu parole, s'écria Margaret. Je vais retrouver mes petites filles ! » Elle se jeta dans les bras de Steve. « Steve, elles seront bientôt de retour ! »

Le Dr Harris la mit en garde : « Margaret, il s'agit

peut-être d'une fausse nouvelle. » Son calme apparent l'avait quittée et elle croisait et décroisait les doigts.

« Dieu ne nous ferait pas ça », déclara Margaret, tandis que Steve, incapable de parler, enfouissait son visage dans les cheveux de sa femme.

Quinze minutes plus tard, le téléphone n'avait toujours pas sonné et Carlson était certain que quelque chose avait mal tourné. Si l'appel provenait d'un cinglé, nous en serions avertis à l'heure qu'il est, pensait-il. Puis, lorsque la sonnette de l'entrée retentit, il se prépara à entendre une mauvaise nouvelle. A supposer que les jumelles soient saines et sauves, il aurait fallu au moins quarante minutes pour les ramener chez elles depuis Elmsford.

Il était sûr que la même pensée était venue à l'esprit de Steve, de Margaret et du Dr Harris qu'il entendit s'élancer à sa suite dans l'entrée. Carlson ouvrit la porte. Le père Romney et Marty Martinson se tenaient immobiles dans la galerie.

Le prêtre s'avança vers Margaret et Steve, et s'adressa à eux d'une voix pleine de compassion : « Dieu vous a rendu une de vos petites filles. Kelly est en sûreté. Il a rappelé Kathy à Lui. »

41

L A NOUVELLE de la mort d'une des jumelles déclencha une avalanche de témoignages de sympathie dans tout le pays. Sur les rares photos que les médias s'étaient procurées, montrant Kelly dans les bras de ses parents bouleversés alors qu'ils la ramenaient de l'hôpital d'Elmsford où elle avait subi les examens d'usage, l'image était assez nette pour qu'apparaissent les changements survenus depuis la photo d'anniversaire prise une semaine plus tôt. Ses yeux étaient agrandis et apeurés, une ecchymose marbrait son visage. Agrippée au cou de sa mère, elle tendait un bras, agitant les doigts comme pour saisir une autre main.

Le policier qui avait été le premier à arriver à La Cantina décrivit la scène : « La voiture était fermée à clé. Il y avait un homme écroulé sur le volant. Une seule petite fille à l'intérieur. Elle était recroquevillée sur le plancher à l'arrière. Il faisait froid dans la voiture. Elle était à peine vêtue d'un pyjama et tremblait. Puis j'ai vu qu'elle avait un bâillon sur la bouche. Il était tellement serré que c'est un miracle qu'elle ne se soit pas étouffée. Quand je l'ai

162

dénoué, elle s'est mise à gémir plaintivement. Je l'ai enveloppée dans ma veste et je l'ai portée jusqu'à la voiture de patrouille pour la réchauffer. Ensuite sont arrivés d'autres policiers et le FBI, et ils ont trouvé sur le siège avant la note expliquant le suicide du conducteur. »

Les Frawley avaient refusé toute interview. Leur déclaration fut lue par le père Romney. « Margaret et Steve désirent exprimer leur infinie gratitude pour tous les messages de sympathie qu'ils ont reçus. Actuellement ils ont besoin de rester seuls pour consoler Kelly de la perte de sa jumelle et affronter le chagrin dans lequel les a plongés la mort de Kathy. »

Walter Carlson apparut devant les caméras avec un message différent. « L'individu connu sous le nom de Lucas Wohl est mort, mais son ou ses complices courent toujours. Nous les poursuivrons sans relâche, et nous les retrouverons. Ils seront traduits en justice. »

Au siège de C.F.G. & Y., Robinson Geisler ne prononça pas le message triomphant qu'il avait espéré délivrer. D'une voix sourde et entrecoupée, il exprima sa consternation devant la perte d'une des jumelles, ajoutant néanmoins que la contribution de sa société avait permis le retour de la seconde.

Dans une autre interview, Gregg Stanford prit ses distances avec son président-directeur général : « Vous avez peut-être entendu dire que la décision de verser une rançon avait été le résultat d'un vote unanime. Elle a été en réalité farouchement combattue par une minorité dont j'avais pris la tête. Je connais un vieux dicton, un peu cru mais plein de sagesse, qui dit : "Hantez les chiens, vous aurez des puces." Je suis convaincu que si la demande de rançon avait été tout de suite rejetée, les ravisseurs auraient été pris de court. En faisant du mal aux enfants, ils n'auraient fait qu'aggraver leur cas. La peine de mort est toujours en vigueur dans le Connecticut. En revanche, le fait d'avoir relâché Kathy et Kelly leur aurait valu une certaine indulgence. Chez C.F.G. & Y., nous avons fait un choix que je crois mauvais sur toute la ligne, que ce soit sur le plan moral ou rationnel. Aujourd'hui, en tant que membre du conseil d'administration, je tiens à prévenir tous ceux qui pourraient imaginer que notre société est prête à traiter à nouveau avec des criminels : *croyez-moi, c'est la première et la dernière fois.* »

42

« **M**ONSIEUR LE JOUEUR DE FLÛTE, Lucas est mort. Peut-être s'est-il suicidé. Peut-être pas. Quelle différence pour vous ? A dire vrai, vous devriez vous en réjouir. Il connaissait votre identité. Pas nous. A titre d'information, il enregistrait vos conversations au téléphone. Il gardait les cassettes dans la boîte à gants de sa Ford, s'apprêtait probablement à s'en servir pour vous faire chanter.

– L'autre jumelle est-elle morte ?

– Non. Elle est seulement endormie, répondit Angie. Pour vous dire la vérité, je la tiens dans mes bras à l'instant où nous parlons. Ne rappelez plus. Vous risqueriez de la réveiller. »

Elle reposa le téléphone et embrassa Kathy sur la joue.

« Tu ne crois pas qu'il devrait se montrer satisfait avec sept millions de dollars ? » demanda-t-elle à Clint.

Il était onze heures. Clint regardait la télévision ; chaque chaîne diffusait sa propre version du kidnapping. Une des jumelles, Kelly, avait été retrou-

165

vée en vie, avec un bâillon sur la bouche. Il était probable que la deuxième, Kathy, n'avait pas pu respirer après avoir été bâillonnée de la même façon. On avait eu la confirmation que Lucas Wohl, chargé d'une boîte de grande dimension, avait décollé avec son avion de l'aérodrome de Danbury le mercredi après-midi, et qu'il était revenu peu après sans la boîte. « Il est possible que cette boîte ait contenu le corps de la petite Kathy Frawley, disait le commentateur. D'après la note trouvée dans la voiture, Lucas Wohl aurait jeté le corps de Kathy à la mer. »

« Qu'allons-nous faire d'elle ? » demanda Clint.

Les effets d'une nuit blanche, du choc qu'il avait éprouvé en voyant Angie abattre Lucas commençaient à se faire sentir. Son corps massif était affalé dans un fauteuil. Enfoncés dans son visage rond, ses yeux n'étaient plus que deux fentes bordées de rouge.

« Nous allons l'emmener avec nous en Floride, acheter un bateau et naviguer dans les Antilles, voilà ce que nous allons faire. Mais pour l'instant, il faut que j'aille à la pharmacie. Je n'aurais pas dû mettre l'inhalateur dans la boîte que j'ai confiée à Lucas. Kathy a de nouveau du mal à respirer.

— Angie, cette gosse est malade. Elle a besoin de médicaments, de voir un médecin. Si elle meurt chez nous, et qu'on nous trouve...

— Elle ne va pas mourir, et arrête de penser que quelqu'un va faire le lien entre Lucas et nous, l'interrompit Angie. Nous n'avons commis aucune erreur. En attendant, pendant mon absence, je veux que tu emmènes Kathy dans la salle de bains

166

et que tu fasses couler l'eau chaude jusqu'à ce que la pièce soit remplie de vapeur. Je n'en ai pas pour longtemps. Tu as gardé un peu d'argent, comme je te l'ai recommandé, j'espère ? »

Clint avait abaissé l'échelle qui menait au grenier et hissé les sacs de billets sous les combles. Il avait pris cinq cents dollars en coupures de vingt usagées pour leurs besoins immédiats. « Angie, si tu commences à payer avec une liasse de billets de vingt ou de cinquante dollars, les gens vont se poser des questions.

– Tous les distributeurs du pays ne crachent que des billets de vingt dollars, rétorqua sèchement Angie. On a rarement autre chose sur soi. »

Elle déposa Kathy somnolente dans les bras de Clint. « Fais ce que je te dis. Ouvre le robinet d'eau chaude de la douche, et garde la gosse enveloppée dans la couverture. Si le téléphone sonne, ne réponds pas ! J'ai dit à ton pote alcoolo que tu le retrouverais au bar ce soir. Tu peux l'appeler plus tard, mais je ne veux pas qu'il pose de questions sur le bébé dont j'ai la garde. »

Les yeux d'Angie étincelaient de colère, et Clint savait qu'il était préférable de ne pas la contrarier. Le portrait de Kathy s'étalait en première page de tous les journaux. Elle ne ressemble pas plus à Angie ou à moi que je ne ressemble à Elvis Presley, songea-t-il. Dès l'instant où nous nous montrerons en public avec elle, quelqu'un nous repérera. A l'heure qu'il est, les flics savent sans doute que Lucas était en réalité Jimmy Nelson et qu'il a fait de la prison à Attica. Ils vont se mettre à poser des questions, à chercher avec qui il était lié en taule.

167

Le nom de Ralphie Hudson apparaîtra vite et, tôt ou tard, ils viendront frapper à la porte, et plus personne ne m'appellera Clint.

C'était de la folie de me remettre en ménage avec Angie après son séjour à l'hôpital psychiatrique, songea-t-il tout en portant Kathy dans la salle de bains et en ouvrant le robinet de la douche. Elle avait failli tuer la mère qui tentait de lui reprendre le bébé dont elle s'occupait. Je n'aurais jamais dû l'embarquer dans une histoire d'enlèvement d'enfants.

Il abaissa le couvercle des toilettes et s'y assit, tenant Kathy sur ses genoux. Avec des gestes maladroits, il défit le premier bouton de son polo, puis il lui fit respirer la vapeur qui envahissait rapidement la petite salle de bains.

L'enfant s'était mise à babiller. Les mots qu'elle prononçait n'avaient aucun sens pour Clint. Etait-ce le langage des jumeaux dont parlait Angie ? « Je suis seul à t'écouter, ma petite, lui dit-il. Alors si tu as quelque chose à dire, dis-le clairement. »

43

SYLVIA HARRIS savait que Margaret et Steve retardaient, dans une certaine mesure, le moment d'exprimer la douleur atroce d'avoir perdu Kathy. Pour l'instant, toute leur attention était concentrée sur Kelly. Elle n'avait pas prononcé un seul mot depuis qu'ils étaient allés la retrouver à l'hôpital d'Elmsford. L'examen physique montrait qu'elle n'avait pas subi de violences, mais le bâillon avait laissé des ecchymoses sur le côté de son visage. Et les marques bleues et rouges sur ses bras ressemblaient à des traces de pinçons.

En voyant ses parents entrer dans la chambre de l'hôpital, Kelly les avait regardés fixement puis s'était détournée. « Elle vous en veut maintenant, avait expliqué le Dr Harris. Demain, elle ne supportera plus que vous vous éloigniez d'elle d'un pas. »

Ils rentrèrent chez eux à onze heures, se réfugièrent précipitamment à l'intérieur de la maison, désireux d'échapper aux photographes qui se bousculaient pour apercevoir Kelly. Margaret la porta à l'étage, dans la chambre d'enfants, et lui enfila son pyjama préféré, avec des motifs de Cendrillon, s'ef-

169

forçant de ne pas penser à son semblable soigneusement plié dans le tiroir. Inquiète de l'absence totale de réaction de la part de Kelly, le Dr Harris lui administra une léger calmant. « Elle a besoin de dormir », murmura-t-elle.

Steve la mit au lit, plaça son nounours sur sa poitrine, et l'autre sur l'oreiller vide près du sien. Les yeux de Kelly s'ouvrirent soudain. D'un geste instinctif, elle saisit le nounours de Kathy et se mit à le bercer, serrant les deux peluches dans ses bras. C'est alors seulement que Steve et Margaret, assis de chaque côté du lit, se laissèrent aller à leur chagrin, versant des larmes silencieuses qui brisèrent le cœur de Sylvia.

Elle regagna le rez-de-chaussée où elle trouva l'agent Carlson qui s'apprêtait à partir. A la vue de ses traits tirés, elle lui dit : « J'espère que vous allez pouvoir prendre un peu de repos à présent.

— Oui, je vais rentrer à la maison et m'écrouler pendant huit heures. Sinon, je ne serai d'aucune utilité pour personne. Mais j'ai bien l'intention de continuer à m'occuper de cette affaire et, croyez-moi, docteur, je n'aurai de cesse que le Joueur de Flûte et ses comparses soient sous les verrous.

— Puis-je faire une remarque ?

— Je vous en prie.

— Outre le danger potentiel du bâillon, les seules marques de mauvais traitements dont ait été victime Kelly sont des pinçons. Comme vous pouvez le supposer, mon métier m'entraîne parfois à voir des enfants victimes d'actes de violence. Pincer est généralement le fait d'une femme, pas d'un homme.

170

– Je suis d'accord avec vous. Nous avons un témoin qui a vu deux hommes s'emparer des sacs-poubelle contenant l'argent de la rançon. Il y aurait une certaine logique à ce qu'une femme ait été chargée de s'occuper des jumelles pendant que les hommes récupéraient les billets.

– Lucas Wohl était-il le Joueur de Flûte ?

– Je ne pense pas, mais ce n'est qu'une intuition de ma part. »

Carlson n'ajouta pas que, dans l'attente du rapport d'autopsie, un sérieux doute subsistait concernant l'angle de la balle qui avait tué Lucas. La plupart des gens qui se suicident ne tiennent pas leur arme au-dessus d'eux, pointée vers le bas. Ils l'appuient sur leur front, ou contre la tempe, ou encore introduisent le canon dans leur bouche. « Docteur Harris, avez-vous l'intention de rester encore un peu ici ?

– Au moins quelques jours. J'avais prévu de donner une conférence dans le Rhode Island pendant le week-end, mais je l'ai annulée. Après son enlèvement, le rude traitement qu'elle a subi et la perte de sa jumelle, Kelly est très fragile sur le plan émotionnel. Je pense pouvoir être utile en restant près d'elle et de ses parents.

– Et les membres des familles de Steve et de Margaret ? Comptent-ils se manifester ?

– Il paraît que la mère et la tante de Margaret doivent arriver la semaine prochaine. Margaret leur a demandé de ne pas venir tout de suite. Sa mère pleure tellement qu'elle peut à peine parler. La mère de Steve est dans l'impossibilité de voyager et son père ne peut pas la laisser. Franchement, je

171

crois préférable qu'ils soient seuls auprès de Kelly. Elle va beaucoup souffrir de la perte de sa sœur. »

Carlson acquiesça. « Le plus navrant est que Lucas n'avait sans doute pas l'intention de la tuer. Il y avait une faible odeur de Vicks sur le pyjama de Kelly. Elle n'est pas malade, nous pouvons donc en conclure que la personne qui s'occupait des enfants essayait de soigner le rhume de Kathy. Mais vous ne pouvez pas placer un bâillon sur la bouche d'un enfant dont les narines sont bouchées et vous attendre à ce qu'il survive. Naturellement, nous avons procédé immédiatement à toutes les vérifications. Lucas Wohl est bien sorti en avion le mercredi après-midi. Il portait une boîte volumineuse quand il a décollé, et il est revenu sans elle.

– Avez-vous déjà rencontré un cas similaire ? »

Carlson ramassa sa serviette. « Un seul. Le ravisseur avait enterré la fillette vivante, mais il y avait assez d'air pour qu'elle puisse rester en vie jusqu'à ce que nous amenions son bourreau à nous indiquer où elle se trouvait. Malheureusement, l'enfant souffrait d'hyperventilation et elle est morte. Il moisit en prison depuis vingt ans et y restera jusqu'à ce qu'on le porte au cimetière mais ce n'est pas une consolation pour la famille. » Il secoua la tête d'un air las. « Docteur, on dit que Kelly est une petite fille de trois ans particulièrement intelligente.

– En effet.

– Nous aurons sans doute besoin de lui parler plus tard ou de demander à un pédopsychiatre de l'interroger. En attendant, si elle se met à parler, puis-je vous demander de noter ce qu'elle pourrait raconter sur ce qui lui est arrivé ?

172

– Bien sûr. » La peine sincère que trahissait le visage de Carlson émut Sylvia Harris. « Je sais que Margaret et Steve sont persuadés que vous et vos hommes avez fait tout ce qui était en votre pouvoir pour sauver leurs enfants.

– Nous avons fait de notre mieux, mais ce n'était pas suffisant. »

Ils se tournèrent tous les deux en entendant des pas rapides dans l'escalier. C'était Steve. « Kelly s'est mise à parler dans son sommeil, leur dit-il. Elle a prononcé deux noms, "Mona" et "Harry".

– Margaret et vous connaissez-vous des personnes portant ces noms ? » demanda vivement Carlson, oubliant sa fatigue.

– Non. Personne. Pensez-vous qu'elle faisait allusion aux ravisseurs ?

– Oui, sans doute. N'a-t-elle rien dit d'autre ? »

Les yeux de Steve se remplirent de larmes. « Elle s'est mise à parler dans le langage qu'elle utilisait avec Kathy. Elle essaye de communiquer avec elle. »

44

L E PLAN COMPLIQUÉ qui consistait à suivre la
limousine de Franklin Bailey à distance avait
échoué. Malgré la multitude d'agents dissé-
minés dans toute la ville pour surveiller le véhicule
qu'utiliserait le ravisseur après la remise de rançon,
ils avaient trouvé plus fort qu'eux. Angus Sommers,
qui dirigeait la phase new-yorkaise de l'opération,
se rendait compte que, tandis qu'il regagnait le
Connecticut dans la limousine de Franklin Bailey,
l'argent de la rançon s'était peut-être tout simplement trouvé dans le coffre de la voiture, à quelques
centimètres de lui.

C'est Lucas Wohl qui nous a affirmé avoir vu
deux individus partir dans une Lexus d'un modèle
récent, se souvint-il. Ils savaient à présent qu'un seul
homme était parti en voiture ou à pied. Lucas était
le deuxième homme. Des taches récentes de boue
et d'humidité sur le tapis du coffre de la limousine,
par ailleurs immaculé, indiquaient qu'on y avait
déposé plusieurs objets mouillés et sales. Sans doute
les sacs-poubelle bourrés de billets de banque,
ruminait Angus avec amertume.

Lucas était-il le Joueur de Flûte ? Angus en doutait. Sinon, il aurait déjà su que Kathy était morte. Si l'on en croyait la note expliquant son suicide, il avait jeté son corps en mer depuis l'avion qu'il pilotait. S'il avait eu l'intention de se suicider, pourquoi se serait-il donné la peine de récupérer la rançon ? Cela n'avait aucun sens.

Etait-il possible que le Joueur de Flûte n'ait pas su que Kathy était morte au moment où il avait téléphoné au révérend père Romney pour lui indiquer où se trouvaient les enfants ? D'après le prêtre, il lui avait dit d'annoncer aux parents la bonne nouvelle, de les prévenir que leurs enfants étaient saines et sauves. Etait-ce une plaisanterie macabre de la part d'un esprit sadique, ou se pouvait-il qu'il n'ait pas été au courant de la mort de Kathy ?

Et le Joueur de Flûte avait-il réellement donné des instructions à Franklin Bailey, comme ce dernier le prétendait ? C'était ce dont discutait Sommers avec Tony Realto, tandis qu'ils étaient en route vers la maison de Bailey le jeudi en fin d'après-midi.

Realto n'en croyait rien. « Bailey vient d'une vieille famille du Connecticut. C'est une des personnes mêlées à cette affaire dont je dirais qu'elle est au-dessus de tout soupçon.

– Peut-être », dit Sommers en sonnant à la porte de Bailey.

La gouvernante, Sophie, la soixantaine bien en chair, examina leurs cartes et les fit entrer avec un froncement de sourcils inquiet. « M. Bailey vous attend ? demanda-t-elle d'un ton hésitant.

175

– Non, lui répondit Realto. Mais nous avons besoin de lui parler.

– Je ne sais pas s'il est en état de vous recevoir, monsieur. Quand il a appris que Lucas Wohl avait participé à l'enlèvement, et qu'il s'était suicidé, il a été repris de terribles douleurs thoraciques. Je l'ai supplié de consulter son médecin, mais il a avalé un calmant et s'est couché. Je l'ai entendu bouger il y a quelques minutes.

– Nous allons attendre, dit Realto d'un ton ferme. Dites à M. Bailey que nous devons absolument lui parler. »

Lorsque Bailey apparut dans la bibliothèque vingt minutes plus tard, Angus Sommers eut un choc en voyant son visage altéré. La veille, il avait semblé au bord de l'épuisement. Aujourd'hui, il était blanc comme un linge, ses yeux avaient un regard vitreux.

Sophie le suivait, portant une tasse de thé. Il s'assit, prit la tasse d'une main tremblante, et alors seulement se tourna vers Sommers et Realto. « Je n'arrive pas à croire que Lucas était impliqué dans ce crime épouvantable, dit-il.

– C'est pourtant la vérité, monsieur Bailey, dit Realto d'un ton cassant. Et, naturellement, cela nous amène à reconsidérer les données de l'affaire. Vous nous avez dit que vous vous étiez impliqué de votre plein gré dans cette histoire, offrant même de jouer le rôle d'intermédiaire entre les parents des jumelles et les ravisseurs, parce que vous aviez noué des liens amicaux avec Margaret Frawley. »

Franklin Bailey se redressa dans son fauteuil et repoussa sa tasse sur le côté. « Monsieur Realto,

176

l'utilisation du mot "impliqué" pourrait suggérer que je me suis immiscé dans cette affaire, ou que mon action était inopportune. Or, ce n'était pas le cas. »

Realto le regarda sans répondre.

« Comme je l'ai dit à M. Carlson, la première fois que j'ai rencontré Margaret, elle faisait la queue devant un guichet de la poste. Je me suis aperçu qu'une des jumelles filait droit vers la sortie pendant que sa mère était en conversation avec l'employé. Je l'ai rattrapée et l'ai ramenée à Margaret, qui m'en a été reconnaissante. Steve et elle assistent généralement à la messe de dix heures à l'église Sainte-Marie, qui est ma paroisse. Le samedi suivant, Margaret m'a présenté à son mari. Depuis, il nous est souvent arrivé de bavarder après la messe. J'ai appris qu'ils n'avaient pas de famille dans les environs. J'ai été maire de cette ville pendant vingt ans, je suis bien connu de ses habitants. Par une coïncidence étrange, j'avais relu récemment le récit du kidnapping du petit Lindbergh, et j'avais en mémoire qu'un professeur de l'université de Fordham avait proposé d'agir comme intermédiaire dans cette affaire, et que c'était lui que le ravisseur avait fini par contacter. »

Le téléphone portable de Realto sonna. Il l'ouvrit, vérifia l'origine de l'appel et sortit de la pièce. Lorsqu'il revint, son attitude envers Franklin Bailey avait changé.

« Monsieur Bailey, dit-il brusquement, est-il exact que vous ayez été victime d'une escroquerie il y a une dizaine d'années et que vous ayez perdu une somme d'argent considérable ?

177

– C'est exact.

– Pouvez-vous nous dire combien vous avez perdu ?

– Sept millions de dollars.

– Quel était le nom de l'individu qui vous a escroqué ?

– Richard Mason, un orfèvre en la matière, le plus redoutable que j'aie jamais rencontré.

– Saviez-vous que Mason est le demi-frère de Steve Frawley ? »

Bailey lui lança un regard stupéfait. « Non, je l'ignorais. Comment l'aurais-je su ?

– Monsieur Bailey, Richard Mason a quitté la maison de sa mère dans la matinée du mardi. Il était censé reprendre son travail de bagagiste le mercredi, mais il ne s'est jamais présenté et il n'est pas rentré chez lui. Etes-vous bien certain de ne pas avoir été en contact avec lui ? »

45

« ON NE CROIRAIT JAMAIS que c'est la même enfant. Elle ressemble à un petit garçon », dit Angie d'un air ravi devant la transformation de Kathy. Les cheveux blonds de la petite fille étaient maintenant du même brun foncé que les siens et lui arrivaient à peine à hauteur des oreilles.

C'est vrai qu'elle a l'air différent, reconnut Clint. Si jamais quelqu'un la rencontre, il pensera qu'Angie garde un gamin. « Je lui ai trouvé un nom épatant, continua Angie. Nous allons l'appeler Stephen. Comme son père, tu comprends ? Stevie. Est-ce que tu aimes ton nouveau nom, Stevie ?

– Angie, tu es cinglée. Il faut faire nos bagages en vitesse et nous tirer d'ici.

– Non, sûrement pas. Ce serait la dernière chose à faire. Tu vas écrire une lettre au directeur du club, ce type qu'ils viennent de nommer, pour lui dire qu'on t'a offert un nouveau job en Floride, et que tu lui donnes ton préavis. Si tu disparais juste comme ça, ils se poseront des questions.

– Angie, je *sais* comment travaille le FBI. En ce

moment les fédéraux recherchent toutes les person-nes qui ont été en contact avec Lucas. Notre numéro de téléphone se trouve peut-être dans son carnet d'adresses.

– Allons donc ! Il ne t'a jamais appelé et il ne t'a jamais permis de lui téléphoner quand vous parliez de faire des "affaires" ensemble. Ou alors vous utili-siez tous les deux des téléphones à cartes prépayées.

– Angie, si l'un de nous a laissé une seule empreinte dans cette bagnole, tu peux être sûre qu'elle se retrouvera dans la base de données du FBI.

– Tu portais des gants quand tu as volé la voiture, tu portais des gants quand tu as ramené celle de Lucas jusque chez lui. On te connaît sous le nom de Clint Downes depuis vingt ans. Arrête maintenant, arrête, arrête ! »

Kathy s'était presque endormie. En entendant des éclats de voix, elle se laissa glisser des genoux d'Angie et se tint debout à les dévisager tous les deux.

Changeant subitement de ton, Angie dit : « Je t'assure que Stevie va devenir mon portrait tout cra-ché, Clint. La vapeur lui a fait du bien. Elle respire mieux. Mais je vais laisser l'humidificateur en mar-che toute la nuit. Et elle a mangé un peu de céréa-les, ça va lui redonner des forces.

– Angie, elle a besoin d'être soignée avec de vrais médicaments.

– Je suis capable de m'en occuper. »

Ce qu'Angie ne dit pas à Clint, c'est qu'en fouil-lant dans l'armoire à pharmacie elle avait trouvé deux comprimés de pénicilline et un reste de sirop contre la toux datant de la mauvaise bronchite qu'il avait traînée pendant des semaines l'année précédente. Elle avait déjà donné du sirop à Kathy. Si ça ne suffit pas, je diluerai les comprimés dans de l'eau, se dit-elle. La pénicilline soigne presque tout.

« Pourquoi a-t-il fallu que tu promettes à Gus que j'irais le voir ce soir ? Je suis crevé. Je n'ai aucune envie de sortir.

– Tu dois y aller parce que cet emmerdeur a besoin de faire braire quelqu'un. Comme ça, tu te débarrasseras de lui. Tu peux même lui dire que tu vas avoir un nouveau job. Fais gaffe à ne pas forcer sur la bière et à te mettre à pleurer sur ton vieil ami Lucas. »

Kathy leur tourna le dos et partit soudain en direction de la chambre. Angie la suivit et la regarda tirer la couverture du lit, s'en envelopper et se coucher par terre.

« Ecoute, mon chou, si tu es fatiguée, tu as un lit pour dormir », lui lança-t-elle d'un ton sec. Elle souleva l'enfant de terre et la berça dans ses bras. « Est-ce que Stevie aime sa maman ? »

Kathy ferma les yeux et détourna la tête. Angie la secoua. « Je me demande pourquoi je suis si gentille avec toi. J'en ai par-dessus la tête de la façon dont tu me traites, et ne recommence pas à baragouiner dans ton espèce de jargon. »

Un coup de sonnette insistant la fit sursauter. Elle se figea. Clint avait raison, se dit-elle avec effroi. Le FBI était peut-être remonté jusqu'à lui en fouillant le passé de Lucas,

A travers la porte entrebâillée, elle entendit Clint traverser le séjour d'un pas lourd et se diriger vers l'entrée. « Salut, Clint, vieux frère. Je m'suis dit que j'allais passer te prendre. Ça t'évitera de sortir ta bagnole. Tu peux rassurer Angie, j'boirai pas plus de deux ou trois bières. » C'était la voix tonitruante de Gus.

Il a des soupçons, pensa Angie. Il a entendu les deux gamines pleurer et il vient nous espionner. Prenant une décision rapide, elle enveloppa Kathy dans la couverture, ne laissant apparaître que le dos de sa tête avec ses cheveux courts et bruns, et entra dans la salle de séjour.

« Salut, Gus, dit-elle.

– Salut, Angie. C'est le gosse que tu gardes ?

– Ouais. C'est Stevie. C'est lui que tu as entendu pleurer hier soir. Ses parents sont allés assister à un enterrement dans le Wisconsin. Ils doivent rentrer demain. J'aime bien ce petit bonhomme mais je serais contente de dormir un peu. »

D'une main ferme passée sous la couverture, elle empêchait Kathy de tourner la tête et de permettre à Gus de voir son visage.

« A plus tard, Angie », dit Clint, poussant Gus vers la porte.

Angie vit que le pick-up de Gus était garé devant le pavillon. Preuve qu'il était entré par la grille de derrière en utilisant le code. Et que chaque fois que l'envie lui prendrait de se pointer, il passerait par là. « Au revoir, amusez-vous bien », dit-elle tandis que la porte se refermait sur eux.

Elle regarda par la fenêtre le pick-up s'éloigner dans l'allée. Puis elle caressa les cheveux de Kathy. « Ma petite poupée, toi et moi on va filer avec le fric sans attendre, dit-elle. Pour une fois, papa Clint avait raison. C'est pas sain de traîner dans le coin plus longtemps. »

46

A SEPT HEURES DU SOIR, le père Romney sonna à la porte des Frawley. Steve et Margaret allèrent l'accueillir ensemble. « Merci d'être venu, mon père, lui dit Margaret.

– Je suis heureux que vous m'ayez appelé, Margaret. »

Il les suivit dans le salon. Steve et Margaret s'assirent l'un près de l'autre sur le canapé. Il prit le fauteuil qui leur faisait face. « Comment va Kelly ? demanda-t-il.

– Le Dr Harris lui a donné un calmant, et elle a dormi pendant la plus grande partie de la journée, répondit Steve. Le docteur est auprès d'elle en ce moment.

– Quand elle est réveillée, Kelly essaye de parler à Kathy, dit Margaret. Elle ne se résigne pas à l'absence de sa sœur. Moi non plus.

– Il n'est pas plus grande douleur que la perte d'un enfant, dit doucement le père Romney. Tous les jeunes couples que nous marions espèrent vivre assez longtemps pour voir les enfants de leurs

183

enfants. Qu'il s'agisse d'un nouveau-né, d'un petit enfant, d'un adolescent ou d'un adulte déjà mûr lorsque vous-même avez atteint l'âge de la vieillesse, il n'existe pas de souffrance comparable.

– Le plus difficile, dit lentement Margaret, c'est que je n'arrive pas à croire que Kathy n'est plus là. Je ne m'y résous pas. Je m'attends à la voir entrer dans la pièce d'une minute à l'autre, un pas derrière Kelly. Des deux, c'est Kelly qui commande, c'est le petit chef. Kathy est plus réservée, plus timide. »

Elle regarda Steve puis se tourna vers le père Romney. « Je me suis cassé la cheville en faisant du patin à glace à l'âge de quinze ans. C'était une mauvaise fracture qui demandait une intervention chirurgicale. Je me souviens n'avoir ressenti qu'une douleur sourde à mon réveil et j'ai alors pensé que j'allais me remettre sans mal de l'opération. Mais, quelques heures plus tard, quand l'anesthésie a commencé à s'atténuer, j'ai souffert atrocement. C'est ce qui va m'arriver maintenant. Pour l'instant, la douleur est anesthésiée. »

Le père Romney ne dit rien, devinant que Margaret était sur le point de lui adresser une requête. Elle a l'air si jeune, si vulnérable, pensa-t-il. La jeune mère confiante et souriante qui avait décidé de renoncer temporairement à son métier d'avocate pour pouvoir profiter pleinement de ses jumelles n'était plus qu'un pâle reflet d'elle-même, avec son regard bleu habité par le désespoir. Assis à côté d'elle, Steve, les cheveux en bataille, les yeux rougis par la fatigue, secouait la tête, comme s'il refusait d'accepter l'évidence.

184

« Je sais que nous devons organiser un service auquel pourront assister nos proches, dit Margaret. Ma mère et sa sœur vont arriver la semaine prochaine. Le père de Steve a engagé une infirmière pour s'occuper de sa femme afin de pouvoir être auprès de nous lui aussi. Tant d'amis souhaitent nous manifester leur sympathie. Mais auparavant, je me demandais si vous pourriez célébrer une messe privée pour Kathy demain matin. Une messe à laquelle Steve, Kelly, le Dr Harris et moi serions les seuls à assister. Est-ce possible ?

— Bien sûr. Je peux la célébrer avant l'office de sept heures, ou après celui de neuf heures.

— N'est-ce pas ce qu'on appelle la messe des anges quand elle est dite à l'intention d'un petit enfant ?

— C'est un terme profane qui est passé dans le langage courant. Je choisirai quelques textes appropriés.

— Chérie, plutôt après neuf heures, suggéra Steve. Cela ne nous ferait pas de mal de prendre un somnifère ce soir.

— Pour dormir sans rêves », dit Margaret d'un ton las.

Le révérend père Romney s'approcha d'elle. Plaçant sa main sur la tête de Margaret, il la bénit, puis se tourna vers Steve et le bénit à son tour. « Je vous attendrai à neuf heures à l'église », dit-il. Devant leurs visages ravagés par le chagrin, les paroles du *De profundis* se pressèrent dans son esprit. « *Du fond de l'abîme je crie vers toi, Seigneur... Ecoute mon appel... Que ton oreille se fasse attentive au cri de ma supplication.* »

47

C'EST SANS SURPRISE que Norman Bond vit deux agents du FBI se présenter à son bureau le vendredi matin. Il savait qu'on les avait informés de sa décision d'engager Steve Frawley au détriment de trois employés qualifiés de C.F.G. & Y. Et ils avaient certainement compris que seule une personne rompue aux techniques financières les plus sophistiquées savait que quelques banques étrangères étaient à même, moyennant honoraires, de recevoir et transférer de l'argent obtenu illégalement.

Avant de prier sa secrétaire de les faire entrer, il alla rapidement dans le cabinet de toilette attenant à son bureau et s'examina dans le miroir en pied fixé à l'intérieur de la porte. Son premier geste, après avoir été engagé par C.F.G. & Y., vingt-cinq ans plus tôt, avait été de faire disparaître les marques laissées par une acné juvénile qui avait empoisonné son adolescence. Ces marques existaient toujours dans son esprit, tout comme les lunettes à verres épais qu'il avait dû porter pour corriger un défaut du nerf optique. Aujourd'hui des lentilles de contact suffisaient à améliorer la vision de ses yeux bleu clair. Il avait gardé son abondante chevelure, mais regrettait d'avoir renoncé à la teindre. Le gris prématuré, héritage familial du côté maternel, était en train de virer au blanc alors qu'il n'avait que quarante-huit ans.

Des costumes classiques Paul Stuart avaient remplacé les tristes vêtements d'occasion de son enfance, mais un regard dans la glace lui fut nécessaire pour s'assurer qu'aucune tache ne maculait son col ou sa cravate. Il n'oublierait jamais le jour où, peu après son arrivée chez C.F.G. & Y., en présence du président, il avait utilisé une fourchette ordinaire pour piquer une huître. Celle-ci lui avait échappé et s'était répandue sur le devant de sa veste, dégoulinante de sauce. Ce soir-là, honteux, il avait acheté un manuel des bonnes manières ainsi qu'un service complet d'argenterie, et il s'était ensuite entraîné à dresser une table selon les règles de l'étiquette et à utiliser les fourchettes, couteaux et cuillers appropriés.

Aujourd'hui, le miroir lui donna l'assurance que sa tenue était irréprochable. Des traits agréables, une coupe de cheveux parfaite, une chemise blanche repassée de frais, une cravate bleue. Pas de bijoux. Le souvenir fugace d'avoir jeté son alliance sur la voie à l'arrivée en gare d'un train de banlieue lui revint à l'esprit. Après tant d'années, il ne savait toujours pas si c'était la colère ou la tristesse qui avait déclenché cette réaction. C'était sans importance désormais.

Il regagna son bureau et demanda à sa secrétaire de faire entrer ses visiteurs. Il avait déjà rencontré le premier, Angus Sommers, deux jours auparavant. L'autre, une mince jeune femme d'une trentaine d'années, lui fut présentée par Sommers : agent Ruthanne Scaturro. Norman savait que d'autres agents fourmillaient dans l'immeuble, posaient des questions.

Il les accueillit d'un bref signe de tête, fit mine de se lever par politesse, puis se rassit, le visage impassible.

« Monsieur Bond, dit Sommers sans préambule, Gregg Stanford n'y est pas allé de main morte dans la déclaration qu'il a faite aux médias hier. Êtes-vous d'accord avec ce qu'il a dit ? »

Bond haussa un sourcil, geste qu'il avait long-temps répété. « Comme vous le savez, monsieur Sommers, le conseil d'administration a voté à l'una-nimité le paiement de la rançon. Au contraire de mon distingué collaborateur, j'étais partisan d'ef-fectuer ce versement. La mort d'une des jumelles est une terrible tragédie, mais le fait que sa sœur ait été retrouvée en bonne santé résulte peut-être de ce paiement. La lettre laissée par le chauffeur de la limousine avant son suicide semble indiquer qu'il n'avait pas eu l'intention de supprimer l'autre enfant.

– En effet. J'en conclus donc que vous ne parta-gez pas le point de vue de M. Stanford ?

– Je ne partage jamais les points de vue de M. Stanford. Ou plutôt, permettez-moi de le dire autrement : il est directeur financier parce que la famille de sa femme possède dix pour cent des actions de la société. Il sait que nous sommes nom-breux à considérer qu'il n'est pas qualifié pour ce poste. Il imagine s'attirer des soutiens au sein de la société en s'opposant systématiquement à notre président, Robinson Geisler. Il est capable de tout pour parvenir à ses fins. Dans cette affaire de rançon, il a saisi l'occasion d'être le sage qui avait tout prévu.

– Mais vous-même ne refuseriez pas la place du président, monsieur Bond ? demanda l'agent Scaturro.

– Le temps venu, naturellement, je ne serais pas mécontent qu'on me la propose. Pour le moment, après les péripéties déplaisantes de l'année dernière et la lourde amende infligée à la société, je crois préférable pour la direction de présenter un front uni à nos actionnaires. A mon avis, Stanford nous a fait beaucoup de tort en attaquant M. Geisler publiquement.

– Parlons d'autre chose, monsieur Bond, dit Angus Sommers. Pour quelle raison avez-vous engagé Steve Frawley ?

– Il me semble que nous avons déjà abordé ce sujet la dernière fois, monsieur Sommers, répondit Bond, laissant délibérément percer une note d'irritation dans sa voix.

– J'aimerais l'aborder à nouveau. Il y a trois hommes dans la société qui vous en veulent, estimant que vous n'aviez ni le besoin ni le droit de chercher à l'extérieur quelqu'un pour occuper ce poste. Pour Steve Frawley, le bond a été considérable en termes de rémunération et de responsabilités, n'est-ce pas ?

– Laissez-moi vous fournir quelques informations concernant la politique interne de la société, monsieur Sommers. Les trois hommes auxquels vous faites allusion veulent mon poste. Ils étaient les protégés de l'ancien président. Leur fidélité lui était, et lui est encore, acquise. Je suis plutôt bon juge en la matière, et Steve Frawley est intelligent, très intelligent. Quand vous êtes diplômé d'une prestigieuse école de commerce et docteur en droit, que vous avez la tête bien faite et une forte personnalité, vous avez un avenir assuré dans le monde des affaires. Je me suis longuement entretenu avec lui du fonctionnement de la société, des problèmes qu'elle avait rencontrés l'année dernière, et de son avenir. Sa vision des choses m'a séduit. Steve Frawley a également un sens développé de l'éthique, chose rare de nos jours. Et par-dessus le marché, je sais qu'il sera loyal envers moi, et ç'a été l'élément déterminant en ce qui me concerne. »

Norman Bond s'inclina en arrière dans son fauteuil et joignit les mains, les doigts pointés vers le haut. « A présent, si vous voulez bien m'excuser, j'ai une réunion à l'étage au-dessus. »

Ni Sommers ni Scaturro ne firent mine de se lever. « Encore une ou deux questions, monsieur Bond, dit Sommers. Il me semble que vous avez dit avoir vécu à Ridgefield, dans le Connecticut, à une époque.

– J'ai vécu dans beaucoup d'endroits depuis mes débuts dans cette société. J'ai habité Ridgefield il y a plus de vingt ans, lorsque j'étais marié.

– Votre femme n'a-t-elle pas mis au monde des jumeaux qui sont morts à la naissance ?

– C'est exact. »

Les yeux de Bond se voilèrent.

« Vous étiez très attaché à votre femme, pourtant elle vous a quitté peu après.

– Elle s'est installée en Californie. Elle voulait tout recommencer à zéro. Le chagrin sépare autant de gens qu'il en réunit, monsieur Sommers.

– Après son départ, vous avez fait une sorte de dépression, n'est-ce pas ?

– Le chagrin provoque aussi des crises de dépression, monsieur Sommers. Je savais que j'avais besoin d'aide, et j'ai fait un séjour en clinique. Aujourd'hui les groupes de soutien psychologique sont chose courante. Ils ne l'étaient pas à l'époque.

– Êtes-vous resté en contact avec votre ex-femme ?

– Elle s'est remariée assez rapidement. Il était préférable pour nous deux de tourner la page.

– Malheureusement la page n'est pas tournée. Votre ex-femme a disparu plusieurs années après s'être remariée.

– Je sais.

– Vous a-t-on interrogé à la suite de sa disparition ?

– Comme on a interrogé ses parents, ses frères et sœurs, ses amis. On m'a demandé si j'avais une idée de l'endroit où elle aurait pu aller. Je n'en savais rien, naturellement. J'ai même contribué à la récompense offerte pour toute information pouvant aider à la retrouver.

– Cette récompense n'a jamais été versée, n'est-ce pas ?

– Jamais, en effet.

– Monsieur Bond, lorsque vous avez rencontré Steve Frawley, vous êtes-vous reconnu en lui : un

191

homme jeune, brillant et ambitieux, marié à une jeune femme séduisante et intelligente, avec de beaux enfants ?

— Monsieur Sommers, cet interrogatoire devient complètement absurde. Si je vous comprends bien, et je crois que c'est le cas, vous me soupçonnez d'avoir quelque chose à voir dans la disparition de feu ma femme ainsi que dans l'enlèvement des jumelles Frawley. Vous dépassez les bornes ! Sortez immédiatement de mon bureau.

— Feu votre femme ? Comment savez-vous qu'elle est morte ? »

48

« JE SUIS quelqu'un de prévoyant, mon petit chou », disait Angie, se parlant plus à elle-même qu'à Kathy qu'elle avait couchée sur le lit du motel, enveloppée d'une couverture, la tête soutenue par des coussins. « Je sais prendre les devants. C'est la grande différence entre Clint et moi. »

On était vendredi, il était dix heures du matin, et Angie était satisfaite d'elle-même. La veille, une heure après le départ de Gus et de Clint pour le pub, elle avait chargé ses bagages dans la camionnette et pris la route avec Kathy. Elle avait mis l'argent de la rançon dans des valises, rassemblé hâtivement quelques vêtements et les deux téléphones à carte que le Joueur de Flûte avait fait parvenir à Lucas et à Clint. Au dernier moment, elle s'était souvenue des cassettes que Lucas enregistrait chaque fois que le Joueur de Flûte l'appelait. Elle les avait embarquées, ainsi que le permis de conduire qu'elle avait volé à une femme dont elle avait gardé l'enfant l'année précédente.

Puis, saisie d'une arrière-pensée, elle avait griffonné une note à l'adresse de Clint : « Ne t'inquiète pas. Je t'appellerai demain matin. Suis partie faire un peu de baby-sitting en supplément. »

Elle roula sans arrêt pendant plus de trois heures jusqu'au Cape Cod, s'arrêta au motel de Hyannis, où elle avait passé un week-end avec un amant il y a bien longtemps.

« J'ai toujours eu un plan pour me barrer au cas où Clint se ferait pincer avec Lucas quand ils faisaient leurs coups ensemble », continua-t-elle. Voyant que Kathy se rendormait, elle se pencha sur le lit et lui tapa sur l'épaule. « Ecoute quand je te parle. C'est bon pour ton éducation. »

Les yeux de Kathy restèrent obstinément fermés.

« J'ai peut-être trop forcé sur la dose de sirop, marmonna Angie. S'il faisait somnoler Clint quand il en prenait l'année dernière, je suppose qu'il t'a carrément assommée. »

Elle se dirigea vers le comptoir où il restait un peu du café qu'elle avait préparé peu auparavant. Elle mourait de faim. J'avalerais volontiers un copieux petit-déjeuner, songea-t-elle. Mais comment sortir avec cette gosse à moitié endormie, et sans rien de chaud à lui mettre sur le dos ? Je pourrais l'enfermer dans la chambre et aller manger un morceau. Ensuite j'irai dans un magasin lui acheter de quoi la couvrir. Je planquerai les valises sous le lit et accrocherai la pancarte : « NE PAS DERANGER » sur la porte. Et je lui donnerai un peu plus de sirop – comme ça elle dormira *pour de bon.*

Angie sentit sa bonne humeur se dissiper. Elle était obligée d'admettre que la faim la rendait toujours nerveuse et irritable. Elle était arrivée au motel peu après minuit. A peine capable de garder les yeux ouverts, elle avait couché Kathy et s'était écroulée à côté d'elle. Elle s'était endormie sur-le-champ mais s'était réveillée en entendant l'enfant pleurer et tousser.

Je n'ai pas pu me rendormir, se rappela-t-elle. A peine réussi à sommeiller, résultat, je n'ai pas les idées claires ce matin. Mais j'ai été assez futée pour prendre ce permis de conduire, si bien que je suis désormais connue officiellement sous le nom de Linda Hagen.

Alors qu'elle faisait du baby-sitting pour Linda Hagen, celle-ci était rentrée un soir bouleversée parce qu'elle croyait avoir oublié son portefeuille dans un restaurant. Quelques jours plus tard, Angie était revenue s'occuper du petit Hagen et avait utilisé la voiture de sa mère pour l'emmener à un anniversaire. C'est alors qu'elle avait aperçu le portefeuille qui avait glissé entre les deux sièges avant. Il y avait deux cents dollars et, plus important, le permis de conduire de Linda. Celle-ci avait naturellement fait opposition sur les cartes de crédit, mais la trouvaille du permis de conduire avait été une aubaine.

Nous avons toutes les deux le visage étroit et des cheveux bruns, se dit Angie. Mme Hagen portait des lunettes sur la photo et je vais mettre des lunettes noires au cas où je serais arrêtée au cours d'un contrôle routier. Il faudrait examiner de près la photo pour s'apercevoir que le permis appartient à quelqu'un d'autre. De toute façon, je me suis inscrite au motel sous le nom de Linda Hagen, et, sauf si les types du FBI remontent jusqu'à Clint et retrouvent la trace de la camionnette, je suis tranquille pour un bon moment. Et si je décide de partir quelque part en avion, je pourrai toujours monter à bord en me faisant passer pour Linda Hagen.

Si les fédéraux coinçaient Clint, il leur dirait probablement qu'elle était partie en Floride, car c'était ce qu'il croyait. Quant à elle, il fallait qu'elle se débarrasse de la camionnette, puis qu'elle achète une voiture d'occasion avec une partie de l'argent liquide.

Je pourrai alors aller où bon me plaira, se dit-elle, sans personne pour surveiller mes faits et gestes. Je vais abandonner cette camionnette dans une décharge. Sans les plaques, personne ne pourra l'identifier.

Je garderai le contact avec Clint et, lorsque je serai certaine qu'il n'a pas les flics aux fesses, je lui indiquerai où je suis pour qu'il puisse me rejoindre. Peut-être. Ou peut-être pas. Pour l'instant, je préfère le laisser dans le flou. Mais je lui ai dit que je l'appellerais ce matin, et mieux vaut que je tienne ma promesse.

Elle prit un des téléphones portables et composa le numéro de Clint. « Où es-tu ? demanda-t-il.

– Clint, chéri, j'ai préféré mettre les voiles. J'ai l'argent, ne t'en fais pas. Si les types du FBI s'étaient présentés à la maison, s'ils nous avaient trouvés, la gosse, moi et le fric, réfléchis aux conséquences. Alors, écoute-moi : bazarde le lit ! Tu as bien dit à Gus que tu allais donner ton congé, n'est-ce pas ?

– Ouais, ouais. Je lui ai dit qu'on m'avait proposé un travail à Orlando.

– Bon. Donne-leur ton préavis aujourd'hui. Si cette fouine de Gus revient rôder à la maison, dis-lui que la mère du gosse dont je m'occupe m'a demandé de le ramener dans le Wisconsin. Dis-lui qu'elle vient de perdre son père et que sa mère a besoin d'elle. Dis-lui que je vais te rejoindre en Floride.

– Ne me joue pas un sale tour, Angie.

– T'inquiète pas. Si le FBI te rend visite, tu es blanc comme neige. J'ai dit à Gus que tu avais l'intention d'acheter une nouvelle voiture et que tu es allé en voir une à Yonkers, mercredi soir. Raconte-lui que tu vas en louer une en attendant parce que tu as vendu la camionnette.

– Tu ne m'as pas laissé un radis, dit-il d'un ton amer. Même pas les cinq cents dollars que j'avais posés sur la commode.

– Imagine qu'ils aient relevé les numéros des billets. J'ai fait tout ça pour te protéger. Sers-toi de la carte de crédit. On s'en fiche. Dans une ou deux semaines, nous aurons disparu de la surface du globe. Il faut que j'y aille maintenant. J'ai faim. Au revoir. »

Angie referma d'un coup sec le couvercle du portable, revint vers le lit et regarda Kathy. Dormait-elle ou faisait-elle semblant ? Elle va devenir aussi peste que sa sœur, pensa Angie. Que je sois gentille ou non, elle persiste à m'ignorer.

Elle avait laissé le sirop sur la table de chevet. Elle dévissa le bouchon, en versa une pleine cuillère et força Kathy à écarter les lèvres. « Avale », ordonna-t-elle en introduisant la cuillère dans sa bouche

Dans un réflexe machinal, Kathy but le sirop

d'un coup. Quelques gouttes pénétrèrent dans la trachée et elle se mit à tousser et à pleurer. Angie la repoussa brutalement sur l'oreiller. « Oh, bon Dieu, ferme-la », fit-elle entre ses dents.

Kathy ferma les yeux et remonta la couverture sur son visage en se tournant sur le côté, s'efforçant de ne pas pleurer. En esprit, elle voyait Kelly assise à l'église à côté d'elle, près de papa et maman. Elle n'osa pas parler à voix haute, mais remua les lèvres en silence, pendant qu'Angie l'attachait dans le lit.

Kelly serrée entre eux deux, Margaret et Steve se tenaient au premier rang de l'église Sainte-Marie. Sur le même banc, le Dr Sylvia Harris refoulait ses larmes en écoutant la prière du père Romney.

Dieu clément, Toi qui sais la tristesse des hommes
Qui connais les tourments du chagrin
Que nous ressentons à la perte d'un enfant,
Alors que nous pleurons sa disparition,
Accorde-nous le réconfort
D'accueillir Kathryn Ann en Ton sein.

Kelly tira sur la main de Margaret. « Maman », dit-elle d'une voix haute et claire pour la première fois depuis son retour, « Kathy a très peur de cette dame. Elle t'appelle en pleurant. Elle veut que tu la ramènes à la maison elle aussi. Tout de suite ! »

49

L'AGENT SPÉCIAL Chris Smith, un Latino-Américain de cinquante-deux ans, chef du bureau du FBI de Caroline du Nord, avait demandé à rencontrer les parents de Steve Frawley à Winston-Salem.

Ancien capitaine des pompiers de New York, décoré de multiples médailles, Tom Frawley n'avait pas accueilli cette requête avec plaisir. « Nous avons appris hier la mort de l'une nos deux petites-filles. Il y a quelques semaines, ma femme a subi une grave opération du genou dont elle souffre encore horriblement. Pour quelle raison désirez-vous nous voir ?

– Nous aimerions vous parler du fils aîné de Mme Frawley, votre beau-fils, Richie Mason, avait expliqué Smith.

– Oh, mon Dieu, j'aurais dû m'en douter ! Venez vers onze heures. »

Smith se fit accompagner par Carla Rogers, vingt-six ans, qui avait récemment intégré son équipe.

A onze heures, Tom Frawley vint en personne leur ouvrir la porte et les invita à entrer. Le regard de Smith fut tout de suite attiré par les photos des jumelles affichées sur le mur qui faisait face à la porte. De jolies petites filles, pensa-t-il. C'est navrant que nous n'ayons pu en retrouver qu'une.

A la suite de Frawley, ils pénétrèrent dans le confortable living-room qui prolongeait la cuisine. Grace Frawley y était installée dans un fauteuil de cuir, les jambes reposant sur un pouf.

Smith s'approcha d'elle. « Madame Frawley, je suis désolé de vous déranger. Je sais que vous venez de perdre une de vos petites-filles et que vous avez subi une opération récemment. Je vous promets d'être bref. Notre bureau du Connecticut nous a demandé de vous poser, ainsi qu'à M. Frawley, quelques questions concernant votre fils, Richard Mason.

– Asseyez-vous, je vous prie. » Tom Frawley leur indiqua le canapé avant de s'installer lui-même sur une chaise près de sa femme. « Dans quel pétrin s'est encore fourré Richie ? demanda-t-il.

– Monsieur Frawley, je n'ai pas dit que Richie avait des ennuis. J'ignore si c'est le cas. Nous avons voulu lui parler, mais il ne s'est pas présenté mercredi soir à son travail à l'aéroport de Newark, et d'après ses voisins, personne ne l'a vu dans les environs de son immeuble depuis la semaine dernière. »

Les yeux de Grace Frawley étaient gonflés. Elle portait constamment un petit mouchoir à son visage. Smith constata qu'elle tentait en vain de dissimuler le tremblement de ses lèvres.

« Il nous a dit qu'il rentrait travailler, dit-elle nerveusement. J'ai été opérée il y a trois semaines.

200

C'est la raison pour laquelle Richie est venu nous rendre visite le week-end dernier. Quelque chose lui serait-il arrivé ? S'il n'a pas repris son travail, il a peut-être eu un accident sur le trajet du retour.

– Grace, réfléchis, l'interrompit gentiment Tom. Il détestait ce boulot. Il disait qu'il était trop intelligent pour transporter des bagages toute la journée. Je ne serais pas surpris qu'il ait décidé sur un coup de tête de partir à Las Vegas ou je ne sais où. Ce n'est pas la première fois que ça lui arrive. Tout va bien pour lui, chérie. Tu as suffisamment de peine sans avoir à t'inquiéter pour *lui*. »

Le ton de Tom Frawley se voulait rassurant, pourtant Chris Smith nota l'accent d'irritation qui perçait sous les mots apaisants, et il était prêt à parier que Carla Rogers l'avait relevé comme lui. Le dossier concernant Richie Mason indiquait qu'il n'avait été qu'une source de soucis pour sa mère. Etudes interrompues, délinquant juvénile, cinq ans de prison pour une escroquerie qui avait coûté une fortune à une douzaine d'investisseurs – Franklin Bailey inclus, qui y avait laissé sept millions.

Grace Frawley avait les traits tirés et l'air épuisé d'une personne qui a profondément souffert physiquement et émotionnellement. Une soixantaine d'années, estima Smith ; encore séduisante avec ses cheveux grisonnants et sa silhouette frêle. Tom Frawley était un grand gaillard aux larges épaules, sans doute de quelques années plus âgé.

« Madame Frawley, vous avez été opérée il y a trois semaines. Pourquoi Richie a-t-il attendu aussi longtemps pour venir vous voir ?

– Je suis restée dans une clinique de rééducation pendant deux semaines.

– Je comprends. Pouvez-vous nous dire à quelle date Richie est arrivé chez vous et quand il est reparti ? demanda Smith.

– Il est arrivé samedi dernier vers trois heures du matin. Il avait quitté son travail à quinze heures et nous l'attendions vers minuit », répondit Tom Frawley à la place de sa femme. « Mais il a appelé pour nous prévenir qu'il y avait des encombrements sur la route. Il nous a dit de laisser la porte d'entrée ouverte et d'aller nous coucher. J'ai le sommeil léger et l'ai entendu arriver. Il est reparti le mardi matin vers dix heures, après avoir regardé avec nous Steve et Margaret à la télévision.

– A-t-il passé ou reçu des appels téléphoniques ?

– Pas sur notre téléphone. Il est vrai qu'il avait son portable. Il l'a utilisé. Je ne saurais vous dire combien de fois.

– Richie avait-il l'habitude de vous rendre visite, madame Frawley ? demanda Carla Rogers.

– Il s'est arrêté chez nous le jour où nous sommes allés ensemble voir Steve, Margaret et les jumelles il y a environ deux mois, peu après leur installation à Ridgefield. Avant cela, nous ne l'avions pas vu pendant presque une année. » Grace Frawley parlait d'une voix triste et lasse : « Je l'appelle au téléphone régulièrement. Il ne répond presque jamais, mais je laisse un message sur son portable pour lui dire que nous pensons à lui et l'aimons. Je sais qu'il a eu des ennuis, mais au fond c'est un bon garçon. Il n'avait que deux ans lorsque son père est décédé. J'ai épousé Tom trois ans plus tard, et personne n'aurait pu être un meilleur père pour Richie. Mais à l'adolescence, il a eu de mauvaises fréquentations et n'est jamais revenu dans le droit chemin.

– Quelles sont ses relations avec Steve ?

– Loin d'être excellentes, reconnut Tom Frawley. Il a toujours été jaloux de Steve. Richie aurait pu faire des études universitaires. Ses notes au lycée étaient inégales, mais il a passé haut la main les tests d'aptitude pour entrer à l'université. En réalité, il avait commencé à suivre les cours de la State University de New York. Il est intelligent, très intelligent, mais il a tout laissé tomber au milieu de la première année et il est parti à Las Vegas. C'est là qu'il s'est acoquiné avec une bande de joueurs et de bons à rien. Comme vous le savez, il a fait de la prison après avoir été mêlé à une escroquerie.

– Le nom de Franklin Bailey vous est-il connu, monsieur Frawley ?

– C'est l'homme qui a servi d'intermédiaire avec le ravisseur de mes petites-filles. Nous l'avons vu à la télévision. C'est lui qui a remis l'argent de la rançon.

– Il a également été l'une des victimes de l'escroquerie à laquelle Richie a participé. Un investissement qui lui a coûté sept millions de dollars.

– Bailey est-il au courant pour Richie, je veux dire, sait-il qu'il est le demi-frère de Steve ? demanda vivement Frawley, d'un ton à la fois stupéfait et soucieux.

– Il l'est à présent. Richie aurait-il pu rencontrer Franklin Bailey quand il vous a accompagnés à Ridgefield ?

– Je suis incapable de vous répondre.

– Monsieur Frawley, vous dites que Richie vous a quittés le mardi matin vers dix heures ?

– C'est exact. Une demi-heure après que Margaret et Steve sont apparus à la télévision en compagnie de Bailey.

– Richie a toujours prétendu qu'il ignorait que la société dans laquelle il incitait les gens à investir avait pour seul objet de les escroquer. Le croyez-vous ?

– Non, je ne le crois pas. Lorsqu'il nous a parlé de cette société, l'affaire paraissait tellement juteuse que j'ai proposé d'y investir de l'argent, mais il ne m'a pas laissé faire. C'est étrange, non ?

– Tom, protesta sa femme.

– Grace, Richie a payé sa dette à la société pour le rôle qu'il a joué dans cette affaire. Prétendre qu'il était un bouc émissaire innocent serait malhonnête. Le jour où Richie acceptera de reconnaître qu'il est responsable de ses actes, ce jour-là il commencera à faire quelque chose de sa vie.

– Nous avons appris que Franklin Bailey, avant de comprendre qu'il avait été floué, s'était lié d'amitié avec Richie. Est-il possible que Bailey ait cru l'histoire de Richie et qu'ils soient restés en bons termes après sa sortie de prison ? demanda Smith.

– Où voulez-vous en venir avec ces questions, monsieur Smith ? demanda Frawley tranquillement.

– Monsieur Frawley, votre beau-fils, Richie, est jaloux de votre fils, Steve. Nous savons qu'il a même essayé de sortir avec votre belle-fille avant qu'elle ne rencontre Steve. Richie est rompu aux techniques

204

financières, ce qui lui a permis de tromper un maximum de gens avec cet investissement bidon. Franklin Bailey fait partie des personnes incluses dans l'enquête générale que nous menons actuellement. Nous avons appris, entre autres, qu'un appel avait été passé depuis le téléphone de votre appartement à Franklin Bailey le mardi matin à dix heures dix. »

Les rides qui marquaient le visage anguleux de Frawley se creusèrent davantage. « Je n'ai certainement pas appelé Franklin Bailey. » Il se tourna vers sa femme. « Grace, tu ne lui as pas téléphoné, n'est-ce pas ?

– Mais si, je l'ai appelé, dit-elle. Ils ont donné son numéro à la télévision et j'ai voulu le remercier d'avoir aidé Steve et Margaret. N'obtenant pas de réponse, je n'ai pas laissé de message sur son répondeur. »

Elle leva vers l'agent Smith un regard où la colère avait remplacé la souffrance.

« Monsieur Smith, je sais que votre agence et vous-même essayez de faire traduire en justice ceux qui ont kidnappé mes petites-filles et causé la mort de Kathy, mais écoutez-moi, et écoutez-moi bien. Peu m'importe que Richie se soit présenté ou non à son travail à l'aéroport de Newark. Vous semblez insinuer qu'il y a quelque chose entre lui et Franklin Bailey, quelque chose qui pourrait avoir un rapport avec l'enlèvement de nos petites-filles. C'est absolument ridicule, ne perdez pas votre temps ni le nôtre à suivre cette piste. »

Elle repoussa le pouf et se leva, s'appuyant au bras du fauteuil. « Ma petite-fille est morte, et je ne m'en consolerai jamais. Mon fils et ma belle-fille ont le cœur brisé. Mon autre fils est faible, stupide, c'est peut-être un voleur, mais il est incapable d'une chose aussi méprisable qu'enlever ses propres nièces. Cela suffit, monsieur l'agent. Dites à votre organisation de nous laisser en paix. N'ai-je pas suffisamment souffert ? »

Dans un geste de désespoir elle leva les bras au ciel puis retomba dans son fauteuil, inclinant la tête sur ses genoux.

« Sortez ! » s'écria Tom Frawley, désignant la porte. Il crachait littéralement ses mots. « Vous n'avez pas été capables de sauver ma petite-fille. Occupez-vous au moins de trouver son ravisseur. Vous vous fourvoyez complètement en cherchant à lier Richie à ce crime, ne perdez pas votre temps à penser qu'il y est impliqué d'une façon ou d'une autre. »

Smith écouta, le visage impassible. « Monsieur Frawley, si vous avez des nouvelles de Richie, voulez-vous lui dire que nous devons entrer en contact avec lui ? Voici ma carte. »

Avec un signe de tête à l'adresse de Grace Frawley, il tourna les talons et, suivi de l'agent Rogers, sortit de la maison.

Dans la voiture, il mit le contact avant de demander : « Que pensez-vous de tout ça ? »

Carla savait ce qu'il voulait dire. « Ce que je pense du coup de fil passé à Franklin Bailey ? Je pense que la mère essaye probablement de protéger son fils.

– C'est aussi mon sentiment. Richie est arrivé samedi, personne ne l'avait vu depuis mercredi, ce qui signifie qu'il a pu participer à l'enlèvement. Il était dans la maison de Ridgefield il y a deux mois et a pu en relever le plan. Bref, il n'est pas impossible qu'il soit l'un des deux hommes qui ont ramassé l'argent de la rançon.

– S'il était l'un des deux ravisseurs, il aurait dû porter un masque pour éviter que les jumelles ne le reconnaissent, bien qu'elles l'aient rarement rencontré.

– Supposons que l'une d'elles l'ait malgré tout reconnu ? Et que, pour cette raison, il lui ait été impossible de la rendre à ses parents ? Supposons aussi que la mort de Lucas Wohl n'ait pas été un suicide ? »

Carla Rogers jeta un regard admiratif à son supérieur. « J'ignorais que les types de New York et du Connecticut raisonnaient aussi bien.

– Les types de New York et du Connecticut, comme vous dites, réfléchissent et examinent les choses sous tous les angles. Ils ont cette affaire sur les bras, et une gosse de trois ans est morte. Quelqu'un qui se fait appeler le Joueur de Flûte court toujours. Il est coupable de la mort de cette enfant, comme le sont ceux qui ont participé à l'enlèvement. Les Frawley viennent de nous affirmer que Richie Mason n'est rien de plus qu'un escroc, simplement je ne peux m'empêcher de penser que sa mère tente maintenant de le couvrir. »

50

Après les étranges propos qu'elle avait tenus à l'église, Kelly était redevenue silencieuse. De retour à la maison, elle monta dans sa chambre et en redescendit un instant plus tard, serrant les deux nounours dans ses bras.

Rena Chapman, l'aimable voisine qui leur avait préparé un dîner à plusieurs reprises, les attendait. « Il faut absolument que vous mangiez un morceau », leur dit-elle. Elle avait mis le couvert sur la table ronde du petit-déjeuner dans l'angle de la cuisine, et ils s'y installèrent, Margaret tenant Kelly sur ses genoux, Steve et le Dr Harris en face d'elles. Rena Chapman disposa les plats sur la table et refusa de rester. « Vous n'avez pas besoin de ma présence », dit-elle fermement.

Des œufs brouillés, de fines tranches de jambon sur des toasts et un café chaud les ragaillardirent. Pendant qu'ils savouraient leur deuxième tasse, Kelly descendit des genoux de Margaret. « Tu veux me lire une histoire, maman ? demanda-t-elle.

– C'est moi qui vais la lire, ma chérie, dit Steve. Va chercher un livre. »

Margaret attendit que Kelly soit sortie de la pièce pour parler. Elle savait quelle allait être leur réaction, mais elle ne pouvait leur cacher ce qu'elle ressentait : « Kathy est en vie. Elle communique avec sa sœur.

— Margaret, Kelly s'efforce encore de parler avec Kathy, et elle essaye aussi de vous raconter ce qu'elle a vécu. Elle avait peur de cette femme qui s'occupait d'elles. Elle voulait rentrer à la maison, dit doucement le Dr Harris.

— Elle parlait à Kathy, s'entêta Margaret. Je le sais.

— Oh, chérie, protesta Steve. Tu vas finir par te rendre folle à force de t'accrocher ainsi à l'espoir que Kathy est en vie. »

Margaret referma ses doigts autour de sa tasse de café, se rappelant avoir fait exactement le même geste le soir de la disparition de ses filles, cherchant à réchauffer ses mains au contact de la tasse. Elle comprit soudain que le désespoir de ces dernières vingt-quatre heures avait fait place au besoin désespéré de retrouver Kathy avant qu'il ne soit trop tard.

Personne ne va vouloir me croire, se dit-elle. S'ils pensent que je suis en train de perdre la raison sous l'effet du chagrin, ils vont me donner des sédatifs. Le somnifère d'hier soir m'a complètement abrutie pendant des heures. Je ne veux pas que cela se reproduise. *Je veux la retrouver !*

Kelly revint avec le livre du Dr Seuss pour lequel elle et sa sœur avaient toujours eu une prédilection. Steve repoussa sa chaise et la prit dans ses bras. « Allons nous asseoir dans le grand fauteuil de mon bureau, tu veux bien ?

– Kathy aussi aime beaucoup cette histoire, dit Kelly.

– Je vais faire semblant de la lire pour toutes les deux alors. »

Steve parvint à prononcer ces derniers mots d'une voix ferme malgré les larmes qui lui montaient aux yeux.

« Oh, papa, c'est bête. Kathy peut pas nous entendre. Elle dort et elle est toute seule, et la dame l'a attachée dans le lit.

– Tu veux dire que la dame t'avait attachée dans le lit, c'est ça ? demanda vivement le Dr Harris.

– Non. Mona nous a mises dans le grand lit à barreaux, et Kathy et moi on ne pouvait pas en sortir. Kathy est toute seule dans le lit maintenant », insista Kelly, puis elle caressa la joue de Steve. « Papa, pourquoi tu pleures ? »

« Margaret, plus tôt Kelly reprendra sa vie normale, plus vite elle s'habituera à être privée de Kathy », dit un peu plus tard le Dr Harris alors qu'elle s'apprêtait à partir. « Steve a eu raison d'insister pour la ramener à l'école maternelle.

– Tant qu'il ne la quitte pas des yeux en chemin, murmura Margaret craintivement.

– Bien sûr. » Sylvia Harris serra Margaret dans ses bras. « Je dois aller à l'hôpital, plusieurs de mes patients m'y attendent, mais je serai de retour ce soir, si vous pensez toujours que je peux vous être utile.

— Rappelez-vous ce jour où Kathy a eu une pneumonie et où cette jeune infirmière était en train de lui administrer de la pénicilline. Si vous n'aviez pas été là, Dieu sait ce qui aurait pu arriver, dit Margaret. Allez vite soigner vos petits malades, puis revenez. Nous avons besoin de vous.

— Nous avions, en effet, découvert que Kathy était allergique à la pénicilline », convint le Dr Harris. Puis elle ajouta : « Margaret, pleurez-la, mais ne vous accrochez pas à tout ce que vous raconte Kelly. Croyez-moi, elle évoque sa propre expérience. »

Je n'arriverai jamais à la convaincre ! songea Margaret. Elle ne me croit pas. Steve ne me croit pas. Je dois parler à l'agent Carlson, décida-t-elle. Il faut que je lui parle sans plus tarder.

Ayant pressé une dernière fois la main de Margaret, Sylvia Harris partit. Seule pour la première fois depuis une semaine, Margaret ferma les yeux et respira profondément, puis elle se hâta vers le téléphone et composa le numéro personnel de Walter Carlson.

Il répondit à la première sonnerie. « Margaret, que puis-je faire pour vous ?

— Kathy est vivante », lui dit-elle. Et, sans lui laisser le temps de prononcer un mot, elle continua précipitamment : « Je sais que vous ne me croyez pas, mais elle est en vie. Kelly communique avec elle. Il y a une heure, Kathy était endormie et attachée dans un lit. C'est Kelly qui me l'a dit.

— Margaret...

— N'essayez pas de me calmer. Vous devez me croire. Vous n'avez que la parole d'un mort pour affirmer que Kathy n'est plus. On n'a pas retrouvé son corps. Vous savez que Lucas Wohl est monté dans son avion en emportant avec lui une boîte volumineuse, et vous présumez que le corps de Kathy était enfermé à l'intérieur. Cessez de faire des suppositions et trouvez-la. Vous m'entendez ? *Retrouvez-la !* »

Elle raccrocha brutalement. Puis elle se laissa tomber dans un fauteuil et mit sa tête dans ses mains. Il y a quelque chose qui me tracasse et que j'essaye en vain de retrouver. Je sais que cela a un rapport avec ces robes que j'ai achetées pour l'anniversaire des petites. Je vais aller jeter un coup d'œil dans leur penderie et tâcher de rassembler mes souvenirs.

51

L E VENDREDI après le déjeuner, les agents Angus
Sommers et Ruthanne Scaturro sonnèrent à
la porte du 415 Walnut Street à Bronxville,
dans l'Etat de New York, résidence d'Amy Lindcroft, la première femme de Gregg Stanford.
Comparée aux vastes et élégantes demeures alentour, c'était une modeste et traditionnelle construc-
tion blanche aux volets verts qu'illuminait le soleil
soudain de l'après-midi.

Elle rappela à Angus Sommers la maison où il
avait grandi, de l'autre côté de l'Hudson, à Closter,
dans le New Jersey. Un regret récurrent lui traversa
l'esprit : j'aurais dû l'acheter lorsque papa et
maman sont partis vivre en Floride ; le prix a carrément doublé depuis dix ans.

Cette propriété vaut bien davantage, se dit-il
ensuite en entendant des pas approcher de l'autre
côté de la porte.

Sommers savait par expérience que même les
gens qui n'ont rien à se reprocher éprouvent un
sentiment d'inquiétude quand ils reçoivent la visite
du FBI. Dans le cas présent, cependant, c'était Amy

Lindcroft en personne qui avait téléphoné et demandé à les voir, prétextant qu'elle voulait leur parler de son ex-mari. Elle les accueillit avec un rapide sourire et les invita à entrer. C'était une femme plutôt rondelette d'environ quarante-cinq ans, avec des cheveux grisonnants qui bouclaient autour d'un visage aux yeux pétillants. Elle était vêtue d'une blouse de peintre et d'un jean.

Ils la suivirent dans un salon meublé avec goût dans le style Early American, que dominait une excellente aquarelle représentant le paysage des Palisades sur l'Hudson. Sommers s'en approcha pour l'examiner. Elle était signée Amy Lindcroft.

« C'est magnifique, dit-il sincèrement.

— Je vis de ma peinture. J'ai tout intérêt à avoir un certain talent, répliqua Amy Lindcroft. Maintenant, asseyez-vous, je vous prie. Je ne serai pas longue, mais ce que j'ai à dire vaut la peine d'être entendu. »

Dans la voiture, Sommers avait demandé à son équipière de mener l'interview. « Madame Lindcroft, commença donc Ruthanne Scaturro, vous nous avez bien dit avoir une révélation à nous faire concernant l'enlèvement des enfants Frawley, n'est-ce pas ?

— *Qui pourrait concerner*, corrigea Amy Lindcroft. Je vais peut-être donner l'image de la femme abandonnée, ce qui est probablement le cas, mais Gregg a fait tant de mal autour de lui que je n'ai aucun remords à vous parler. Je partageais à l'université la chambre de Tina Olsen, l'héritière des laboratoires pharmaceutiques du même nom, et j'étais souvent invitée dans les nombreuses résidences de la

214

famille. J'ai compris rétrospectivement que Gregg m'avait épousée pour pouvoir s'introduire dans le monde de Tina. Il y a parfaitement réussi. Gregg est intelligent et sait se vendre. Lorsque nous nous sommes mariés, il travaillait dans une petite société de conseil financier. Il est parvenu à gagner la confiance de M. Olsen, a grimpé les échelons jusqu'à devenir son bras droit. C'est alors que Tina et lui m'annoncèrent qu'ils étaient tombés amoureux. Après dix ans de mariage, j'étais enfin enceinte. Apprendre que mon mari et ma meilleure amie m'avaient trompée fut pour moi un tel choc que je fis une fausse couche. Pour stopper l'hémorragie, je dus subir une hystérectomie. »

Elle est bien davantage qu'une femme abandonnée, songea Angus Sommers en observant la tristesse qui voilait le regard d'Amy Lindcroft.

« Et Gregg épousa ensuite Tina Olsen, conclut Rothanne Scaturro avec compassion.

– Oui. Le mariage a duré six ans, jusqu'à ce que Tina découvre qu'il la trompait avec une autre et se débarrasse de lui. Inutile de dire que le père de Tina l'a mis à la porte. Il faut que vous compreniez une chose : Gregg est tout simplement incapable de rester fidèle à une femme.

– Pourquoi nous racontez-vous tout ça, madame Lindcroft ? demanda Angus Sommers.

– Il y a environ six ans et demi, après que Gregg se fut remarié pour la troisième fois, Tina m'a téléphoné pour me demander de lui pardonner. Elle m'a dit qu'elle ne s'attendait pas à ce que j'accepte ses excuses, mais qu'elle devait m'en faire part de toute façon. Ce n'était pas la réputation de coureur de Gregg qui l'avait décidée à divorcer ; son père venait d'apprendre qu'il avait exploité sa société en se faisant rembourser des dépenses fictives. M. Olsen a réglé la note de sa poche pour éviter un scandale. Tina a peut-être pensé me remonter le moral en m'apprenant que Gregg avait cette fois visé trop haut avec sa nouvelle épouse, Millicent Alwin Parker Huff. C'est une dure à cuire et il paraît qu'elle lui a fait signer un contrat stipulant que, si le mariage ne durait pas sept ans, il n'aurait pas un sou, rien, pas un dollar. »

Il n'y avait aucune joie dans le sourire d'Amy Lindcroft. « Tina m'a rappelée hier, après avoir lu l'interview de Gregg dans la presse. Elle dit qu'il tente désespérément d'impressionner Millicent. Le contrat expire dans quelques semaines, et Millicent a passé beaucoup de temps en Europe, loin de lui. Le précédent mari qu'elle a viré ne se doutait de rien, jusqu'au jour où il a voulu entrer dans leur appartement de la Cinquième Avenue et s'est vu refuser l'accès de l'immeuble par le portier.

– Si je comprends bien, craignant la même mésaventure, Gregg pourrait être à l'origine de l'enlèvement parce qu'il aurait besoin d'argent ? N'est-ce pas aller un peu loin, madame Lindcroft ?

– Peut-être, s'il n'y avait pas autre chose. »

Malgré leur entraînement à rester impassibles en toute circonstance, ce qu'Amy Lindcroft leur révéla alors avec une certaine jubilation amena une expression de stupéfaction sur le visage des deux agents du FBI.

52

MARGARET était assise au bord du lit dans la chambre des jumelles, les robes de velours bleu étalées sur ses genoux. Elle s'efforça d'écarter les souvenirs de la semaine précédente, quand elle avait habillé les enfants pour leur anniversaire. Steve était rentré tôt du bureau pour la fête, parce qu'ils devaient ensuite assister au dîner organisé par sa société. Les petites étaient tellement excitées que Steve avait fini par prendre Kelly sur ses genoux pendant que Margaret boutonnait la robe de Kathy.

Elles gloussaient et babillaient dans leur langage codé, se rappela-t-elle. Margaret était convaincue qu'elles communiquaient par la pensée. C'est ce qui me pousse à croire que Kathy est en vie, se répétait-elle. Elle a dit à Kelly qu'elle voulait rentrer à la maison.

A la pensée de Kathy effrayée et attachée dans un lit, Margaret retint un cri de rage et d'effroi. Où la chercher ? Par où commencer ? Ces robes lui évoquaient quelque chose. Quoi ? Je dois rassembler mes souvenirs. Elle effleura du bout des doigts

217

l'étoffe veloutée, se rappelant que, même en solde, leur prix était trop élevé pour sa bourse. J'ai passé les autres robes en revue, mais je revenais toujours à celles-ci. La vendeuse m'a dit que je les aurais payées beaucoup plus cher chez Bergdorf. Puis elle a ajouté qu'elle venait de servir une autre cliente qui achetait des vêtements pour des jumelles. Elle a fait remarquer que c'était une drôle de coïncidence.

Margaret sursauta. Voilà ce qui me trottait dans la tête ! Le magasin où j'ai acheté les robes. La vendeuse. Elle m'a dit qu'elle venait de vendre des vêtements pour des jumelles de trois ans à une femme qui semblait ignorer leur taille.

Margaret se redressa, laissant glisser les robes sur le plancher. Que quelqu'un ait acheté des vêtements pour des jumelles de trois ans dans ce même magasin, juste avant que mes enfants soient kidnappées, n'est peut-être qu'une coïncidence. Par ailleurs, si l'enlèvement a été prémédité, les ravisseurs savaient que les petites n'auraient que leurs pyjamas sur le dos au moment du rapt, et il leur fallait des vêtements de rechange. Je dois parler à cette vendeuse, je la reconnaîtrai certainement.

Lorsqu'elle descendit au rez-de-chaussée, Steve venait de rentrer avec Kelly de la maternelle. « Tous ses amis lui ont fait fête, dit-il avec une gaieté forcée. N'est-ce pas, chérie ? »

Kelly ne lui répondit pas. Elle retira sa main de la sienne et commença à ôter sa veste. Puis elle se mit à chuchoter.

Margaret regarda Steve. « Elle parle à Kathy.

— Elle *essaye* de parler à Kathy, corrigea-t-il.

– Steve, donne-moi les clés de la voiture, demanda-t-elle en tendant la main.

– Margaret...

– Je sais ce que je fais. Reste avec Kelly. Ne la laisse pas seule une seule minute. Et note tout ce qu'elle dira. *Je t'en prie.*

– Où vas-tu ?

– Pas loin d'ici. Dans ce magasin de la route 7 où j'ai acheté leurs robes d'anniversaire. Il faut que je parle à la vendeuse qui m'a servie.

– Pourquoi ne pas lui téléphoner ? »

Margaret prit une longue inspiration. « Steve, donne-moi les clés, s'il te plaît. Je vais bien. Je ne resterai pas partie longtemps.

– Il y a encore des journalistes garés au bout de la rue. Ils vont te suivre.

– Aucune chance. Je partirai sans même qu'ils s'en rendent compte. Steve, donne-moi les clés. »

Soudain, Kelly se retourna et jeta ses bras autour de la jambe de Steve. « Je le ferai plus ! gémit-elle. Je le ferai plus ! » Steve la prit contre lui.

« Calme-toi, mon petit chou. Ce n'est rien, ce n'est rien. »

L'enfant serrait son bras droit dans sa main. Margaret remonta la manche de son T-shirt et vit rougir la peau à l'endroit même où ils avaient remarqué une légère ecchymose bleuâtre quand elle était rentrée à la maison.

Elle sentit sa bouche se dessécher : « Cette femme vient de pincer Kathy, murmura-t-elle. Je le sais. Oh, mon Dieu, Steve, tu ne comprends pas ? Donne-moi les clés, vite. »

Steve sortit à regret les clés de sa poche. Margaret

les lui arracha et se précipita vers la porte. Quinze minutes plus tard, elle entrait chez Abby's Discount sur la route 7.

Il y avait une douzaine de personnes dans la boutique, en majorité des femmes. Margaret parcourut les rayons, à la recherche de la vendeuse qui l'avait servie, mais elle ne la vit nulle part. En désespoir de cause, elle alla trouver la caissière, qui la dirigea vers la directrice.

« Oh, vous parlez de Lila Jackson », dit celle-ci lorsque Margaret lui eut décrit la vendeuse. « C'est son jour de congé, et je sais qu'elle a emmené sa mère déjeuner à New York et qu'elles avaient l'intention d'aller au théâtre ensuite. Une de nos autres vendeuses s'occupera volontiers de vous...

– Lila a-t-elle un téléphone portable ? l'interrompit Margaret.

– Oui, mais je ne suis pas autorisée à vous communiquer son numéro. » Le ton de la directrice était devenu froid, protocolaire. « Si vous désirez faire une réclamation, vous pouvez vous adresser directement à moi. Je m'appelle Joan Howell, et je suis responsable de ce magasin.

– Il ne s'agit nullement d'une réclamation. Il se trouve que Lila Jackson avait servi une autre cliente lorsque je suis venue ici la semaine dernière. Je voulais seulement lui demander un renseignement à propos de cette femme. »

Joan Howell secoua la tête. « Je ne peux pas vous communiquer le numéro de Lila, répéta-t-elle d'un ton ferme. Elle sera au magasin demain matin à partir de dix heures. Vous pouvez revenir à ce moment-là. »

Avec un sourire qui coupait court à l'entretien, elle tourna le dos à Margaret.

Margaret la rattrapa par le bras au moment où elle s'éloignait. « Vous ne comprenez pas, supplia-t-elle, élevant la voix. Ma petite fille a disparu. Elle est en vie. Il faut que je la retrouve. Il faut que je la retrouve avant qu'il ne soit trop tard. »

Elle avait attiré l'attention des autres clientes. Elle s'exhorta au calme. Ne fais pas de scène. Tout le monde va croire que tu es folle. « Excusez-moi », bégaya-t-elle en relâchant la manche de la directrice. « A quelle heure m'avez-vous dit que Lila serait là ?

– A dix heures. »

L'expression de Joan Howell refléta soudain une sincère compassion. « Vous êtes Mme Frawley, n'est-ce pas ? Lila m'a raconté que vous aviez acheté les robes d'anniversaire de vos petites filles chez nous. Je suis sincèrement navrée pour Kathy. Et je regrette de ne pas vous avoir reconnue. Je vais vous donner le numéro du portable de Lila, mais je crains qu'elle ne l'ait pas emporté au théâtre, ou qu'elle l'ait fermé. Je vous en prie, venez dans mon bureau. »

Margaret pouvait entendre les murmures des clientes qui avaient assisté à sa sortie. « C'est Margaret Frawley. C'est elle dont les jumelles... »

Dans un élan douloureux dont la violence la stupéfia, Margaret tourna les talons et s'élança dehors. Dans la voiture, elle tourna la clé de contact et appuya sur l'accélérateur. Elle ne savait pas où elle allait. Plus tard, elle se souvint d'avoir emprunté la route 1-95 nord et d'avoir roulé jusqu'à Providence, dans le Rhode Island. Au premier panneau indiquant le Cape Cod, elle s'arrêta pour prendre de l'essence et se rendit alors compte de la distance qu'elle avait parcourue. Elle s'engagea sur la route 1-95 sud et continua jusqu'à l'embranchement de la route 7, qu'elle suivit, obéissant à un instinct qui la poussait vers l'aérodrome de Danbury. Quand elle l'atteignit, elle s'arrêta près de l'entrée. Il a mis son corps dans une boîte, pensa-t-elle. C'était son cercueil. Il l'a emporté dans l'avion et a survolé la mer, puis il a ouvert la porte ou la fenêtre du cockpit et a jeté le corps de ma petite fille dans l'océan. La chute a dû être longue. La boîte s'est-elle fracassée ? Kathy a-t-elle été éjectée ? L'eau est si froide à cette période de l'année.

N'y pense pas. Rappelle-toi comme elle aimait plonger dans les vagues. Je vais demander à Steve de louer un bateau. Si nous sortons en mer et que je jette des fleurs dans l'eau, peut-être pourrai-je lui dire adieu... Peut-être...

Une lampe éclaira soudain la fenêtre à côté d'elle et Margaret leva les yeux.

« Madame Frawley. »

La voix du policier était bienveillante.

« Oui.

— Nous allons vous aider à rentrer chez vous, madame. Votre mari est terriblement inquiet.

— J'avais juste une course à faire.

— Madame, il est onze heures du soir. Vous avez quitté le magasin à quatre heures.

— Vraiment ? C'est peut-être parce que j'ai perdu tout espoir.

— Oui, madame. Maintenant, laissez-moi vous reconduire chez vous. »

53

PLUS TARD dans la journée du vendredi, Angus Sommers et Ruthanne Scaturro se rendirent directement de la maison d'Amy Lindcroft au siège de la C.F.G. & Y. sur Park Avenue, et demandèrent à voir Gregg Stanford. Ils durent attendre une demi-heure avant d'être introduits dans son bureau, une pièce qu'il avait visiblement meublée suivant ses goûts personnels.

Une élégante table ancienne tenait lieu de bureau. Amateur d'antiquités lui-même, Sommers vit tout de suite qu'il s'agissait d'un meuble du dix-huitième, et qu'il valait probablement une petite fortune. Les habituels rayonnages étaient remplacés par un élégant cabinet de la même époque que caressaient les derniers rayons du soleil qui fil-traient à travers une fenêtre donnant sur Park Ave-nue. Au lieu du classique fauteuil de direction, Sommers avait choisi un fauteuil ancien luxueuse-ment capitonné. En revanche, les sièges placés devant la table étaient de simples chaises, indiquant que pour Gregg Stanford ses visiteurs n'apparte-naient pas au même rang que lui. Le portrait d'une très belle femme en robe du soir occupait le mur sur la droite. Sommers se douta que le sujet à l'air hautain et sévère qui avait posé pour ce tableau n'était autre que l'épouse actuelle de Stanford, la fameuse Millicent.

Je me demande s'il en est arrivé au point d'exiger de ses collaborateurs qu'ils ne le regardent pas dans les yeux, pensa Sommers. Quel poseur ! Et cette pièce ? L'a-t-il installée tout seul ou sa femme a-t-elle participé à la décoration ? Elle fait partie du conseil d'administration de plusieurs musées, elle doit s'y connaître.

Lorsque les deux agents étaient allés interviewer Norman Bond, il avait fait mine de se lever de son fauteuil à leur entrée. Stanford ne montra pas la même politesse. Il resta assis, les mains jointes devant lui, jusqu'à ce qu'ils prennent place sur une chaise sans y être priés.

« Avez-vous progressé dans votre enquête sur le Joueur de Flûte ? demanda-t-il sèchement.

– Oui, nous progressons, répondit Sommers du tac au tac d'un ton assuré. Nous approchons du but. Je ne suis pas autorisé à vous en dire davantage. »

Il vit la bouche de Stanford se crisper. Nerveux ? Il l'espérait. « Monsieur Stanford, nous venons d'obtenir une information dont nous aimerions discuter avec vous.

– Je ne vois pas de quoi nous pourrions parler, répondit Stanford. J'ai précisé de façon très claire ma position concernant le paiement de la rançon. C'est à mon avis le seul domaine me concernant qui puisse vous intéresser.

– Pas tout à fait le seul », répliqua lentement Sommers, traînant à plaisir sur les mots. « J'imagine que vous avez dû éprouver un choc en apprenant que Lucas Wohl faisait partie des ravisseurs.

– Que voulez-vous dire ?

– Vous avez certainement vu sa photo dans les journaux ou à la télévision ?

– Naturellement.

– En la voyant, vous avez certainement reconnu l'ancien détenu qui vous a servi de chauffeur pendant plusieurs années ?

– Je ne sais pas de quoi vous parlez.

– Vous le savez très bien, monsieur Stanford. Votre deuxième épouse, Tina Olsen, était très active au sein d'une association charitable impliquée dans la réinsertion des prisonniers. Par elle, vous avez fait la connaissance de Jimmy Nelson, qui a pris ensuite le nom d'un de ses cousins décédés, Lucas Wohl. Tina Olsen avait un chauffeur personnel, mais Jimmy, ou Lucas, comme vous voulez, vous a souvent conduit, à l'époque où vous étiez marié avec elle. Hier, Tina Olsen s'est entretenue au téléphone avec votre première femme, Amy Lindcroft. D'après ce qu'elle lui a dit, Lucas avait continué à vous servir de chauffeur après votre divorce. Est-ce exact, monsieur Stanford ? »

Stanford regarda tour à tour les deux agents. « S'il existe pire qu'une femme abandonnée, c'est deux, fit-il. Durant mon mariage avec Tina, j'utilisais les services d'une société de voitures de maître. Très franchement, je n'ai jamais cherché à entretenir de relations avec les divers chauffeurs qui travaillaient pour cette compagnie. Si vous me dites que

225

l'un d'eux a participé au kidnapping des petites Frawley, je veux bien vous croire, et j'en suis profondément choqué. L'idée que j'aie pu voir sa photo dans la presse et le reconnaître est grotesque.

— Donc vous ne niez pas l'avoir connu ?

— Vous pourriez me dire qu'un tel ou un autre m'a servi de chauffeur à l'occasion, je serais bien incapable de vous répondre par oui ou par non. Maintenant, je vous prie de quitter cette pièce.

— Nous allons examiner les registres que tenait Lucas. Ils remontent à quelques années, dit Sommers en se levant. Je pense qu'il a été votre chauffeur beaucoup plus souvent que vous ne voulez bien l'admettre, ce qui m'amène à me demander ce que vous nous cachez d'autre. Nous le trouverons, monsieur Stanford. Je vous le promets. »

54

« MAINTENANT, enfonce-toi ça dans le crâne », dit Angie à Kathy le samedi matin. « J'en ai par-dessus la tête de t'entendre geindre et tousser. Je ne peux pas rester claquemurée dans cette piaule toute la journée et si je te colle du ruban adhésif sur la bouche pour te faire taire, tu risques de t'étouffer. Donc, je n'ai qu'une solution, t'emmener avec moi. Je t'ai acheté des vêtements hier, mais les chaussures sont trop petites. Nous allons retourner chez Sears et je les échangerai pour une pointure plus grande. Toi, tu resteras sur le plancher de la camionnette et tu ne moufteras pas, compris ? »

Kathy hocha la tête. Angie lui avait mis une chemisette, un pantalon de velours côtelé et un blouson à capuche. Ses cheveux bruns coupés court retombaient en mèches humides sur son front et ses joues, encore mouillés après la douche que Angie lui avait fait prendre. La pleine cuillerée de sirop qu'elle avait avalée faisait déjà son effet. Elle aurait tellement voulu dire quelque chose à Kelly, mais ce n'était pas permis. Angie l'avait pincée la veille quand elle avait commencé à lui parler dans leur langage secret.

Maman, papa, murmura-t-elle en silence. Je voudrais rentrer à la maison. Je voudrais rentrer à la maison. Elle savait qu'elle ne devait pas pleurer. Elle n'avait pas fait *exprès*, mais quand elle n'avait pas trouvé la main de Kelly qu'elle prenait toujours avant de s'endormir, qu'elle avait compris qu'elle n'était pas dans son lit, que maman n'allait pas venir la border, elle n'avait pas pu retenir ses larmes.

Les chaussures qu'Angie lui avait achetées était trop petites. Elles lui faisaient mal aux pieds, et ne ressemblaient pas du tout à ses tennis avec des lacets roses, ni à celles qu'elle portait avec sa robe de fête. Si elle était très gentille, si elle ne pleurait pas et s'efforçait de ne pas tousser, si elle ne parlait pas le langage secret, peut-être que maman viendrait et la ramènerait à la maison. Et le vrai nom de Mona était Angie. C'était comme ça que Harry l'appelait de temps en temps, et son nom à lui n'était pas Harry, mais Clint.

Je veux rentrer à la maison, pensa-t-elle, tandis que ses yeux se remplissaient de larmes.

« Ne recommence pas à pleurer », l'avertit Angie en ouvrant la porte. Elle traîna Kathy par la main dans le parking. Il pleuvait à verse et Angie posa par terre la grosse valise qu'elle avait prise avec elle, puis rabattit le capuchon du blouson sur la tête de Kathy. « Pas la peine d'attraper encore plus froid. Tu es déjà assez malade comme ça. »

Elle hissa la grosse valise dans la voiture, puis obligea Kathy à se coucher sur l'oreiller disposé sur le plancher et lui posa une couverture dessus. « Voilà encore autre chose. Il faut que j'achète un siège enfant si je veux t'emmener en voiture. Seigneur, tu ne vaux pas tous les ennuis que tu me causes. »

Elle claqua la portière arrière, s'installa au volant et mit le contact. « Pourtant, j'ai toujours voulu un enfant », dit-elle tout haut, se parlant à elle-même. « Et ça m'a déjà valu pas mal d'ennuis. Je suis sûre que ce gosse m'aimait vraiment et qu'il voulait rester avec moi. J'ai failli devenir folle quand sa mère l'a repris. Il s'appelait Stevie. C'est pour ça que je t'ai donné ce nom. Il était mignon et je savais le faire rire ; pas comme toi qui pleures tout le temps. Seigneur ! »

Kathy savait bien qu'Angie ne l'aimait plus. Elle se recroquevilla sur le plancher et se mit à sucer son pouce. C'était un geste qu'elle faisait machinalement quand elle était bébé, mais elle s'était arrêtée. Elle en reprenait l'habitude maintenant – il lui permettait de ne pas pleurer.

Au moment de quitter le parking du motel, Angie se tourna vers elle : « Au cas où ça t'intéresserait, nous sommes au Cape Cod, mon chou. Cette rue mène aux quais d'où partent les bateaux pour Martha's Vineyard et Nantucket. Je suis allée à Martha's Vineyard avec un garçon. Il m'avait emmenée dans cette île un jour. Il me plaisait, mais nous ne nous sommes jamais revus. J'aimerais lui raconter que je trimballe un million de dollars dans une valise. Ça lui en boucherait un coin ! »

Kathy sentit que la voiture prenait un virage.

« Nous voilà dans Main Street, à Hyannis, continua à soliloquer Angie. Moins encombrée aujour-d'hui qu'elle le sera dans deux mois. Mais toi et moi nous serons à Hawaï alors. C'est plus sûr que la Floride. »

Elles roulèrent encore un peu. Angie entonna une chanson sur Cape Cod. Elle ne connaissait pas les paroles. Elle fredonnait l'air, puis terminait par un retentissant « Dans ce vieux Cape Cod » qu'elle répétait allègrement. Au bout d'un moment la voiture s'arrêta. Angie lança un dernier : « Ici dans ce vieux Cape Cod. » Puis elle s'exclama : « C'est ce qui s'appelle en pousser une ! » Après quoi elle se pencha par-dessus le siège et baissa les yeux vers Kathy avec une expression sévère. « Nous sommes arrivées. Maintenant, écoute-moi, ne t'avise pas de te lever, compris ? Je vais tirer la couverture sur ta tête ; si quelqu'un regarde par la fenêtre, il ne te verra pas. A mon retour, si je m'aperçois que tu as bougé d'un centimètre, tu sais ce qui t'attend, hein ? »

Les yeux de Kathy se gonflèrent de larmes et elle hocha la tête.

« Bon. Nous nous comprenons toutes les deux. Je ne serai pas longue, ensuite nous irons dans un MacDonald's ou un Burger King. Toi et moi. Stevie et sa maman. »

La couverture recouvrit la tête de Kathy. Cela lui était égal, elle était mieux dans le noir et la chaleur, et de toute façon elle avait sommeil et elle aimait bien dormir. Mais la couverture, pelucheuse, lui chatouillait le nez. Elle eut peur de se remettre à tousser et s'efforça de se retenir jusqu'à ce qu'Angie sorte de la voiture et ferme la porte à clé.

Alors seulement Kathy laissa couler ses larmes et parla à Kelly. « Je veux pas être dans le vieux Cape Cod. Je veux pas être dans le vieux Cape Cod. *Je veux rentrer à la maison.* »

55

« L E VOILÀ », souffla l'agent Sean Walsh à son
coéquipier, Damon Philburn. Il était neuf
heures trente. Sean désignait la haute silhouette d'un homme revêtu d'un sweat-shirt à
capuche qui venait de se garer près d'une résidence
à Clifton, dans le New Jersey, et se dirigeait vers la
porte de l'immeuble. La voiture dans laquelle les
agents étaient en faction était garée en face, de
l'autre côté de la rue. D'un mouvement rapide et
simultané, ils s'élancèrent vers l'homme qu'ils enca-
drèrent avant qu'il n'ait pu tourner la clé dans la
serrure.

Le demi-frère de Steve Frawley, Richard Mason,
l'objet de leur surveillance, ne parut pas surpris.
« Entrez, leur dit-il, mais vous perdez votre temps.
Je n'ai rien à voir avec l'enlèvement des filles de
mon frère. Connaissant vos méthodes de travail, je
suppose que le téléphone de ma mère était sur
écoute quand elle m'a appelé après votre visite à
son domicile. »

Aucun des deux agents ne se donna la peine de
répondre. Mason alluma la lumière de l'entrée et

232

pénétra dans la salle de séjour. Un canapé recouvert d'un tweed brunâtre, deux fauteuils marron à rayures, deux petites tables de part et d'autre du canapé avec des lampes identiques, une table basse, une moquette beige au sol. Un vrai décor de motel. Ils savaient que Mason habitait là depuis dix mois, mais rien dans la pièce n'indiquait qu'il s'agissait de son véritable domicile. Les bibliothèques ne contenaient pas un seul livre. Il n'y avait aucune photo de famille, aucun objet personnel témoignant d'un passe-temps quelconque. Mason s'assit dans un des fauteuils, croisa les jambes et sortit un paquet de cigarettes. Il en alluma une, jeta un coup d'œil sur la table à côté de lui et eut un geste d'agacement. « On a jeté les cendriers pour que je ne sois pas tenté de fumer. » Il haussa les épaules, se leva, disparut dans la cuisine et revint s'asseoir avec une soucoupe à la main.

Il cherche à se donner l'air décontracté, pensa Walsh. Nous pouvons tous jouer à ce petit jeu. Il échangea un regard rapide avec Philburn et comprit qu'il partageait le même point de vue. Les deux hommes laissèrent le silence s'installer.

« Ecoutez, j'ai parcouru pas mal de kilomètres ces derniers jours et j'ai besoin d'aller dormir. Que désirez-vous savoir ? leur demanda Mason.

– Quand vous êtes-vous remis à fumer, monsieur Mason ? demanda Walsh.

– Il y a une semaine, quand j'ai appris la disparition des jumelles de mon frère.

– Ne serait-ce pas plutôt lorsque Franklin Bailey et vous avez décidé de les kidnapper ? demanda Philburn d'un ton neutre.

– Vous êtes complètement timbré ! Les enfants de mon frère ! »

Walsh observa Mason au moment où il se tournait vers Philburn. Il vit une rougeur subite envahir son cou et son visage. Il avait étudié ses photos d'identité judiciaire et noté sa ressemblance physique avec son demi-frère. Mais la similitude entre eux s'arrêtait là. Il avait vu Steve Frawley à la télévision et été impressionné par sa maîtrise de soi, bien qu'il fût visiblement très ému. Mason avait fait de la prison pour escroquerie. Et maintenant il essaye de nous mener en bateau, pensa Walsh, en jouant les oncles offensés.

« Je n'ai pas parlé à Franklin Bailey depuis huit ans, dit Mason. Vu les circonstances, je doute fort qu'il désire me revoir.

– Ne vous semble-t-il pas étrange que Bailey, pratiquement un étranger pour la famille, se soit tout de suite proposé pour servir d'intermédiaire avec les ravisseurs ?

– Si je cherchais à trouver une explication, en me référant à mes souvenirs, je dirais qu'il a toujours adoré être sous les feux de la rampe. Il était maire quand il a investi de l'argent dans ma société et je me rappelle l'avoir entendu dire en riant qu'il irait même à l'inauguration d'une boîte aux lettres si la presse était invitée. Le jour où il n'a plus été réélu, il a été profondément meurtri. Je sais qu'il avait envisagé de témoigner à mon procès et qu'il a dû être déçu en apprenant que j'avais accepté de plaider coupable. Avec tous les menteurs que les fédéraux avaient alignés comme témoins, je n'avais pas une chance.

– Vous avez rendu visite à votre frère et à sa femme à Ridgefield peu de temps après leur installation, il y a à peine quelques mois, dit Walsh. Ne vous êtes-vous pas arrêté chez Franklin Bailey en souvenir du bon vieux temps ?

– C'est une question stupide, répondit calmement Mason. Il m'aurait fichu dehors.

– Vous n'avez jamais été très proche de votre frère, n'est-ce pas ?

– Beaucoup de frères s'entendent moyennement. C'est encore plus vrai des demi-frères.

– Vous avez fait la connaissance de la femme de Steve, Margaret, avant qu'il ne la rencontre. C'était à un mariage, si mes renseignements sont exacts. Vous lui avez téléphoné ensuite et avez demandé à la revoir. Elle a refusé. Lui en avez-vous voulu ?

– Je n'ai jamais eu de mal à séduire une jolie femme. Mes trois mariages sont là pour le prouver. Je n'ai plus jamais songé à Margaret.

– Vos plans pour monter cette escroquerie qui vous aurait rapporté des millions ont finalement échoué. On a offert à Steve un poste qui peut l'amener tout en haut de l'échelle. Vous est-il venu à l'esprit qu'il avait mieux réussi que vous encore une fois ?

– Ça ne m'a jamais effleuré.

– Monsieur Mason, le métier de bagagiste est dur et fatigant. A première vue, cela ne semble pas le genre d'occupation qui vous convient.

– C'est un travail temporaire, répliqua Richard Mason sans se départir de son calme.

– Ne craignez-vous pas de le perdre ? Vous êtes resté absent pendant toute la semaine.

– J'avais prévenu par téléphone que je ne me

sentais pas bien et que j'avais besoin de prendre une semaine de congé.

– C'est curieux, ce n'est pas ce que l'on nous a dit.

– Alors quelqu'un a mal pris le message. Je peux vous assurer que j'ai bien téléphoné.

– Où êtes-vous allé ?

– Je suis parti en voiture à Las Vegas. Je me sentais en veine.

– Vous n'avez pas eu envie d'être auprès de votre frère alors que ses enfants avaient disparu ?

– Il n'aurait pas souhaité ma présence. Je suis plus une gêne qu'autre chose, pour lui. Est-ce que vous imaginez le frère, l'ex-escroc, déambulant à l'arrière-plan en présence des médias ? Vous l'avez dit vous-même, Steve fait son chemin chez C.F.G. & Y. Je ne pense pas qu'il m'ait cité dans son *curriculum vitae.*

– Vous êtes parfaitement versé dans les virements électroniques, vous connaissez les banques qui les pratiquent, transfèrent des fonds sans en conserver aucune trace, n'est-ce pas ? »

Mason se leva. « Sortez. Arrêtez-moi ou sortez. »

Les deux agents ne bronchèrent pas. « Le week-end dernier, vous avez rendu visite à votre mère en Caroline du Nord, ce même week-end où les enfants de votre frère ont été enlevés. C'est une étrange coïncidence, vous ne trouvez pas ? Peut-être cherchiez-vous à vous constituer un alibi.

– Je vous ai dit de sortir. »

Walsh ouvrit son calepin. « Où avez-vous résidé à Las Vegas, monsieur Mason ? Et quelles sont les personnes qui pourraient témoigner vous y avoir vu ?

– Je ne répondrai à aucune question en dehors de la présence de mon avocat. Je vous connais trop bien. Vous essayez de me tendre un piège. »

Walsh et Philburn se levèrent. « Nous reviendrons », dit calmement Walsh.

Ils quittèrent l'appartement, mais s'arrêtèrent près de la voiture de Mason. Walsh sortit une lampe torche et éclaira le tableau de bord. « Cinquante mille six cent quarante six miles », dit-il.

Philburn nota le chiffre. « Il nous observe, fit-il.

– Je veux qu'il nous observe. Il sait ce que je suis en train de faire.

– Combien de miles la voiture avait-elle au compteur d'après sa mère ?

– Quand elle lui a téléphoné après notre départ, elle lui a dit que son beau-père avait remarqué que sa voiture aurait bientôt cinquante mille miles, et que la garantie allait expirer. Elle lui a recommandé de faire procéder à une vérification. Il semblerait que Frawley senior soit pointilleux en matière d'entretien de voitures.

– Mason a donc fait six cents miles de plus. Winston-Salem est à environ six cents miles d'ici. Il n'est jamais allé à Las Vegas avec cette voiture, c'est certain. Alors où est-il allé à ton avis ?

– Je dirais quelque part entre les Etats de New York, du New Jersey et du Connecticut, faire du baby-sitting », répliqua Philburn.

56

EN ARRIVANT à son travail le samedi matin, Lila Jackson était impatiente de raconter la pièce qu'elle avait vue avec sa mère la veille.

« C'est une reprise d'*Une petite ville sans histoire*, dit-elle à Joan Howell. Une pièce merveilleuse ! Et la scène finale, quand George se jette sur la tombe d'Emilie ! J'étais en larmes. Vous savez, nous l'avons jouée quand j'étais en classe à Saint-François-Xavier. J'avais douze ans. J'ai toujours adoré le théâtre. Je tenais le rôle de la fille qui meurt en premier. Ma réplique était : "Elle vivait dans la même rue que nous. Et..." »

Lorsque Lila se laissait emporter par son enthousiasme, rien ne pouvait l'arrêter. Joan Howell attendit donc une interruption dans ce torrent de paroles pour dire : « Nous avons eu un peu d'agitation nous aussi hier après-midi. Margaret Frawley, la mère des petites jumelles, est venue au magasin. Elle voulait vous voir.

– Elle voulait me voir ? » Lila était sur le point de sortir du bureau de Joan Howell pour regagner le magasin. Elle lâcha la poignée de la porte. « Pour quelle raison ?

– Je n'en sais rien. Elle a demandé le numéro de votre portable et, quand j'ai refusé de le lui communiquer, elle a dit quelque chose à propos de sa petite fille, elle a dit qu'elle était en vie et qu'il fallait la retrouver. Je pense que la malheureuse fait une dépression. C'est normal, bien sûr, après la perte d'un enfant. Elle m'a agrippé le bras et, au début, j'ai cru que j'avais affaire à une folle. Puis je l'ai reconnue et j'ai tenté de lui parler, mais elle a éclaté en sanglots et s'est enfuie en courant. Ce matin, j'ai entendu aux informations que la police l'avait retrouvée à onze heures du soir près de l'aérodrome de Danbury. Ils ont dit qu'elle semblait hébétée et désorientée. »

Lila en oublia son emballement pour le théâtre. « Je sais pourquoi elle voulait me parler, dit-elle d'un ton catégorique. Une autre femme était venue au magasin le jour où Mme Frawley a acheté les robes d'anniversaire. Elle avait choisi des vêtements pour des jumelles de trois ans et semblait ne pas connaître leur taille. Je l'ai raconté à Mme Frawley parce que cela m'a paru curieux. J'ai même... »

Lila se tut. Joan Howell, connue pour appliquer le règlement à la lettre, n'apprendrait sans doute pas avec plaisir que Lila avait plus ou moins forcé la main de la comptable pour obtenir l'adresse de la femme en question. « Si je peux aider Mme Frawley, je lui parlerai volontiers, conclut-elle.

– Elle n'a pas laissé son numéro de téléphone. Je crois préférable de ne pas vous en mêler. » Joan Howell consulta sa montre, indiquant clairement à

Lila qu'il était dix heures cinq et qu'à partir de dix heures elle était payée pour vendre les vêtements de Abby's Discount.

Lila se souvenait du nom de la cliente qui ne connaissait pas la taille de ses gamines. Elle s'appelle Downes, se rappela-t-elle en se dirigeant vers un rayon de vêtements. Elle a signé le reçu du nom de Clint Downes, mais quand j'ai raconté l'histoire à Jim Gilbert, il m'a dit qu'elle s'appelait Angie, qu'elle n'était pas mariée avec Downes, qu'il est gardien au country club de Danbury et qu'ils habitent un pavillon sur le terrain du club.

Sentant le regard de Joan Howell fixé sur elle, Lila se tourna vers une femme qui tenait plusieurs tailleurs-pantalons repliés sur son bras. « Voulez-vous que je les mette de côté ? » demanda-t-elle. La cliente acquiesça d'un signe de tête et, tout en gardant ses vêtements, Lila repassa l'incident dans sa tête, regrettant de ne pas l'avoir relaté à la police. Ils avaient demandé que leur soit signalé tout ce qui pouvait les aider à retrouver les ravisseurs des jumelles.

Lorsque j'en ai parlé à Jim Gilbert, il s'est moqué de moi, se souvint-elle. Il m'a dit que la police passait son temps à recevoir de fausses indications. Et, me fiant à son expérience d'inspecteur, je l'ai écouté.

Sa cliente avait trouvé deux autres tailleurs à son goût et cherchait une cabine d'essayage. « Il y en a une qui vient de se libérer », lui indiqua Lila qui continua à gamberger. Je pourrais prévenir la police maintenant, mais ils auront peut-être la même réaction que Jim, ils refuseront de m'écouter. J'ai une meilleure idée. Le country club n'est qu'à dix minutes d'ici. Je m'y rendrai à l'heure du déjeuner, je sonnerai à la porte du pavillon et dirai à cette prétendue Mme Downes que je me suis aperçue que les T-shirts qu'elle a achetés avaient un défaut et que je lui propose de les échanger. Si quelque chose me paraît louche, j'appellerai la police.

A une heure, Lila apporta deux T-shirts taille 3 ans à la caissière. « Kate, mets-les dans un sac, s'il te plaît, dit-elle. Débite-les sur mon compte. Je suis pressée. » Pour une raison inconnue, elle éprouvait un sentiment d'urgence irrésistible.

Il pleuvait à nouveau et, dans sa hâte, elle ne s'était pas souciée d'emporter son parapluie. Tant pis. Douze minutes plus tard, elle se présentait à l'entrée du country club de Danbury. La grille était fermée par un cadenas. Il y a sûrement une autre entrée, maugréa-t-elle, dépitée. Elle contourna lentement la propriété, s'arrêtant devant un portail tout aussi cadenassé jusqu'à ce qu'elle trouve l'accès des fournisseurs, fermé par une barrière qui se relevait grâce à une carte. Plus loin sur la droite, derrière le club house, elle aperçut un petit bâtiment. Sans doute le pavillon mentionné par Jim Gilbert.

La pluie redoublait. Je suis venue jusqu'ici, décida Lila, je continue. Elle sortit de la voiture, se baissa pour passer sous la barrière et, s'efforçant de rester à l'abri des conifères, se dirigea d'un pas rapide vers le pavillon, le sac contenant les T-shirts à l'abri sous sa veste.

Elle passa devant un garage sur la droite du pavillon. La porte était ouverte, le garage était vide. Peut-être ne trouverait-elle personne dans la maison. Lila hésita, s'approcha et aperçut de la lumière dans la pièce de devant. Elle gravit les deux marches de la petite galerie et sonna à la porte.

Le vendredi soir, Clint était sorti à nouveau avec Gus. Il était rentré tard et avait dormi jusqu'à midi ; maintenant, il avait la gueule de bois et se sentait nerveux. Pendant qu'ils dînaient au pub, Gus lui avait raconté qu'il avait téléphoné l'autre soir, qu'il était tombé sur Angie et aurait juré avoir entendu deux gosses pleurer.

Je l'ai pris à la blague, se souvint Clint. Je lui ai dit qu'il était sans doute beurré pour avoir cru qu'il y avait deux mômes dans cette cage à lapins. Je lui ai dit que je ne voyais pas d'inconvénient à ce qu'Angie se fasse de l'argent à garder des enfants, mais que si elle en ramenait deux, je lui dirais d'aller se faire voir ailleurs. Il a paru me croire, mais c'est pas sûr. C'est une vraie pipelette. Il est capable de raconter à tout le monde qu'il a entendu pleurer les deux gosses dont s'occupait Angie. En plus, il a rencontré Angie au drugstore, il l'a vue acheter de l'aspirine et un inhalateur. Il a très bien pu en parler à quelqu'un.

Il faut que je loue une voiture et que j'aille bazarder ce maudit lit d'enfant, pensa-t-il en préparant du café. Je l'ai déjà démonté, il me reste à le sortir de la maison et à le balancer dans les bois. Pourquoi Angie a-t-elle gardé une des jumelles ? Pourquoi a-t-elle tué Lucas ? Si nous avions rendu les deux gosses, nous aurions partagé le fric avec Lucas, et personne n'en aurait rien su. Maintenant, les gens croient qu'une des gamines est morte et le pays tout entier est sur le pied de guerre.

Et puis, Angie en aura vite marre de s'occuper de la gosse. Elle voudra s'en débarrasser. C'est sûr et certain. J'espère seulement que... Clint n'alla pas au bout de sa pensée mais le souvenir d'Angie penchée à l'intérieur de la voiture et abattant Lucas d'un coup de revolver quittait rarement son esprit. La scène l'avait bouleversé et il était terrifié en songeant à ce qui pouvait lui passer par la tête.

Vêtu d'un sweat-shirt et d'un jean, les cheveux ébouriffés, le visage noirci par une barbe de deux jours, il était affalé à la table de la cuisine devant sa deuxième tasse de café quand la sonnette de l'entrée retentit.

Les flics ! Ça ne pouvait être que les flics. Clint sentit la transpiration couvrir son corps. Non, c'était peut-être Gus, se dit-il, s'accrochant à un vain espoir. Il devait ouvrir la porte. Si c'était les flics, ils avaient vu la lumière allumée et ne s'en iraient pas.

Il traversa le séjour à pas feutrés, ses larges pieds nus silencieux sur le tapis élimé. Il posa la main sur la poignée, la tourna et ouvrit la porte d'un coup sec.

Lila sursauta. Elle s'était attendue à voir apparaître sa cliente. A sa place se tenait un homme trapu et débraillé qui la regardait d'un air furieux et soupçonneux.

Quant à Clint, le soulagement fit place à la peur qu'on lui ait tendu un piège. Cette femme était peut-être un policier en civil. Attention, se dit-il. Ne pas avoir l'air inquiet. Prendre mon air le plus poli et lui demander ce que je peux faire pour elle. C'est ce que je ferais si je n'avais rien à me reprocher

Il se força à sourire.

Il a l'air malade, pensa d'abord Lila. Il transpire à grosses gouttes. « Mme Downes, je veux dire Angie, est-elle là ? demanda-t-elle.

– Non. Elle est allée garder des enfants. Je suis Clint. Pour quelle raison désirez-vous voir Angie ? »

Il va me prendre pour une idiote, pensa Lila, mais tant pis. « Je m'appelle Lila Jackson, expliqua-t-elle. Je travaille chez Abby's Discount, le magasin de vêtements sur la route 7. Ma patronne m'a envoyée remettre un paquet à Angie. Je dois être de retour dans quelques minutes. Puis-je entrer ? »

Tant que je donne l'impression que les gens savent où je suis, je ne devrais pas avoir de problème, pensa-t-elle. Elle voulait s'assurer qu'Angie ne se cachait pas dans la maison.

« Bien sûr, entrez. » Clint s'effaça et Lila passa devant lui. Un coup d'œil rapide lui suffit pour constater qu'il n'y avait personne dans la salle de séjour ni dans la chambre dont la porte était ouverte. Clint Downes était apparemment seul et si des enfants avaient séjourné là à un moment donné, il n'y avait aucun signe de leur présence aujourd'hui. Elle déboutonna sa veste et sortit les T-shirts. « Lorsque Mme Downes, je veux dire Angie, est venue au magasin la semaine dernière, elle a acheté des T-shirts identiques pour des enfants du même âge, dit-elle. Le fabricant vient de nous aviser que tout le lot auquel ils appartenaient était défectueux et je suis venu les échanger.

– C'est très aimable de votre part », dit lentement Clint, se creusant la cervelle pour fournir une explication logique à cet achat.

Angie a dû utiliser ma carte de crédit et être assez stupide pour laisser le reçu, pensa-t-il. « Mon amie fait souvent du baby-sitting, dit-il à Lila. Elle est partie en voiture dans le Wisconsin chez des gens qui lui ont demandé de venir s'occuper de leurs enfants. Elle sera de retour dans une quinzaine de jours. Elle a acheté ces vêtements parce que la mère l'a appelée en disant qu'elle avait oublié une de leurs valises.

– La mère des jumelles de trois ans ?

– C'est ça. En réalité, il paraît que ces enfants ont moins d'un an de différence. Mais elles sont à peu près de la même taille. La mère les habille pareil et les appelle ses jumelles, mais elles ne le sont pas vraiment. Vous pourriez me laisser les T-shirts. J'ai des affaires à expédier à Angie, je les mettrai dans le paquet. »

Lila ne savait comment refuser l'offre. Tout ça ne menait nulle part. Ce type avait l'air inoffensif. Et c'est vrai, se dit-elle, les gens qualifient parfois leurs enfants de jumeaux quand ils sont presque du même âge. Je l'ai constaté. Elle tendit le sac à Clint. « Je vous le laisse. Veuillez m'excuser auprès d'Angie ou de son employeur.

– Certainement, avec plaisir. Pas de problème. »

Le téléphone sonna. « Bon, au revoir », dit Clint en allant décrocher. « Allô », dit-il, les yeux fixés sur Lila qui s'apprêtait à ouvrir la porte et à partir.

« Pourquoi ne répondez-vous jamais au téléphone ? Je vous ai appelé une douzaine de fois. »

C'était le Joueur de Flûte.

Clint prit un ton dégagé à l'intention de Lila : « Pas ce soir, Gus, dit-il. J'ai vraiment décidé de pas forcer, mon vieux. »

Lila ouvrit lentement la porte, espérant entendre ce que disait Clint. Elle ne pouvait pourtant s'attarder davantage et, de toute façon, il était clair qu'elle était venue ici pour rien. Jim Gilbert lui avait dit qu'Angie faisait du baby-sitting, il n'y avait rien d'anormal à ce qu'on lui ait demandé d'acheter des vêtements de rechange pour les enfants qu'elle gardait. Résultat, je suis trempée et obligée de payer les T-shirts de ma poche, pesta-t-elle en regagnant sa voiture.

« Qui se trouvait avec vous ? » demandait le Joueur de Flûte.

Clint attendit d'avoir vu Lila passer devant la fenêtre pour répondre : « Angie a filé avec la gosse. Elle ne se sentait pas en sécurité ici. Elle a le téléphone portable que Lucas m'avait remis de votre part. Elle a acheté les vêtements des mômes avec ma carte de crédit. Une vendeuse est venue, soi-disant pour remplacer des T-shirts qui avaient un défaut. Je ne sais pas si elle dit la vérité ou non. » Il entendit sa voix monter d'un cran tandis qu'il ajoutait : « J'ai besoin de réfléchir à ce que je dois faire. Je ne sais même pas où se planque Angie. »

Un son étouffé à l'autre bout du fil lui indiqua que le Joueur de Flûte était aussi nerveux que lui.

« Calmez-vous, Clint. Croyez-vous qu'Angie va rappeler ?

246

– Je pense. Elle me fait confiance. Elle sait qu'elle a besoin de moi.

– Mais vous aussi, vous avez besoin d'elle. Qu'arriverait-il si vous lui disiez qu'un flic est venu vous trouver, qu'il était à sa recherche ?

– Elle aurait les jetons.

– Alors dites-le-lui. Débrouillez-vous pour la retrouver, où qu'elle soit. Et souvenez-vous de ce qu'elle a fait à Lucas. Elle peut recommencer.

– Vous croyez peut-être que je l'ai oublié !

– Et tant que vous y êtes, dites-vous que si la petite est réellement en vie, elle pourrait vous identifier vous aussi. »

57

« TOUT LE MONDE peut craquer, Margaret », dit doucement Sylvia Harris. Il était une heure de l'après-midi. Accompagnée de Kelly, elle venait de réveiller la jeune femme.

Margaret était maintenant assise dans son lit, Kelly blottie contre elle. Elle tenta de sourire. « Qu'est-ce que vous m'avez donné pour que je m'écroule de cette façon ? J'ai dormi pendant douze heures !

– Vous aviez accumulé un manque de sommeil considérable la semaine dernière. »

Le Dr Harris avait pris un ton dégagé, mais son regard restait attentif. Margaret est si hâve, pensait-elle, et si pâle. « Je vous aurais volontiers laissée dormir davantage, dit-elle, mais l'agent Carlson a appelé. Il aimerait passer vous voir. Steve ne va pas tarder. Il m'a chargée de vous réveiller.

– Le FBI se demande sans doute pour quelle raison j'ai disparu hier soir. Peut-être me croient-ils devenue folle ? Après votre départ hier, j'ai appelé Carlson. J'ai hurlé au téléphone que Kathy était toujours en vie et je l'ai sommé de la trouver. » Margaret serra Kelly dans ses bras. « Ensuite je me suis rendue dans le magasin où j'avais acheté les robes des petites et j'ai pratiquement agressé la directrice. Je crois que j'avais perdu la tête.

– Avez-vous une idée de l'endroit où vous êtes allée après avoir quitté Abby's Discount ? demanda Sylvia Harris. Hier soir, vous avez dit que vous n'en aviez aucun souvenir.

– Je ne me rappelle pas ce que j'ai fait jusqu'au moment où j'ai vu un panneau indiquant le Cape Cod. J'ai eu alors une sorte de sursaut et j'ai compris qu'il fallait que je fasse demi-tour. J'ai honte. Le pauvre Steve est assez malheureux comme ça sans que je perde complètement les pédales. »

Le Dr Harris se rappela la détresse qu'elle avait vue sur le visage de Steve lorsqu'elle était revenue la veille, à huit heures du soir, et avait appris la disparition de Margaret.

« Docteur », lui avait raconté Steve d'une voix accablée. « Je venais de rentrer à la maison avec Kelly que j'étais allé chercher à la maternelle. Elle commençait à ôter son blouson quand elle a poussé un cri en se touchant le bras, juste à l'endroit où elle avait une ecchymose. J'ai d'abord cru qu'elle s'était cognée au coin de la table dans l'entrée. Mais Margaret est devenue *hystérique* ! Elle m'a dit que quelqu'un était en train de faire du mal à Kathy et que Kelly ressentait la douleur en même temps que sa sœur. Elle m'a arraché les clés de la voiture en déclarant qu'elle devait s'entretenir tout de suite avec une vendeuse du magasin où elle avait acheté les robes d'anniversaire. En ne la voyant pas rentrer à la maison, incapable de me souvenir du nom du magasin, j'ai fini par appeler la police. Docteur Harris, elle ne se ferait pas de mal à elle-même, n'est-ce pas ? Pensez-vous qu'elle en soit capable ? »

Ils avaient attendu trois heures interminables avant d'apprendre que la police avait retrouvé Margaret, dans sa voiture, près de l'aérodrome de Danbury. Quand on l'avait enfin ramenée à la maison, elle n'avait pas été capable de leur dire ce qu'elle avait fait pendant tout ce temps. Je lui ai administré un fort somnifère, se souvint le Dr Harris, c'était la seule chose à faire. Je ne peux pas atténuer son chagrin, mais je peux au moins lui donner la possibilité de s'en évader et de se reposer.

Elle regarda la jeune femme caresser la joue de Kelly.

« Tu es bien calme, ma chérie. Comment te sens-tu ? »

Kelly la regarda d'un air grave, sans répondre.

« Notre petite Kelly est restée silencieuse toute la matinée, fit remarquer le Dr Harris. J'ai passé la nuit dans ta chambre, tu te souviens ? »

Kelly hocha la tête.

« A-t-elle bien dormi ? demanda Margaret.

– Elle était un peu agitée. Elle a pleuré dans son sommeil et toussé par moments. C'est pourquoi j'ai préféré rester auprès d'elle. »

Margaret se mordit la lèvre. S'appliquant à garder une voix unie, elle dit : « Elle est probablement en train d'attraper le rhume de sa sœur. » Elle embrassa Kelly sur le front. « Nous allons te soigner, n'est-ce pas, docteur ?

– Bien sûr, mais je peux vous assurer qu'elle n'a pas les bronches prises. »

En vérité, pensait le Dr Harris, elle n'a aucune raison de tousser. Elle n'a pas de rhume. Elle se leva. « Margaret, vous devriez en profiter pour prendre une bonne douche et vous habiller. Je vais descendre avec Kelly et elle choisira une histoire que je lui lirai. »

Kelly hésita.

« C'est une excellente idée », dit Margaret d'un ton ferme.

Toujours en silence, Kelly glissa en bas du lit de sa mère et tendit la main à Sylvia Harris. Dans le petit salon, elle choisit un livre et se hissa sur les genoux de la pédiatre. La pièce était un peu fraîche et Sylvia prit la couverture pliée sur le bras du canapé pour en envelopper la petite fille. Elle ouvrit le livre, puis remonta la manche de Kelly pour la deuxième fois de la journée.

Elle avait une ecchymose sur l'avant-bras, presque au même endroit que la première fois. « Tu ne t'es pas fait ça en te cognant le bras contre une table, Kelly », dit-elle à haute voix. Puis elle s'interrogea. Mon Dieu, serait-ce possible ? Margaret aurait-elle raison lorsqu'elle prétend que Kelly a les mêmes sensations que sa sœur ? Elle ne put s'empêcher de formuler à voix haute la question qui la tourmentait.

« Kelly, demanda-t-elle, est-ce que tu as mal parfois comme Kathy ? »

Kelly la regarda fixement et secoua la tête, l'air effrayé. « Chuuut », murmura-t-elle, puis elle se pelotonna en boule, mit son pouce dans sa bouche et tira la couverture par-dessus sa tête.

58

L'AGENT SPÉCIAL Connor Ryan avait organisé une réunion dans son bureau de New Haven le samedi matin à onze heures. Farouchement déterminés à traquer les ravisseurs, les agents Carlson et Realto, Jed Gunther, de la police d'Etat du Connecticut, et lui-même étaient assis autour de la table de conférence, afin de faire le point sur l'état actuel de l'enquête.

Directeur du FBI pour le Connecticut, Ryan menait la discussion. « Wohl, ainsi qu'il se faisait appeler, a pu se suicider. C'est matériellement possible, mais ce n'est pas ainsi que s'y prennent les gens en général. Le type qui veut vraiment en terminer met le canon du pistolet dans sa bouche ou sur sa tempe et il appuie ensuite sur la détente. Jetez un coup d'œil là-dessus. »

Il fit circuler les photos de l'autopsie de Lucas Wohl. « D'après l'angle de la balle, il aurait fallu qu'il tienne l'arme au-dessus de sa tête quand il a tiré. En outre, il y a le billet qui explique son suicide, et c'est un autre problème. Les empreintes digitales de Wohl y apparaissent, mais pas partout, pas comme s'il avait placé la feuille de papier dans la machine à écrire et l'avait ensuite ôtée après avoir fini d'écrire sa confession. A moins, bien sûr, qu'il n'ait porté des gants quand il l'a tapée. »

Il tendit le billet à Carlson, puis continua :

« Reprenons. Nous avons au moins deux personnes impliquées dans cette affaire. La première était Lucas Wohl. Le soir de l'enlèvement, la baby-sitter se dirigeait vers la chambre des jumelles en croyant entendre une des petites pleurer. Quelqu'un l'a alors saisie par-derrière dans le couloir. Elle pense qu'il devait y avoir un autre individu dans la chambre des enfants pendant qu'on l'assaillait. Ce serait logique, car on a vu deux hommes transporter l'argent de la rançon.

— Pensez-vous que l'un d'eux était le Joueur de Flûte ? demanda Gunther.

— Je ne pense pas. A mon avis, le Joueur de Flûte est quelqu'un d'autre, un troisième homme, celui qui dirigeait l'opération, et qui n'a pas participé matériellement à l'enlèvement. Mais ce n'est qu'une intuition.

— Il y avait peut-être une personne de plus, dit Walter Carlson. Une femme. Lorsque Kelly est rentrée chez elle, elle a prononcé deux noms dans son sommeil, "Mona" et "Harry". Son père était assis près de son lit et l'a entendue. Les Frawley ne connaissent personne répondant à ces noms. Harry pourrait être le deuxième ravisseur, et Mona la femme qui s'occupait des enfants.

— Disons donc que nous recherchons au moins deux, voire trois personnes autres que Lucas Wohl : le second ravisseur, dont le nom est peut-être Harry, et une femme dont le nom est peut-être Mona. Et si aucun de ces trois-là n'est le Joueur de Flûte, alors nous en recherchons aussi une quatrième », résuma Ryan.

Les autres hochèrent la tête en signe d'approbation. « Ce qui nous amène aux personnes qui peuvent nous intéresser, poursuivit-il. Selon moi, il pourrait y en avoir quatre. Primo, le frère de Steve Frawley, Richard Mason ; il est jaloux de Steve, a peut-être eu un faible pour Margaret, il connaissait Franklin Bailey, et il a menti en prétendant être allé à Las Vegas. Deuxio, Bailey lui-même. Tertio, Norman Bond, l'homme qui a engagé Steve chez C.S.G. & Y. Il a habité Ridgefield autrefois, y a côtoyé Steve, a fait plusieurs dépressions et parle de "feu sa femme" quand il fait allusion à son ex-femme disparue. »

Les lèvres de Ryan se crispèrent. « Pour finir, nous avons Gregg Stanford, qui s'est vigoureusement opposé au vote de la société en faveur du paiement de la rançon, a peut-être des ennuis domestiques avec sa richissime épouse, et a utilisé Lucas Wohl comme chauffeur à une certaine époque.

« Lorsque nous aurons passé en revue ces quatre individus, Mason, Bailey, Bond et Stanford, nous saurons tout sur eux, depuis le jour où ils ont ouvert les yeux. Je n'en doute pas. Mais rien ne prouve que nous ne fassions pas fausse route. Rien ne prouve qu'il n'y ait pas un cinquième larron.

– Nos hommes sont persuadés que quelqu'un connaissait la maison des Frawley, dit Gunther. Nous sommes en train d'éplucher les registres de l'agent immobilier qui a vendu la maison, à la recherche du moindre indice qui pourrait nous mettre sur une piste. Par ailleurs, je me suis entretenu avec le policier de New York qui a trouvé Kelly. Il a fait plusieurs remarques intéressantes. Kelly portait le pyjama qu'elle avait sur elle au moment du kidnapping – cela a été confirmé – mais il était propre. Aucun enfant de trois ans ne garde les mêmes habits pendant sept jours sans donner l'impression de les avoir gardés pendant sept mois. Ce qui signifie que quelqu'un lui a mis d'autres vêtements, ou s'est donné la peine de laver et de sécher ce pyjama au moins deux fois. Pour moi, c'est la preuve qu'il y a une femme dans cette affaire.

– C'est aussi mon sentiment, dit Carlson. Une autre question se pose : Lucas a-t-il emmené Kelly jusqu'au parking dans la voiture volée ? Dans ce cas elle a pu assister à son suicide. Où étaient les autres ravisseurs ? Ne peut-on supposer que, ne se doutant pas que Lucas allait se suicider, ils l'aient suivi dans le parking avec l'intention de laisser Kelly, ou peut-être Kelly et Kathy, dans la voiture et de ramener Lucas avec eux ? Rappelez-vous, quand le Joueur de Flûte a téléphoné au père Romney, il a dit que les *deux* petites filles étaient saines et sauves. A ce moment-là, il n'avait aucune raison de mentir. Il a dû avoir un choc en apprenant que Kathy était morte.

« Cela dit, je pense qu'elle *est* réellement morte, et que tout s'est déroulé comme Lucas l'a expliqué. Sa mort a été un accident. Et je pense qu'il a ensuite jeté le corps à la mer. J'ai parlé au mécanicien qui a vu Wohl porter une boîte volumineuse jusqu'à son avion, et j'ai aussi parlé à l'employé du service de restauration qui l'a vu descendre de l'appareil une heure plus tard sans la boîte. Nous savons tous que les ravisseurs professionnels qui espèrent toucher une rançon ne s'attaquent pas à leur victimes, surtout quand il s'agit d'enfants. Voici le scénario tel que je l'envisage : Lucas a tué Kathy involontairement, et il a perdu la tête. Les autres se sont inquiétés. Je pense qu'ils se sont rendus au parking avec lui et que l'un d'eux l'a abattu, craignant qu'il ne s'enivre pour oublier et qu'il en dise trop. Il faut que nous arrivions à faire parler Kelly, que nous tentions d'apprendre ce qu'elle sait. Elle n'a pas dit un mot à l'hôpital et elle est restée très silencieuse depuis qu'elle est rentrée chez elle. Mais, jeudi soir, elle a prononcé ces deux noms : Mona et Harry. Peut-être pourrons-nous l'amener à en dire davantage sur ce qui s'est passé pendant son enlèvement. J'aimerais que les parents autorisent un pédopsychiatre à l'interroger.

— Et en ce qui concerne Margaret Frawley ? demanda Ryan. Tony, vous êtes-vous entretenu avec son mari aujourd'hui ?

— Je lui ai parlé hier soir, après que la police a reconduit Margaret chez elle. Il m'a dit qu'elle était en état de choc et que la pédiatre des enfants lui avait administré un sédatif. Apparemment, elle n'avait aucune idée de l'endroit où elle était allée, elle ne se souvenait même pas d'être retournée dans ce magasin où elle avait acheté les robes d'anniversaire.

— Pour quelle raison y était-elle retournée ?

— J'ai interrogé la directrice. Margaret lui a paru

sérieusement perturbée quand elle l'a vue hier. Elle désirait parler à la vendeuse qui lui avait vendu les robes et a demandé quel était le numéro de son portable. Au moment où la directrice s'apprêtait à le lui communiquer, elle a perdu les pédales et s'est enfuie. Dieu sait quelle mouche l'a piquée. Selon Steve, elle a prétendu qu'une nouvelle marque était apparue sur le bras de Kelly, provoquée par quelque chose qui serait arrivé à Kathy, et que Kelly ressentait la même douleur que sa sœur.

– J'espère que vous ne croyez pas à ces sornettes, Tony. »

Ryan était visiblement incrédule.

« Non, bien sûr que non. Je ne pense pas que Kelly soit en communication avec Kathy, mais je veux qu'elle communique avec nous, et le plus tôt sera le mieux. »

59

Norman Bond habitait au quarantième étage d'un immeuble donnant sur l'East River au coin de la 72e Rue. La vue panoramique dont il jouissait depuis son appartement avait toujours enrichi sa vie solitaire. Le matin, il se réveillait souvent à l'aube pour contempler le lever du soleil. Le soir, il prenait un plaisir particulier à observer le scintillement des lumières sur les ponts au-dessus du fleuve.

En ce samedi matin, après le temps détestable de la semaine précédente, une journée fraîche et lumineuse s'annonçait. Pourtant, même l'apparition du soleil ne lui remonta pas le moral. Affalé dans le canapé de la pièce de séjour, il passait en revue les choix qui s'offraient à lui.

Ils étaient peu nombreux, décida-t-il. « Ce que la plume a écrit ne change jamais... S'en désoler ne procure que du chagrin... », récita-t-il en son for intérieur, se rappelant les vers d'Omar Khayyam.

Comment ai-je pu être aussi stupide ? se demanda-t-il. Comment ai-je pu faire ce lapsus et parler de Theresa en disant « feu mon épouse » ?

Les agents du FBI ne l'avaient pas loupé. Ils avaient cessé depuis longtemps de l'interroger sur la disparition de Theresa. Maintenant tout allait recommencer. Mais quand une personne a disparu depuis sept ans et a été officiellement déclarée morte, n'est-il pas naturel d'en parler comme si elle l'était réellement ? Et Theresa avait disparu depuis dix-sept ans.

Sans doute.

C'était normal de sa part de porter l'alliance qu'il avait offerte à Theresa et qu'elle avait laissée sur la coiffeuse. Mais était-ce prudent de continuer à arborer celle que son second mari lui avait donnée ? Il détacha la chaîne qu'il avait au cou et tint les deux anneaux dans sa main, les examinant avec attention. L'AMOUR EST ÉTERNEL, lisait-on inscrit en lettres minuscules à l'intérieur de chacun d'eux.

Celle du second mari est entièrement sertie de diamants, pensa-t-il avec envie. La mienne est un simple anneau d'argent. C'était tout ce je pouvais lui offrir à cette époque.

« Feu mon épouse », dit-il à voix haute.

Aujourd'hui, après toutes ces années, le kidnapping des deux petites filles avait une fois de plus attiré l'attention du FBI sur lui.

Feu mon épouse !

Il serait risqué de donner sa démission de C.F.G. & Y et d'aller s'installer à l'étranger – trop soudain, trop contraire à tous les plans dont il avait parlé autour de lui.

A midi, il se rendit compte qu'il était toujours en sous-vêtements. Theresa était hors d'elle quand il se laissait aller ainsi. « Les gens bien élevés ne traînent pas en sous-vêtements, Norman, disait-elle de son ton méprisant. Ça ne se fait pas, un point c'est tout. Soit tu enfiles une robe de chambre, soit tu t'habilles. »

Elle avait pleuré toutes les larmes de son corps quand les jumeaux étaient nés prématurément et n'avaient pas survécu, mais une semaine après elle avait dit quelque chose du genre : « Peut-être cela valait-il mieux, au fond. » Peu après, elle l'avait quitté, était partie vivre en Californie, avait divorcé et s'était remariée l'année suivante. Il avait entendu des employés de C.F.G. & Y. en rire. « Le type qu'elle a trouvé est d'un autre calibre que ce pauvre Norman », avait dit l'un d'eux.

Le souvenir était toujours aussi cuisant.

Quand ils s'étaient mariés, il avait dit à Theresa qu'il serait un jour le président-directeur général de C.F.G. & Y.

Il savait aujourd'hui qu'il n'en serait rien, mais peu lui importait en réalité. Il n'avait pas envie d'être accablé de responsabilités et il n'avait plus besoin de tant d'argent. Mais je veux continuer à porter les deux alliances, décida-t-il en raccrochant la chaîne à son cou. Elles me donnent du courage. Elles me rappellent que je ne suis pas seulement le travailleur acharné et peu sûr de lui qu'on imagine.

Norman sourit au souvenir de l'expression de terreur de Theresa le soir où, en se retournant, elle l'avait vu caché sur le siège arrière de sa voiture.

60

« C ES CHAUSSURES sont trop grandes, dit Angie, mais je ne vais pas me tracasser pour ça. » Elle s'était garée devant le McDonald's, près du centre commercial où elle avait acheté les chaussures, et était en train de les lacer aux pieds de Kathy. « Ne t'avise pas d'ouvrir la bouche, lui disait-elle, et si quelqu'un te demande ton nom, réponds seulement que tu t'appelles Stevie. Compris ? Répète.

– Stevie, murmura Kathy.

– Très bien. Viens, maintenant. »

Kathy la suivit. Les chaussures lui faisaient mal, mais pas comme celles qu'Angie avait essayé de lui mettre la première fois. Celles-là l'empêchaient de marcher correctement parce que ses pieds glissaient à l'intérieur. Mais Angie l'obligeait à se presser et Kathy avait peur de se plaindre.

Elle sentit son pied sortir d'une des chaussures.

Devant le MacDonald's, Angie s'arrêta pour acheter un journal dans un distributeur automatique. Puis elles entrèrent et prirent place dans la queue. Elles s'assirent ensuite avec leur plateau à une table d'où Angie pouvait voir la voiture. « Je ne me suis jamais souciée de surveiller ce tas de ferraille, dit-elle, mais avec le magot dans la valise, ce serait bien ma veine si quelqu'un décidait de la piquer. »

Kathy n'avait pas envie du sandwich aux œufs durs et du jus d'orange qu'Angie lui avait commandés. Elle n'avait pas faim, elle avait seulement envie de dormir. Mais elle ne voulait pas fâcher Angie, aussi s'efforça-t-elle de manger quelques bouchées de sandwich.

« Nous allons rentrer directement au motel, dit Angie, et ensuite il faudra que je dégote une voiture d'occasion. L'ennui, avec toutes ces coupures de cinquante et de vingt dollars, c'est que je risque d'attirer l'attention. »

Kathy voyait bien qu'Angie était de plus en plus nerveuse. Elle la regarda ouvrir le journal et l'entendit marmonner quelque chose qu'elle ne comprit pas. Puis Angie tendit le bras vers elle et rabattit le capuchon sur sa tête. « Seigneur Dieu, ton portrait est dans tous les journaux, dit-elle à voix basse. Même avec tes cheveux courts, n'importe quel crétin te reconnaîtrait. Fichons le camp d'ici. »

Kathy ne voulait pas qu'Angie se mette en colère à nouveau. Elle descendit de sa chaise et tendit docilement la main.

« Où est ton autre chaussure, mon petit garçon ? » dit une dame qui nettoyait la table voisine.

– L'autre chaussure de la petite ? » demanda Angie, puis elle baissa les yeux et s'aperçut que Kathy avait un pied nu. « Oh, zut ! s'exclama-t-elle. Tu l'as encore délacée dans la voiture.

– Non, souffla Kathy. Elle est tombée. Elle est trop grande.

– L'autre est trop grande aussi, fit remarquer la femme. Comment t'appelles-tu, mon petit ? »

Kathy essaya de toutes ses forces de se rappeler ce qu'Angie lui avait ordonné de dire.

« Dis-moi ton nom, insista la femme.

– Kathy », murmura tout bas Kathy.

Mais elle sentit Angie lui serrer la main très fort et se souvint du nom qu'elle devait dire. « Stevie, se reprit-elle. Je m'appelle Stevie.

– Oh, je suis sûre que tu as une petite fiancée qui s'appelle Kathy, continua la femme. Ma petite-fille aussi a un fiancé.

– Ouais, d'accord, dit Angie d'un ton pressé. Bon, il faut qu'on y aille. »

Kathy tourna la tête et vit la femme ramasser un journal sur une chaise. Elle eut le temps de voir sa photo sur la première page, à côté de celle de Kelly. Ce fut plus fort qu'elle. Elle se mit à parler à Kelly dans son langage secret et sentit les doigts d'Angie lui broyer la main.

« Viens », dit celle-ci en l'entraînant brusquement.

La deuxième chaussure neuve était restée sur le trottoir, à l'endroit où elle était tombée. Angie la ramassa puis ouvrit la porte arrière de la camionnette. « Monte », dit-elle d'un ton furieux en jetant la chaussure à l'intérieur.

Kathy grimpa dans la voiture et, sans attendre qu'on le lui dise, s'étendit par terre sur l'oreiller, tirant la couverture sur elle. Elle entendit alors une voix sévère questionner : « Où est le siège de sécurité pour votre enfant, madame ? »

Kathy leva les yeux et vit que la voix appartenait à un policier.

« Je m'apprêtais à aller en acheter un neuf, répondit Angie. J'ai oublié de fermer à clé la porte de la camionnette la nuit dernière, en me garant devant le motel, et il a été volé.

— A quel motel êtes-vous descendue ?

— Au Soundview.

— Avez-vous fait une déclaration de vol ?

— Non, répondit Angie. Il était usagé, il n'en valait pas la peine.

— Nous désirons être informés de tous les vols qui ont lieu à Hyannis. Puis-je vérifier votre permis de conduire et les papiers de la voiture, s'il vous plaît ?

— Certainement. »

Kathy vit Angie sortir des papiers de son portefeuille.

« Madame Hagen, à qui appartient cette camionnette ? demanda le policier.

— A mon ami.

— Je vois. Bien, je vais vous faire une faveur. Vous allez vous rendre dans le centre commercial voisin et acheter un nouveau siège enfant. Je ne peux pas vous autoriser à rouler avec ce petit non attaché dans votre véhicule.

— Merci, monsieur l'agent. J'y vais tout de suite. Viens, Stevie. »

Angie se pencha et souleva Kathy, lui appuyant le visage contre sa veste. Elle ferma la porte de la camionnette et rebroussa chemin en direction du centre.

« Ce flic nous observe, dit-elle entre ses dents. Je me demande si j'ai bien fait de lui montrer le permis de conduire de Linda Hagen. Il m'a regardée avec un drôle d'air, mais, d'un autre côté, je me suis inscrite à l'hôtel sous le nom de Linda. Bon Dieu, quel micmac ! »

Dès qu'elles furent à l'intérieur du centre commercial, elle posa Kathy par terre. « Bon. Viens ici que je te mette ton autre chaussure. Je vais bourrer un mouchoir à l'intérieur. Tu vas devoir marcher. Je n'ai pas l'intention de te porter à travers tout le Cape Cod. Et maintenant, il faut trouver un endroit où acheter un de ces foutus sièges. »

Kathy eut l'impression qu'elles marchaient depuis une éternité. Quand elles eurent enfin trouvé une boutique qui vendait les sièges qu'elle recherchait, Angie se mit en colère contre le vendeur. « Ecoutez, sortez-le du carton. Je le prendrai sous mon bras.

– Ça risque de déclencher l'alarme, protesta-t-il. Je peux ouvrir le carton, mais vous devrez laisser le siège à l'intérieur jusqu'à ce que vous soyez sortie du magasin. »

Voyant Angie devenir rouge de fureur, Kathy préféra ne pas lui dire que, même avec le mouchoir, elle avait encore perdu sa chaussure. Puis, alors qu'elles regagnaient la voiture, une femme arrêta Angie. « Votre petit garçon a perdu une chaussures », dit-elle.

Angie souleva Kathy dans ses bras. « Cette imbécile de vendeuse a vendu à la petite, euh, au petit... des chaussures de la mauvaise pointure, dit-elle. Je vais lui en acheter une autre paire. » Elle s'éloigna à grands pas, tenant Kathy dans ses bras et tirant le siège de l'autre. « Oh, la barbe, ce flic traîne encore dans le coin. Ne lui réponds pas s'il s'adresse à toi. » Elle monta dans la voiture, déposa Kathy à l'avant et entreprit de fixer le siège enfant à l'arrière. « J'ai intérêt à monter ce truc correctement », dit-elle. Elle souleva Kathy, l'installa et boucla la ceinture. « Tourne la tête de l'autre côté, murmura-t-elle. Obéis. Ne regarde pas le policier. »

Kathy avait tellement peur qu'elle se mit à pleurer.

« Tais-toi ! chuchota Angie. Tais-toi, bon sang ! Il nous observe. »

Elle claqua la portière arrière et s'installa au volant. Elles se mirent enfin en route. Sur le chemin qui les ramenait au motel, Angie hurla : « Tu as dit ton nom ! Tu parlais dans ton jargon de malheur ! Je t'ai dit de te taire. *De la fermer !* Tu aurais pu nous attirer des ennuis. Je ne veux plus t'entendre. Tu entends ? La prochaine fois que tu ouvres la bouche, je te flanque une paire de claques. »

Kathy ferma les yeux de toutes ses forces et pressa ses mains sur ses oreilles. Elle sentait que Kelly essayait de lui parler, mais elle savait qu'elle ne devait plus lui répondre, sinon Angie allait la frapper.

De retour dans la chambre, Angie laissa tomber Kathy sur le lit en disant : « Ne bouge pas, ne dis pas un mot. Tiens, prends encore un peu de sirop. Et avale cette aspirine. Tu as de la fièvre à nouveau. »

Kathy avala le sirop et l'aspirine puis ferma les yeux, se retenant de tousser. Quelques minutes plus tard, avant de sombrer dans le sommeil, elle entendit Angie qui parlait au téléphone.

« Clint, disait-elle. C'est moi, chéri. Ecoute, je suis morte de peur. Les gens remarquent la gosse quand je sors avec elle. Sa photo est dans tous les journaux. Je crois que tu avais raison. J'aurais dû la laisser rentrer chez elle avec l'autre. Je ne sais plus quoi faire. Il faut que je m'en débarrasse. Comment vais-je m'y prendre ? »

Kathy entendit la sonnette de l'interphone, puis la voix d'Angie qui chuchotait. « Clint, je te rappellerai. Il y a quelqu'un qui sonne à la porte. Oh, mon Dieu, pourvu que ce ne soit pas encore ce flic. »

Kathy enfouit son visage dans l'oreiller au moment où Angie raccrochait. Je veux rentrer à la maison, pensa-t-elle en s'endormant. Je veux rentrer à la maison.

61

L E SAMEDI MATIN, exaspéré et nerveux, Gregg Stanford alla disputer un set de squash à son club puis regagna la propriété de Greenwich qui était la résidence principale de sa femme. Il prit une douche, s'habilla et demanda que son déjeuner lui soit servi dans le petit salon. Avec ses murs lambrissés, ses tentures et tapis anciens, son mobilier Hepplewhite, ses larges baies offrant une vue panoramique de Long Island Sound, c'était la pièce qu'il préférait dans la maison.

Même le saumon cuit à point, servi avec une bouteille de château-cheval-blanc, ne parvint pas à le réconforter. Le mercredi suivant serait le septième anniversaire de son mariage avec Millicent. Leur contrat stipulait qu'il ne recevrait rien d'elle dans le cas où ils seraient légalement séparés ou divorcés avant cette date. En revanche, si leur union durait plus longtemps, il aurait irrévocablement droit à vingt millions de dollars, même s'ils rompaient à n'importe quel moment par la suite.

Le premier mari de Millicent était décédé. Son second mariage n'avait duré que quelques années.

Elle avait divorcé de son troisième mari quelques jours avant ce fatidique septième anniversaire. Encore quatre jours à tirer. A cette seule pensée, il blêmit.

Gregg était convaincu que Millicent jouait au chat et à la souris avec lui. Elle revenait d'un voyage de trois semaines en Europe où elle avait rendu visite à des amis, mais elle avait téléphoné de Monaco le mardi et approuvé son attitude concernant le paiement de la rançon. « C'est un miracle que vingt autres enfants de nos employés n'aient pas déjà été enlevés, lui avait-elle dit. Tu as fait preuve de bon sens. »

Et lorsque nous sortons ensemble, elle semble avoir plaisir à être en ma compagnie, songea-t-il, cherchant à se rassurer.

« Etant donné tes origines, c'est incroyable d'être parvenu à acquérir un tel vernis », lui avait-elle dit un jour.

Il avait appris à endurer ses piques avec un sourire dédaigneux. Les gens très fortunés ne sont pas comme les autres. Il l'avait compris depuis son mariage avec Millicent. Le père de Tina était riche, mais il était arrivé à la force du poignet. Il menait un train de vie confortable, mais ce n'était rien comparé à celui de Millicent. Millicent pouvait retrouver jusqu'en Angleterre la trace de ses aïeux, bien avant que le *Mayflower* n'ait pris la mer. Et, comme elle le faisait remarquer, au contraire de hordes d'aristocrates parfaitement éduqués mais fauchés, sa famille, génération après génération, avait toujours eu de l'argent, beaucoup, beaucoup d'argent.

269

Restait la possibilité que Millicent ait eu vent d'une de ses infidélités. J'ai été discret, se rappela-t-il, mais si elle a découvert quelque chose, je suis fini.

Il se versait un troisième verre de vin quand le téléphone sonna. C'était Millicent. « Gregg. J'ai été injuste avec toi. »

Il sentit sa bouche se dessécher. « Je ne vois pas ce que tu veux dire, chérie, fit-il, espérant avoir pris un ton désinvolte.

– Je vais être franche. Je te soupçonnais de me tromper et cette pensée m'était insupportable. Mais j'ai eu la preuve du contraire, donc... » Elle éclata de rire. « A mon retour, que penserais-tu de célébrer notre septième anniversaire de mariage et de porter un toast aux sept années à venir ? »

Gregg n'eut pas besoin de feindre l'émotion. « Oh, ma chérie ! »

– Je serai à la maison lundi. Je... je t'aime, Gregg. Au revoir. »

Il reposa lentement le téléphone. Comme prévu, elle l'avait fait surveiller. Heureusement, il s'était interdit la moindre incartade depuis plusieurs mois.

A présent, rien ni personne ne les empêcherait de fêter ce septième anniversaire. C'était l'aboutissement de ce qui avait été l'ambition de toute sa vie. Nombreux étaient ceux, dans son entourage, qui doutaient de voir Millicent rester avec lui. Même la page 6 du *New York Post* avait titré : DEVINEZ QUI RETIENT SON SOUFFLE ? Avec Millicent à ses côtés, sa position au conseil d'administration de la société était consolidée. Il serait le premier sur la liste des présidentiables.

Gregg parcourut la pièce du regard, contempla les lambris, les tentures, le tapis persan, le mobilier luxueux. « Jamais je n'y renoncerai », dit-il à voix haute.

62

LA SEMAINE ÉCOULÉE avait paru interminable à Margaret. Peu à peu elle avait l'impression que Tony Realto et Walter Carlson étaient devenus ses amis, même si elle n'oubliait pas qu'ils étaient là avant tout pour faire triompher la loi. Quand ils arrivèrent dans la matinée, la fatigue et l'inquiétude qui se reflétaient dans leurs yeux lui apporta un peu de réconfort. Elle savait que leur impuissance à sauver Kathy les avait profondément marqués, tant sur le plan personnel que professionnel.

C'est ridicule de me sentir gênée parce que mes nerfs ont craqué hier soir, se dit-elle avec une grimace au souvenir de la manière dont elle avait empoigné le bras de la directrice d'Abby's Discount. Je sais bien que je m'accroche à de faux espoirs.

Et si ce n'était pas le cas ?

Realto et Carlson lui présentèrent la personne qui les accompagnait, le commissaire Jed Gunther, de la police d'Etat du Connecticut. Elle savait que lui et son équipe avaient travaillé vingt-quatre heures sur vingt-quatre avec leurs homologues de Ridgefield, qu'ils avaient ratissé le quartier, fait du porte-à-porte, demandant si quelqu'un avait vu un inconnu rôdant dans le voisinage. Elle savait aussi que le soir de l'enlèvement, puis encore le lendemain, ils avaient fait renifler les vêtements des jumelles à leurs chiens et fouillé la ville et tous les parcs alentour avec eux, dans l'espoir de les voir trouver une piste.

Précédant Sylvia Harris, Steve et Margaret firent entrer les enquêteurs dans la salle à manger, « notre poste de commandement », comme elle l'appelait. Combien d'heures au cours de la semaine écoulée étaient-ils restés assis autour de cette table, à attendre un coup de téléphone, priant pour retrouver leurs enfants ?

Kelly avait descendu leurs poupées et leurs nounours favoris. Elle les avait installés par terre sur des couvertures de poupée, et arrangeait maintenant les chaises, dressait la table pour le goûter. Kathy et elle aimaient jouer à la dînette, songea Margaret. Sylvia demandait toujours aux filles ce qu'elles avaient servi pour le goûter quand nous allions à son cabinet. Elle échangea un regard avec Sylvia Harris assise en face d'elle. Elles avaient eu la même pensée.

« Comment vous sentez-vous, Margaret ? demanda Carlson avec bienveillance.

– Bien, je suppose. Vous avez sûrement appris que j'étais retournée au magasin où j'avais acheté les robes des enfants et que j'avais demandé à parler à la vendeuse qui m'avait servie ?

– Elle n'était pas là, d'après ce que nous avons compris, dit l'agent Realto. Pouvez-vous nous dire quel était votre but en cherchant à lui parler ?

– Elle m'avait dit s'être occupée d'une femme juste avant moi, une femme qui achetait des vêtements pour des jumelles sans connaître exactement leur taille. La pensée m'a traversée que cette personne avait peut-être prévu de kidnapper mes enfants et... et... » Sa voix s'étrangla. « La vendeuse n'était pas là et, au début, la directrice n'a pas voulu me communiquer son numéro de téléphone. J'ai fait une scène... mais on vous a raconté la suite. On m'a retrouvée à l'aérodrome de Danbury. »

Steve approcha sa chaise de la sienne et passa un bras autour de ses épaules. Elle lui prit la main et mêla ses doigts aux siens.

« Steve, reprit Realto, vous nous avez dit que Kelly avait prononcé les noms de "Mona" et "Harry" dans son sommeil, et que vous ne connaissiez personne portant ces noms.

– C'est exact.

– Kelly a-t-elle dit autre chose qui pourrait nous aider à identifier les gens qui la détenaient ?

– Elle a parlé d'un lit à barreaux, ce qui laisse supposer qu'elles étaient toutes les deux dans le même lit. Mais c'est la seule chose qui me paraisse avoir du sens.

– Et qu'est-ce qui ne te paraît pas avoir de sens, Steve ? interrogea Margaret.

– Marg, chérie, si je pouvais seulement partager ton espoir... »

Le visage de Steve se décomposa et des larmes lui vinrent aux yeux. « Je voudrais pouvoir croire qu'il y a une *possibilité*, si petite soit-elle, qu'elle soit encore en vie.

– Margaret, vous m'avez dit hier au téléphone

que vous en étiez convaincue, intervint à son tour Carlson. Quelle raison vous pousse à le croire ?

— C'est ce que ne cesse de répéter Kelly. Pendant la messe d'hier elle a dit que Kathy voulait rentrer à la maison elle aussi. Puis, au petit-déjeuner, quand Steve a proposé de lui lire une histoire, et feint de la lire à Kathy en même temps, elle a répondu quelque chose comme : "Oh, papa, Kathy est attachée dans le lit. Elle ne peut pas t'entendre." Et, à plusieurs reprises, elle a essayé de parler à Kathy dans leur langage secret, le langage des jumeaux.

— Le langage des jumeaux ?

— Ils ont une sorte de langage codé. »

Sentant sa voix monter, Margaret se tut. Elle jeta un regard autour de la table et murmura d'un ton implorant : « J'ai essayé de me persuader que c'était une réaction au chagrin, mais ce n'est pas ça. Si Kathy était morte, je le saurais. Elle n'est pas morte. Vous ne le voyez donc pas ? Vous ne comprenez pas ? »

Elle parcourut la pièce des yeux. Sans leur laisser le temps de répondre, elle porta un doigt à ses lèvres puis le pointa vers Kelly. La petite fille avait assis les nounours sur les chaises miniatures devant la table. La poupée de Kathy était étendue sur une couverture posée sur le sol. Elle avait attaché une chaussette autour de sa bouche. Elle se tenait près d'elle, tenant sa propre poupée dans les bras. Elle caressait la joue de la poupée de Kathy en chuchotant. Soudain, comme si elle avait senti les regards de l'assistance posés sur elle, elle leva la tête et dit : « Elle n'a plus le droit de me parler maintenant. »

63

Après la visite des agents Walsh et Philburn, Richie Mason se prépara un café et considéra froidement la situation. Le FBI le surveillait. Les choses avaient subitement échappé à son contrôle. Tout allait comme sur des roulettes, jusqu'au moment où le maillon faible de la chaîne, celui qu'il avait toujours redouté, était devenu un problème.

A présent les types du FBI resserraient leur étau. Qu'ils ne sachent pas encore à quel point ils approchaient de la vérité tenait du miracle. En se concentrant sur ses liens avec Bailey, ils suivaient une fausse piste et lui permettaient de gagner du temps, mais il savait que, tôt ou tard, ils passeraient à l'action.

Il était hors de question qu'il retourne en prison. Le seul souvenir des étroites cellules bondées, des uniformes, de la nourriture infecte, de la monotonie de la vie carcérale le rendait littéralement malade. Pour la énième fois de la journée, il examina le passeport qui devait garantir sa sécurité.

Le passeport de Steve. Il l'avait volé dans le tiroir

de la commode le jour de sa visite à Ridgefield. Il ressemblait suffisamment à Steve pour franchir les contrôles sans susciter de questions. Tout ce que j'aurai à faire, c'est d'arborer le joli sourire de mon petit frère quand ils vérifieront la photo, se dit-il.

Restait le risque qu'un agent de l'immigration demande : « N'est-ce pas vos jumelles qui ont été enlevées ? » Dans ce cas, il répondrait simplement que c'était à son cousin qu'était arrivée cette tragédie. « Nous avons tous deux reçu le prénom de notre grand-père, et nous nous ressemblons comme des frères. »

Bahreïn n'avait pas d'accord d'extradition avec les Etats-Unis. Mais il aurait une nouvelle identité d'ici là et rien n'aurait plus d'importance.

Devait-il se satisfaire de ce qu'il avait ou tenter de rafler toute la mise ?

Pourquoi pas ? De toute façon, c'était toujours mieux de faire les choses à fond.

Satisfait de sa décision, il sourit.

64

« MADAME FRAWLEY, dit lentement Tony Realto, je ne peux pas me fonder sur votre intuition que Kelly est en contact avec sa sœur. Cependant, les seuls éléments qui nous permettent de croire à la mort de Kathy sont le billet laissé par Lucas Wohl, et le fait qu'on l'a vu monter dans son avion chargé d'une boîte de grande taille. D'après sa lettre, il a jeté le corps de Kathy à la mer. Je vais être franc avec vous. Nous ne sommes pas convaincus que Lucas soit l'auteur de ce billet, ni même qu'il se soit suicidé.

– Qu'est-ce que vous dites ? le coupa vivement Steve.

– Je dis que si Lucas a été abattu par l'un de ses complices, alors cette lettre pourrait être un faux, laissé dans la voiture dans le but de faire croire que Kathy est morte.

– Commencez-vous enfin à croire qu'elle est vivante ? demanda Margaret d'un ton implorant.

– Nous commençons à croire qu'il existe une faible possibilité qu'elle soit en vie », dit Tony Realto, insistant sur le mot « faible ». « A dire vrai, nous sommes sceptiques concernant la télépathie entre jumeaux, mais je crois vraiment que Kelly est en mesure de nous aider. Il faut que nous l'interrogions. Vous dites qu'elle a mentionné les noms de Mona et Harry. Peut-être citera-t-elle un autre nom ou nous donnera-t-elle une indication sur l'endroit où elles étaient détenues. »

Ils virent Kelly prendre un gant de toilette miniature et se diriger vers la cuisine. Ils l'entendirent approcher une chaise de l'évier. Elle tenait le gant mouillé lorsqu'elle regagna la pièce. Elle s'agenouilla et le plaça sur le front de la poupée de Kathy. Puis elle se mit à parler. Ils se levèrent tous d'un même mouvement, s'approchèrent pour entendre ce qu'elle disait.

Elle chuchotait : « Ne pleure pas, Kathy. Ne pleure pas. Maman et papa vont venir te chercher. »

Elle leva les yeux vers eux. « Elle tousse beaucoup, beaucoup. Mona lui a fait prendre un médicament mais elle l'a recraché. »

Tony Realto et Jed Gunther échangèrent un regard incrédule.

Walter Carlson observait Sylvia Harris. Elle est médecin, pensait-il. Spécialiste des jumeaux. Il est clair qu'elle croit que les jumelles communiquent entre elles.

Serrés l'un contre l'autre, Margaret et Steve pleuraient.

« Docteur Harris, dit calmement Carlson, pouvez-vous parler à Kelly ? »

Avec un geste d'assentiment, Sylvia s'assit par terre à côté de Kelly. « Tu t'occupes bien de Kathy, lui dit-elle. Est-ce qu'elle est encore malade ? »

Kelly hocha la tête. « Elle a plus le droit de me parler. Elle a dit son vrai nom à une dame et Mona s'est fâchée. Elle la force à dire à tout le monde qu'elle s'appelle Stevie. Elle a très mal à la tête.

– Est-ce pour cela que tu mets un linge frais sur son front, Kelly ?

– Oui.

– Est-ce que Kathy a quelque chose sur la bouche ?

– Elle l'avait, mais elle s'étouffait, alors Mona l'a enlevé. Kathy va dormir maintenant. »

Kelly ôta la chaussette de la bouche de la poupée de Kathy, puis coucha sa propre poupée à côté d'elle. Elle les recouvrit toutes les deux, s'assurant que leurs doigts se touchaient.

65

C'ÉTAIT le gérant du motel, David Toomey, qui frappait à la porte de la chambre d'Angie. Un homme assez âgé, d'aspect frêle, avec des yeux inquisiteurs qui la dévisageaient derrière ses lunettes sans monture. S'étant présenté, il demanda d'un ton irrité : « Qu'est-ce que signifie cette histoire de siège enfant qui aurait été volé dans votre véhicule la nuit dernière ? L'agent Tyron, de la police de Barnstable, est venu me trouver. Il voulait savoir si on avait fracturé d'autres voitures. »

Angie réfléchit rapidement. Devait-elle lui dire qu'elle avait menti, qu'elle avait oublié d'emporter le siège en quittant la maison ? Elle risquait de s'attirer davantage d'ennuis. Le flic pourrait revenir et lui flanquer une contravention. Et poser des questions. « C'est pas bien important », fit-elle. Elle jeta un coup d'œil vers le lit. Kathy était tournée contre le mur. On ne voyait que l'arrière de sa tête. « Mon petit bonhomme a un gros rhume et j'étais pressée de le mettre au chaud. »

Elle vit le regard de Toomey faire le tour de la

pièce. Elle devinait ses pensées. Il ne la croyait pas. Elle avait payé la chambre en liquide pour deux nuits. Il flairait quelque chose de louche. Peut-être entendait-il la respiration sifflante de Kathy.

Il l'avait entendue, en effet. « Il me semble que vous devriez emmener votre fils aux urgences à l'hôpital de Cape Cod, suggéra-t-il. Je sais ce que c'est, ma femme a toujours de l'asthme après une bronchite. On dirait qu'il a du mal à respirer.

– Vous avez raison, dit Angie. Pouvez-vous m'indiquer comment m'y rendre ?

– C'est à dix minutes d'ici, lui dit Toomey. Je peux vous conduire si vous le désirez.

– Non, non. Je vais me débrouiller. Ma... ma mère doit nous rejoindre vers une heure, elle m'accompagnera.

– Je vois. Très bien, madame Hagen, mais croyez-moi, ne tardez pas à faire soigner cet enfant.

– Comptez sur moi. Je vous remercie. Vous êtes très aimable. Et ne vous inquiétez pas pour le siège. Il était presque hors d'usage de toute manière. Vous voyez ce que je veux dire.

– Je comprends parfaitement, madame Hagen. Vous voulez dire qu'il n'y a pas eu de vol, n'empêche que vous avez un siège tout neuf, paraît-il. »

Toomey ne prit pas la peine de cacher le ton sarcastique de sa voix et partit en claquant la porte.

Angie la ferma aussitôt à double tour. Il ne va pas me lâcher maintenant, pensa-t-elle. Il a compris que je n'avais pas de siège enfant, et il est furieux parce qu'une plainte pour vol gâche la réputation de son hôtel. Quant au flic, il ne me lâchera pas non plus. Il ne me reste qu'à m'en aller, mais où ?

Je ne peux pas partir en emportant mes bagages ; il saura que je me tire. Pour le moment, il faut que j'aie l'air d'attendre ma mère. S'il me voit quitter les lieux maintenant, il aura des soupçons. Je vais attendre un peu. Ensuite, je porterai la petite à la voiture et je reviendrai dans la chambre comme pour prendre mon sac. Depuis son bureau, il ne peut voir qu'un côté de la camionnette. J'envelopperai d'une couverture la valise avec le fric et la glisserai en douce sur le siège. Je laisserai le reste des bagages pour lui faire croire que j'ai l'intention de revenir. S'il me pose encore des questions, je lui dirai que ma mère a appelé et que nous avons rendez-vous à l'hôpital. Mais avec un peu de chance, il sera peut-être occupé ailleurs, et je pourrai filer sans être vue.

A gauche, par la fenêtre, elle voyait l'allée qui passait devant le bureau. Elle attendit quarante minutes. Kathy semblait avoir de plus en plus de mal à respirer. Craignant de voir son état empirer, Angie décida de briser une des gélules de pénicilline, d'en dissoudre une partie dans une cuillère avec un peu d'eau et de la forcer à l'avaler. Il faut vraiment que je me débarrasse d'elle, pensa-t-elle, mais je ne veux pas non plus qu'elle me claque entre les mains. Exaspérée, elle secoua Kathy pour la réveiller. L'enfant frissonna, ouvrit les yeux et se mit à geindre.

« Bon sang, tu es brûlante ! s'exclama Angie. Tiens, bois ça. »

Kathy secoua la tête. Sentant le goût amer du médicament sur ses lèvres, elle garda la bouche obstinément fermée. « Je t'ai dit de boire ! » cria Angie.

Elle parvint à introduire de force une partie du contenu de la cuiller dans la bouche de Kathy qui s'étrangla et le recracha, pleurant et toussant. Cherchant à couvrir le bruit, Angie prit une serviette et l'appliqua sur la bouche de l'enfant, mais elle la retira aussitôt en s'apercevant qu'elle risquait de l'asphyxier. « Tiens-toi tranquille », gronda-t-elle entre ses dents serrées. « Ecoute-moi bien. Encore un cri et je te tue. Tout est de ta faute. Tout ce qui est arrivé. »

Elle regarda par la fenêtre et vit que plusieurs voitures étaient garées devant le bureau. C'était le moment ou jamais. Kathy dans ses bras, elle s'élança dehors, ouvrit la porte de la camionnette et attacha l'enfant sur son siège. Puis, sans perdre une minute, elle regagna la chambre, y prit son sac et la valise enveloppée de la couverture, jeta le tout à côté de Kathy. Trente secondes plus tard, elle sortait du parking en marche arrière.

Où aller maintenant ? se demanda-t-elle. Est-ce qu'il vaut mieux quitter le Cape Cod tout de suite ? Je n'ai pas rappelé Clint. Il ne sait même pas où je suis. Si ce flic se met en tête de me retrouver, il a mon numéro d'immatriculation. Le gérant du motel aussi. Je vais demander à Clint de venir me rejoindre, dans une voiture de location ou n'importe quoi d'autre. Ça devient dangereux pour moi de circuler avec la camionnette.

Mais où aller ?

Le temps s'était éclairci, un soleil timide brillait et les voitures roulaient au ralenti. Angie était tenaillée par la peur de voir apparaître la voiture du policier qui l'avait forcée à acheter ce maudit siège. Au bout de Main Street, la rue devenait à sens unique et elle fut forcée d'obliquer sur la droite. Je dois absolument quitter Hyannis, pensa-t-elle fébrilement. Et je ne veux pas être pincée à la sortie d'un des ponts. Elle s'engagea sur la route 28.

Elle jeta un regard à Kathy. Les yeux clos, la tête inclinée sur sa poitrine, elle respirait en haletant et avait les joues très rouges. Il faut que je m'arrête dans un autre motel, pensa Angie. J'appellerai Clint et lui dirai de venir me rejoindre. Cette fouine de gérant pense probablement que j'ai l'intention de revenir chercher les affaires que j'ai laissées dans la chambre. En tout cas, il le pensera jusqu'à ce soir quand il ne nous verra pas réapparaître.

Quarante minutes plus tard, après avoir dépassé le panneau indicateur de Chatham, elle aperçut le genre de motel qu'elle recherchait. L'enseigne lumineuse indiquait CHAMBRES LIBRES et il y avait un snack à proximité. Elle lut le nom de l'établissement à voix haute : « Le Shell and Dune. Ça fera l'affaire. » Elle quitta la route et s'arrêta près de la réception, prenant soin que personne ne puisse voir Kathy depuis le bureau.

Le réceptionniste était au téléphone et leva à peine les yeux en lui tendant un formulaire d'enregistrement. Redoutant toujours que le policier de Hyannis ne soit à ses trousses, elle n'utilisa pas le nom de Linda Hagen. Si ce type me demande une pièce d'identité, je lui refilerai mon propre permis de conduire. Elle inventa un numéro d'immatriculation et le griffonna sur l'imprimé. Elle était sûre que, plongé dans sa conversation, l'employé ne se donnerait pas la peine de le vérifier. Il prit l'argent correspondant au prix de la nuit et lui remit une clé d'un geste indifférent. Un peu rassurée, Angie reprit sa place au volant et fit le tour du motel.

« Elle est mieux que la précédente », dit-elle à voix haute en pénétrant dans la chambre, et elle glissa la valise sous le lit. Elle ressortit pour aller chercher Kathy, la détacha du siège sans qu'elle se réveille. L'enfant était brûlante de fièvre. Je peux au moins lui donner de l'aspirine pour bébés. Elle en a déjà pris et ne la recrache pas.

Mais il lui fallait d'abord appeler Clint.

Il répondit immédiatement. « Bon sang, s'écria-t-il, où es-tu passée ? Pourquoi n'as-tu pas téléphoné plus tôt ? Je suis resté ici à me ronger les sangs, à me demander si tu n'étais pas en tôle.

– Le gérant du motel où j'étais descendue était trop curieux. Je me suis cassée.

– Où es-tu ?

– Au Cape Cod.

– Au Cape Cod ?

– C'est un bon endroit pour se planquer. Et je connais le coin. Clint, la gosse est vraiment malade, et ce flic dont je t'ai parlé, celui qui m'a forcée à acheter un siège enfant, il a noté le numéro d'immatriculation de la camionnette. Il a des soupçons. J'en suis sûre. Je suis descendue dans un autre motel. Il est situé sur la route 28, dans un bled du nom de Chatham. Tu m'as dit que tu y étais venu quand tu étais môme. Tu dois savoir où ça se trouve.

– Oui, je sais. Ecoute, ne bouge pas. Je vais prendre l'avion pour Boston puis louer une voiture. Il

286

est trois heures et demie. Je devrais être là vers neuf heures, au plus tard à neuf heures et demie.

– Tu t'es débarrassé du lit d'enfant ?

– Je l'ai démonté et planqué dans le garage. Tu sais bien que je n'ai plus la camionnette pour le transporter. Ce n'est pas le lit qui me tracasse en ce moment. Tu imagines dans quel pétrin tu m'as fourré, hein ? Obligé de rester ici parce que c'est le seul téléphone où tu pouvais me joindre. Je n'ai plus, en tout et pour tout, que quatre-vingts dollars et ma carte de crédit. Et maintenant, tu te fais remarquer par les flics, sans parler de la vendeuse du magasin où tu as acheté les vêtements pour les gosses en utilisant ma carte. Elle a eu des soupçons, elle est venue traîner par ici.

– Pourquoi ? »

La peur perçait dans la voix aiguë d'Angie.

« Soi-disant pour remplacer deux T-shirts, mais j'ai bien vu qu'elle voulait surtout fourrer son nez dans nos affaires. C'est pourquoi il faut que je me barre rapido, et c'est pourquoi il faut que tu restes sans bouger jusqu'à mon arrivée. Compris ? »

Je suis resté coincé ici, à attendre du matin au soir, à me faire un sang d'encre à la pensée que les flics avaient mis la main sur toi et la gosse, et par la même occasion sur le fric, ragea Clint intérieurement. Tu as tout foutu en l'air. Attends un peu que je te retrouve.

« D'accord, Clint. Je regrette d'avoir tué Lucas. Tu sais, j'ai seulement pensé que ce serait chouette d'avoir un enfant et le million en entier pour nous deux. Je sais qu'il était ton ami. »

Clint ne lui dit pas qu'il redoutait surtout une

chose, c'était que le FBI se mette à sa recherche quand ils sauraient qu'il avait partagé la cellule de Lucas à Attica. En tant que Clint Downes, il ne craignait rien. Mais si jamais ils vérifiaient ses empreintes digitales, ils ne mettraient pas long-temps à comprendre que Clint Downes n'existait pas.

« Pense pas à Lucas. Comment s'appelle ton motel ?

– Le Shell and Dune. C'est un drôle de nom, tu ne trouves pas ? Je t'aime, Clint.

– Bon, bon. Comment va la gosse ?

– Elle est malade. Elle a beaucoup de fièvre.

– Donne-lui de l'aspirine.

– Clint, je n'ai plus envie de l'avoir sur les bras. Je ne la supporte plus.

– Tu connais la solution. On la laissera dans la camionnette quand on ira la balancer dans l'eau. Au cas où tu ne l'aurais pas remarqué, la flotte ne manque pas dans les environs.

– D'accord, d'accord. Clint, je ne sais pas ce que je ferais sans toi. Je t'assure. Tu es drôlement malin. Lucas se croyait plus intelligent que toi, mais il se trompait. J'ai hâte que tu arrives.

– Je sais. Toi et moi. Tous les deux seuls. La belle vie. »

Clint raccrocha. « Et si tu avales tout ça, c'est que tu es encore plus idiote que je ne le croyais », conclut-il à voix haute.

66

« J E NE CROIS PAS que Kelly puisse communiquer avec sa sœur, avait déclaré Tony Realto avant de quitter la maison des Frawley en compagnie du commissaire Gunther. Mais je pense, en revanche, qu'elle peut nous donner des indications sur les personnes qui les détenaient, sur l'endroit où elles étaient cachées, laisser échapper quelque chose qui nous mettrait sur la piste. C'est pourquoi j'aimerais que quelqu'un recueille tout ce qu'elle dit, éveillée ou dans son sommeil, et l'interroge si elle mentionne quoi que ce soit se rapportant à l'enlèvement.

– Acceptez-vous au moins la possibilité que Kathy soit vivante ?

– Madame Frawley, à ce stade de l'enquête, nous allons procéder en nous fondant non pas sur la *probabilité*, mais sur *l'hypothèse* que Kathy serait vivante. Cependant, je ne veux pas que cela se répande. Il est préférable de laisser croire que nous la tenons pour morte. »

Après leur départ, Kelly s'assoupit près de ses poupées. Steve glissa un oreiller sous sa tête et l'enveloppa d'une couverture. Puis Margaret et lui s'installèrent à côté d'elle.

L'agent Carlson et Sylvia Harris étaient encore à la table de la salle à manger. « Docteur, dit lentement Carlson, je reste sceptique, mais cela ne signifie pas que le comportement de Kelly ne nous ait pas ébranlés. Je vous ai déjà posé la question, je vais la poser d'une manière différente cette fois. Vous croyez, apparemment, que les jumelles communiquent l'une avec l'autre, mais ne pensez-vous pas que Kelly pourrait tout simplement mimer ce qui leur est arrivé pendant qu'elle était loin de chez elle ?

– Kelly avait une marque au bras quand on l'a amenée à l'hôpital après l'avoir retrouvée, répondit fermement Sylvia Harris. En la voyant, j'ai dit que c'était la marque d'un méchant pinçon et qu'à ma connaissance ce genre de mauvais traitement était en général le fait d'une femme. Hier après-midi, Kelly a poussé un cri. Steve a cru qu'elle s'était cognée contre la table de l'entrée. Margaret a compris qu'elle réagissait à la douleur qu'éprouvait Kathy. Monsieur Carlson, Kelly a une vilaine marque au bras à nouveau. Je suis prête à parier qu'elle correspond à un pinçon infligé à Kathy. Croyez-le ou non. »

Ses origines nordiques et son métier avaient appris à Walter Carlson à dissimuler ses émotions. « Si vous ne vous trompez pas..., commença-t-il.

– Je ne me trompe pas, monsieur Carlson.

– Dans ce cas, Kathy se trouve peut-être entre les mains d'une femme violente.

– Je suis heureuse que vous l'admettiez. Mais inquiète aussi. Elle est très malade. Souvenez-vous des gestes de Kelly envers la poupée de Kathy. Elle la soignait comme si elle avait de la fièvre. Elle lui mettait un linge mouillé sur le front. Ce sont les gestes de Margaret lorsque l'une des jumelles a de la température.

– L'une des jumelles ? Vous voulez dire qu'elles ne tombent pas malades toutes les deux en même temps ?

– Ce sont deux êtres humains aux individualités distinctes. Ceci dit, Kelly a en effet toussé la nuit dernière bien qu'elle ne souffre pas du moindre rhume. Elle n'avait aucune raison de tousser, à moins qu'elle ne s'identifie à Kathy. Je crains que Kathy ne soit gravement malade.

– Sylvia... »

Margaret se tenait devant eux.

« Kelly a-t-elle dit quelque chose ?

– Non, mais je voudrais que vous restiez avec Steve auprès d'elle. Monsieur Carlson... Walter, voudriez-vous me conduire au magasin où j'ai acheté les robes ? Je n'ai cessé de réfléchir. J'étais hors de moi hier parce que je savais que quelqu'un avait fait du mal à Kathy, mais je dois absolument parler à cette vendeuse. Je suis convaincue qu'elle a des soupçons. Elle était en congé hier. Si elle n'est toujours pas là aujourd'hui et que vous êtes avec moi, ils ne pourront pas refuser de nous communiquer son numéro de téléphone et son adresse. »

Carlson se leva. Il reconnut l'expression que trahissait le visage de Margaret Frawley. C'était celle d'une femme déterminée, persuadée du bien-fondé de sa mission.

« Allons-y, dit-il. Peu importe où se trouve cette vendeuse. Nous la trouverons, et lui parlerons en personne. »

67

L E JOUEUR DE FLÛTE avait appelé Clint toutes les trente minutes. Un quart d'heure après le coup de téléphone d'Angie, il rappela. « Avez vous de ses nouvelles ?

– Elle est au Cape Cod, dit Clint. Je vais prendre l'avion à destination de Boston et louer une voiture pour la rejoindre.

– Où est-elle ?

– Planquée dans un motel à Chatham. Elle a déjà failli se faire pincer par un flic.

– Quel motel ?

– Il a pour nom le Shell and Dune.

– Que comptez-vous faire une fois là-bas ?

– Exactement ce que vous pensez. Ecoutez, le chauffeur de taxi est en train de klaxonner comme un malade. Il ne peut pas franchir la grille.

– Bon, nos chemins se séparent à partir de maintenant. Bonne chance, mon vieux. »

Le Joueur de Flûte raccrocha, attendit, puis composa le numéro d'une compagnie de jets privés. « J'ai besoin d'un avion dans une heure au départ de Teterboro, pour me déposer à l'aéroport le plus proche de Chatham au Cape Cod. »

68

ELSIE n'avait pas eu l'occasion de regarder un seul journal de toute la journée. Son travail au MacDonald's, près du centre commercial de Cape Cod, ne lui laissait guère le temps de lire, et ce samedi-là elle s'était hâtée d'aller chez sa fille à Yarmouth pour y prendre sa petite-fille âgée de six ans. Comme Elsie aimait à le dire, Debby et elle s'entendaient comme larrons en foire et elle jouait volontiers les baby-sitters chaque fois qu'elle le pouvait.

Elsie avait appris avec émotion l'enlèvement des petites Frawley. La pensée que quelqu'un pourrait kidnapper Debby, puis la tuer, était trop horrible pour qu'elle puisse même l'envisager. Au moins, les Frawley en avaient-ils retrouvé une, pensait-elle, mais quelle douleur de perdre un enfant !

Aujourd'hui Debby et elle étaient dans la cuisine, occupées à confectionner des biscuits. « Comment va ton fiancé pour rire ? » demanda-t-elle à Debby qui garnissait le moule de pâte parsemée de pépites de chocolat.

« Oh, Nana, tu as oublié. Je n'ai plus de fiancé pour rire. J'en avais un quand j'étais petite. »

Debby secoua la tête avec conviction, agitant ses boucles châtaines sur ses épaules.

« Bien sûr. » Les yeux d'Elsie pétillèrent. « Je me suis souvenue de ce fiancé parce qu'il y avait un petit garçon au restaurant aujourd'hui. Il m'a dit qu'il s'appelait Stevie ; et lui aussi, il a une petite amie : Kathy.

– Regarde, mon biscuit va être énorme », annonça Debby.

Oublié son intérêt pour les fiancés ! C'est étrange à quel point ce petit garçon m'est resté dans la tête, pensa Elsie. La mère semblait si pressée. Le pauvre a tout juste eu le temps d'avaler quelques bouchées.

Quand elles eurent enfourné le moule, elle alla s'asseoir dans son fauteuil inclinable et déplia le journal. Les derniers développements de l'affaire Frawley s'étalaient en première page : LE FBI RECHERCHE ACTIVEMENT LES RAVISSEURS. Elsie retint difficilement ses larmes à la vue de la photo des jumelles devant leur gâteau d'anniversaire. Elle parcourut l'article. La famille ne sortait pas de chez elle. Le FBI avait confirmé que l'individu qui s'était suicidé, un homme se faisant appeler Lucas Wohl, avait laissé un billet dans lequel il avouait avoir tué Kathy, mais apparemment sans préméditation. Ses empreintes digitales avaient révélé qu'il s'agissait en réalité de Jimmy Nelson, autrefois incarcéré à la prison d'Attica pour plusieurs cambriolages.

Elsie secoua la tête et replia le journal. Ses yeux s'attardèrent sur la photo des jumelles en première page. Kathy et Kelly à leur troisième anniversaire, disait la légende. Qu'est-ce que... ? Cette photo lui rappelait quelque chose.

A cet instant, la sonnerie du four retentit. Debby lâcha le crayon qu'elle tenait à la main et leva les yeux de ses coloriages. « Nana, Nana, les biscuits sont cuits », s'écria-t-elle en courant vers la cuisine.

Elsie laissa le journal glisser sur le sol et la suivit.

69

APRÈS avoir quitté les Frawley, Jed Gunther se rendit directement au commissariat de Ridgefield. Plus impressionné qu'il n'avait voulu l'admettre devant les parents des jumelles ou les agents du FBI, il persistait, néanmoins, à douter de cette histoire de télépathie. A son avis, Kelly reproduisait simplement ce qu'elle avait vécu lors de son enlèvement.

Mais il était convaincu que Kathy Frawley était encore en vie au moment où Kelly avait été abandonnée dans la voiture avec le corps de Lucas Wohl.

Il s'arrêta devant le commissariat et franchit sous une pluie battante les quelques mètres qui le séparaient de l'entrée. Le temps devait soi-disant s'améliorer. Tu parles !

Le sergent de garde lui confirma que le commissaire Martinson était dans son bureau et le prévint par l'interphone. Gunther prit l'appareil. « Marty, je viens de quitter les Frawley et j'aimerais vous voir une minute.

– Bien sûr, Jed. Venez tout de suite. »

Agés de trente-six ans, les deux hommes s'étaient

connus à la maternelle. Entrés séparément à l'université, ils avaient choisi d'intégrer les forces de l'ordre. Leur autorité naturelle leur avait valu des promotions rapides et régulières, Martinson dans la police de Ridgefield et Jed dans la police d'Etat du Connecticut.

Au cours de leur carrière, ils avaient été témoins de bien des tragédies, y compris d'accidents qui avaient coûté la vie à de jeunes victimes, mais c'était la première fois qu'ils avaient à faire face à un kidnapping. Depuis l'appel des Frawley, leurs services avaient travaillé en étroite collaboration, en liaison avec le FBI. Le fait de n'avoir aucun indice jusqu'à présent les mettait en rage.

Jed serra la main de Martinson et prit place sur le fauteuil en face de lui. Des deux hommes, il était le plus grand et avait gardé une épaisse chevelure brune, tandis que Martinson commençait à grisonner et à montrer les signes d'une calvitie naissante. Tous deux donnaient la même impression d'intelligence et de fermeté.

« Comment ça se passe chez les Frawley ? » demanda Martinson.

Jed Gunther lui fit un bref résumé de la situation, terminant par : « Tu sais comme moi que la confession de Wohl est suspecte. Pour ma part, je suis persuadé que Kathy était encore en vie, jeudi matin, quand nous avons découvert sa sœur dans la voiture. Pendant que je me trouvais dans la maison aujourd'hui, j'ai à nouveau inspecté les lieux. Il ne fait aucun doute que deux personnes ont participé à l'enlèvement.

– C'est ce que je pense, dit Martinson. Il n'y a

pas de rideau dans la salle de séjour, seuls les stores vénitiens étaient partiellement baissés. Ils ont pu regarder par les fenêtres et voir la baby-sitter sur le canapé, occupée à téléphoner. Faire sauter le vieux verrou de la porte de la cuisine est un jeu d'enfant. L'escalier du fond est situé près de la porte, et ils savaient qu'ils pouvaient accéder rapidement à l'étage. On peut même se demander s'ils n'ont pas fait pleurer volontairement une des petites pour attirer la baby-sitter en haut. Si tu veux mon avis, ça s'est passé comme ça. »

Jed Gunther acquiesça. « Voilà comment je vois les choses. Ils ont éteint la lumière du couloir et se sont munis de chloroforme pour faire perdre conscience à la baby-sitter. Ils portaient sans doute des masques au cas où elle se serait retournée et les aurait vus de face. Ils n'auraient pas pris le risque de monter à l'étage sans savoir dans quelle chambre chercher les jumelles. Ils connaissaient les lieux. L'un d'eux s'était donc introduit dans la maison précédemment. Toute la question c'est de savoir quand, continua-t-il. Les Frawley ont acheté la maison "en l'état" après la mort de la vieille Mme Cunningham, ce qui explique le prix auquel ils l'ont payée.

– Quel que soit l'état de la maison, elle a dû faire l'objet d'une expertise avant que le prêt soit accordé, fit remarquer Martinson.

– C'est la raison qui m'amène ici, dit Gunther. J'ai lu les rapports, mais je voulais les examiner avec toi. Tes gars connaissent cette ville comme leur poche. Crois-tu que quelqu'un ait pu s'introduire dans la maison et s'en procurer le plan avant que les Frawley n'emménagent ? Le couloir de l'étage est très long et le plancher craque. Les portes des trois chambres que la famille n'utilise pas restent toujours fermées. Leurs charnières grincent. Les ravisseurs devaient savoir que les jumelles étaient dans une des deux chambres au fond du couloir.

– Nous avons parlé au type chargé de l'expertise, dit lentement Martinson. Il habite dans la région depuis trente ans. Personne n'est venu pendant qu'il examinait la maison. Deux jours avant l'arrivée des Frawley, l'agence immobilière a fait appel à une entreprise d'entretien pour faire le ménage. C'est une société familiale. Je m'en porte garant.

– Et Franklin Bailey ? A-t-il joué un rôle dans l'histoire ?

– J'ignore ce qu'en pensent les fédéraux, mais je dirais que non. D'après ce que j'ai entendu dire, le pauvre type a failli avoir une crise cardiaque. »

Jed se leva. « Je retourne au bureau. Je veux m'assurer que rien ne nous a échappé. Marty, je répète que je ne crois pas à cette histoire de télépathie, mais souviens-toi que Kathy toussait quand nous l'avons entendue sur la cassette. Si elle est en vie, elle est très malade, et le plus effrayant dans la lettre laissée par Lucas Wohl, c'est son aspect prémonitoire. Ils n'ont peut-être pas l'intention de la tuer, mais il est évident qu'ils ne vont pas l'emmener chez un médecin ; son portrait a fait la une de tous les journaux du pays. Et si elle n'est pas soignée, j'ai peur qu'elle ne survive pas. »

70

A L'AÉROPORT de La Guardia, Clint demanda au chauffeur de le déposer devant la porte de la Continental Airlines et non devant celle de la navette. Si le FBI était sur sa piste, mieux valait qu'ils ne devinent pas qu'il allait s'embarquer pour Boston ou Washington.

Il paya le taxi avec sa carte, attendit que le chauffeur l'ait passée dans sa machine en craignant qu'Angie ait fait d'autres achats et épuisé son crédit.

Son ressentiment à l'égard d'Angie augmentait de minute en minute. S'ils avaient laissé les deux fillettes dans la voiture et partagé le million, Lucas conduirait toujours sa limousine et continuerait de servir de chauffeur à Franklin Bailey comme d'habitude. Et la semaine suivante, Angie et lui auraient été en route vers la Floride, sans personne pour s'occuper de leurs affaires.

A présent, non seulement elle avait descendu Lucas, mais elle avait réduit à néant ce qui lui servait de couverture. Combien de temps faudrait-il à la police pour mettre la main sur l'ancien compagnon de cellule de Lucas qui avait disparu de la

300

circulation ? Pas longtemps. Clint savait comment fonctionnait le FBI. Et Angie, cette abrutie, qui avait payé les vêtements des mômes avec sa carte. Même cette imbécile de vendeuse avait été assez maligne pour se douter qu'il y avait du louche.

Il avait emporté un sac léger contenant deux chemises, des sous-vêtements, des chaussettes, une brosse à dents et son rasoir. Il traversa tout le terminal jusqu'au comptoir de la navette d'US Air, acheta un billet électronique. Le prochain vol pour Boston partait à six heures du soir. Il avait quarante minutes à perdre. Il n'avait pas déjeuné. Il se dirigea vers un bar, commanda un hot dog, des frites et un café. Il aurait aimé boire un scotch, mais se ravisa. Ce serait pour plus tard.

Quand sa commande arriva, il mordit une bouchée de son hot dog qu'il accompagna d'une gorgée de café amer. Il y avait à peine dix jours, Lucas et lui étaient tranquillement assis à la table de la cuisine du pavillon, à siroter leur scotch, se félicitant de la facilité avec laquelle tout s'était déroulé.

Cette andouille d'Angie, pensa-t-il, sentant à nouveau monter la colère en lui. Non contente d'attirer sur elle l'attention de ce flic de Cape Cod, elle se débrouille pour qu'il relève le numéro d'immatriculation de la camionnette. On pouvait être sûr qu'il était à sa recherche maintenant. Clint termina rapidement son repas, jeta un coup d'œil à l'addition et jeta des billets de un dollar usagés sur le comptoir, avec trente-huit cents de pourboire pour la serveuse. Il glissa à bas du tabouret, tira en vain sur sa veste pour la défroisser et se dirigea vers la porte d'embarquement du vol pour Boston.

Rosita, l'étudiante qui l'avait servi, le regarda partir avec une moue de dégoût. Ce type a oublié de mettre des vêtements propres, pensa-t-elle. J'en voudrais pas chez moi. Quel plouc. Bon, au moins n'a-t-il pas l'air bien méchant.

71

ALAN HART, l'employé de nuit du Soundview, prit son service à sept heures du soir. Dès son arrivée, David Toomey, le gérant du motel, le mit au courant du vol du siège enfant, que Linda Hagen, la femme du A-49, avait signalé à l'agent Tyron. « Je suis sûr qu'elle mentait, dit Toomey. Je suis prêt à parier qu'elle n'a jamais eu de siège enfant. Al, as-tu pensé à jeter un coup d'œil à sa camionnette quand elle s'est pointée hier soir ?

– Oui », répondit Hart, le visage plissé sous l'effet de la concentration. « J'inspecte toujours les véhicules à leur arrivée, tu le sais. C'est pour cette raison que j'ai demandé qu'on installe ce nouvel éclairage à l'extérieur. La femme, une petite maigrelette, est arrivée un peu après minuit. J'ai bien vu sa camionnette, mais pas qu'elle avait un gosse à l'intérieur. Il devait dormir sur la banquette arrière, mais je suis certain qu'il n'était pas dans un siège enfant.

– Ça m'a agacé de voir Sam Tyron débarquer ici, dit Toomey. Il voulait savoir si nous avions eu d'autres problèmes de vol. Après son départ, j'ai parlé avec cette Mme Hagen. Elle a un petit garçon, pas plus de trois ou quatre ans à mon avis. Je lui ai conseillé de l'emmener à l'hôpital. Il respirait mal, comme s'il avait de l'asthme.

– Est-ce qu'elle t'a écouté ?

– J'en sais rien. Elle a prétendu qu'elle attendait sa mère et qu'elles iraient ensemble.

– Elle s'est inscrite jusqu'à demain matin. Elle a payé d'avance, avec une liasse de billets de vingt. Si tu veux mon avis, elle avait plutôt rendez-vous avec son jules, et c'est elle qui tient les cordons de la bourse.

– Est-elle revenue avec le gosse ? demanda Hart.

– Je crois pas. Peut-être devrais-je frapper à la porte avant de partir et demander de ses nouvelles.

– Cette femme te paraît louche ?

– Je me fiche complètement d'elle, Al. Je pense seulement qu'elle ne se rend pas compte à quel point cet enfant est malade. Si elle n'est pas là, tant pis. Mais je m'arrêterai au commissariat en partant, et je leur ferai savoir qu'il n'y a eu aucun vol au motel la nuit dernière.

– D'accord. Je vais ouvrir l'œil, au cas où elle réapparaîtrait. »

Avec un geste de la main, David Toomey sortit du bureau, tourna sur sa droite et se dirigea vers la chambre A-49. On ne voyait aucune lumière filtrer derrière le store baissé. Il frappa, attendit. Puis, après une brève hésitation, il prit son passe, l'introduisit dans la serrure, ouvrit la porte, alluma la lumière et pénétra à l'intérieur.

Il vit immédiatement que Linda Hagen avait l'intention de revenir. Il y avait une valise ouverte sur le sol, remplie d'affaires de femme. Un blouson d'enfant était en évidence sur le lit. Tom haussa les sourcils. Ce vêtement était déjà là quand il s'était présenté au début de l'après-midi. Serait-il possible qu'elle ait emmené ce gosse dehors sans le couvrir ? Peut-être s'était-elle contentée de l'envelopper dans une couverture. Il alla regarder dans la penderie et constata que la couverture supplémentaire ne s'y trouvait pas. Il hocha la tête. Bien vu.

Il lui suffit d'un bref coup d'œil dans la salle de bains pour voir les produits de beauté et articles de toilette sur la tablette du lavabo. Elle va revenir, pensa-t-il. Peut-être ont-ils gardé le gosse à l'hôpital. Je l'espère. Je m'en vais maintenant. Comme il s'apprêtait à rebrousser chemin, quelque chose sur le sol attira son attention. Il se pencha. C'était un billet de vingt dollars.

La frange orange et marron du couvre-lit était relevée. Au moment où il s'agenouillait pour la remettre en place, il écarquilla les yeux. Il y avait au moins une douzaine de billets de vingt dollars éparpillés sous le lit. Sans en toucher aucun, il se releva lentement. Cette femme est cinglée, pensa-t-il. Elle a dû planquer son argent dans un sac sous le lit, sans même se rendre compte qu'elle en avait semé une partie.

Il secoua la tête, éteignit la lumière et sortit. Il était resté debout toute la journée et avait hâte de rentrer chez lui. Il hésita à téléphoner au commissariat, décida plutôt de s'y arrêter. Je veux qu'ils inscrivent qu'il n'y a eu aucun vol dans mon motel, et s'ils veulent poursuivre cette dénommée Hagen pour avoir menti à un représentant de la loi, c'est leur boulot.

72

« LILA est partie plus tôt aujourd'hui », expliqua Joan Howell à Margaret Frawley et à Walter Carlson. « Elle était allée faire une course à l'heure du déjeuner et est revenue les cheveux trempés. Je lui ai demandé ce qu'elle avait eu de si urgent à faire et elle a répondu qu'elle s'était déplacée pour rien. Ensuite, elle a quitté son travail plus tôt parce qu'elle craignait d'avoir pris froid. »

S'efforçant de garder son calme, Margaret serra les lèvres. Elle avait déjà dû endurer les questions et les témoignages de compassion de Joan Howell.

Walter Carlson avait sorti sa carte. Il attendit le moment où Joan Howell reprenait sa respiration pour l'interrompre. « Madame Howell, il me faut le numéro du portable de Mlle Jackson, le téléphone de son domicile et son adresse. »

Elle parut décontenancée, jeta un regard inquiet autour d'elle. Les clientes du samedi après-midi se pressaient dans le magasin. Les plus proches d'entre elles les contemplaient avec une curiosité non dissimulée. « Bien sûr, fit-elle, bien sûr. J'espère que Lila n'a pas d'ennuis. C'est la femme la plus gentille que vous puissiez imaginer. Intelligente. Ambitieuse. Je lui dis souvent : "Lila, ne vous avisez pas d'ouvrir votre propre boutique et de nous faire concurrence." »

L'expression qu'elle vit apparaître sur les visages de Margaret et de l'agent Carlson coupa court à ses propos sur l'avenir radieux de Lila. « Suivez-moi dans mon bureau », leur dit-elle.

La pièce était à peine assez grande pour contenir un bureau, une chaise et un classeur. Une femme d'une soixantaine d'années leva les yeux derrière ses lunettes perchées sur le bout de son nez.

« Jean, voulez-vous donner l'adresse de Lila et ses numéros de téléphone à Mme Frawley ? » Le ton indiquait à ladite Jean qu'elle avait intérêt à s'exécuter.

L'envie d'exprimer sa sympathie à Margaret mourut sur les lèvres de Jean Wagner à la vue de son visage fermé. « Je vais les noter pour vous », dit-elle vivement.

Margaret dut se retenir pour ne pas lui arracher le papier des mains. Murmurant un rapide merci, elle quitta la pièce, suivie de Carlson.

« Pourquoi tout ce foin ? demanda Jean Wagner à Joan Howell.

– Mme Frawley est venue accompagnée d'un agent du FBI. Il n'a pas pris la peine de me donner des explications. Mais hier, quand Mme Frawley a débarqué ici comme une folle, elle a dit que Lila avait vendu des vêtements pour des jumelles à une cliente qui ne semblait pas connaître leur taille. Je ne sais pas pourquoi c'est devenu tellement important maintenant. Entre nous, je pense que cette

307

pauvre Margaret Frawley devrait se mettre au lit et prendre des calmants jusqu'à ce qu'elle soit en mesure de surmonter son chagrin. C'est la raison pour laquelle on a créé un groupe de soutien à la paroisse. Quand ma mère est morte, ils m'ont aidée de façon remarquable. Sinon, je me demande comment je m'en serais sortie. »

Dans son dos, Jean Wagner leva les yeux au ciel. La mère de Joan Howell était morte à quatre-vingt-seize ans, et elle avait fait tourner sa fille en bourrique avant d'être rappelée auprès de son créateur. Mais c'était ce que venait de dire Joan Howell qui l'étonnait.

Lila pensait qu'il y avait quelque chose de bizarre chez cette femme, se rappela Jean. Je lui ai obtenu son adresse par l'intermédiaire de la société de cartes de crédit. Je m'en souviens : Mme Clint Downes, 100 Orchard Street à Danbury.

Joan Howell s'apprêtait à sortir. Jean Wagner ouvrit la bouche pour la rappeler, puis se ravisa. A Lila de leur dire qui est cette femme, décida-t-elle. Joan est déjà de mauvaise humeur. Elle me reprochera d'avoir enfreint le règlement en communiquant à Lila cette adresse. Je ferais mieux de m'occuper de mes oignons.

73

APRÈS avoir couché Kathy sur un coussin posé sur le sol de la salle de bains, Angie avait ouvert la douche en grand afin de remplir la petite pièce de vapeur. Elle était parvenue à lui faire avaler deux aspirines pour enfants.

Elle se sentait de plus en plus nerveuse. « Ne t'avise pas de mourir dans mes bras, dit-elle à Kathy. Il ne manquerait plus qu'un de ces fouineurs de réceptionnistes vienne cogner à la porte et que tu aies cessé de respirer. Je voudrais bien pouvoir te faire avaler encore un peu de pénicilline. »

A la réflexion, elle commençait à se demander si Kathy n'était pas allergique à la pénicilline. Des taches rouges étaient apparues sur ses bras et sa poitrine, de plus en plus nombreuses. Elle se rappelait maintenant qu'un des types avec qui elle était sortie pendant un moment était allergique à la pénicilline. Il avait eu une éruption de boutons sur tout le corps.

« J'espère que c'est pas ce qui t'arrive, dit-elle. C'était idiot de ma part de venir au Cape Cod. J'ai oublié que j'ai deux ponts à traverser si jamais je dois filer, et maintenant il est possible que la police soit là, à m'attendre. Au diable ce vieux Cape Cod. »

Kathy n'ouvrit pas les yeux. Elle avait du mal à respirer. Elle voulait sa maman. Elle voulait être à la maison. Elle voyait Kelly dans sa tête. Elle était assise par terre avec leurs poupées. Elle entendait Kelly demander où elle était.

Bravant l'interdiction de parler, elle remua les lèvres et murmura : « Cape Cod. »

Kelly s'était réveillée, mais ne voulait pas bouger du salon. Sylvia Harris lui apporta un plateau avec du lait et des biscuits et le déposa sur la table de poupée autour de laquelle étaient installés les nounours, mais Kelly n'y toucha pas. Assis en tailleur sur le tapis, Steve ne l'avait pas quittée des yeux.

Il rompit le silence. « Sylvia, vous souvenez-vous du moment de leur naissance ? Margaret avait dû subir une césarienne, il y avait une minuscule membrane qu'il a fallu sectionner entre le pouce droit de Kelly et le pouce gauche de Kathy.

– Oui, je m'en souviens. Dans le sens strict du terme, elles sont non seulement sœurs jumelles, mais conjointes.

– Sylvia, comprenez-moi, je ne veux pas me laisser aller à de faux espoirs... » Il s'interrompit. « Mais maintenant, même les agents du FBI reconnaissent qu'il existe une possibilité que Kathy soit vivante. Mon Dieu, si seulement nous savions où elle se trouve, où la chercher. Croyez-vous qu'il soit possible que Kelly le sache ? »

Kelly leva les yeux. « Je *sais*. »

Sylvia Harris leva la main comme pour avertir Steve. « Où est-elle, Kelly ? demanda-t-elle doucement, sans manifester la moindre émotion.

– Kathy est dans ce vieux Cape Cod. Elle vient de me le dire. »

Sylvia dit en chuchotant : « Quand Margaret était dans son lit avec Kelly ce matin, elle a raconté qu'elle avait roulé en voiture sans savoir où elle allait. Elle m'a dit qu'elle avait vu le panneau CAPE COD et compris qu'elle devait faire demi-tour. C'est là que Kelly a entendu prononcer les mots Cape Cod. »

Kelly fut prise d'une quinte de toux. Sylvia la souleva dans ses bras, la mit sur le ventre en travers de ses genoux et lui donna un coup entre les omoplates.

Kelly se mit à pleurer. Sylvia la prit contre elle et nicha la tête de l'enfant dans son cou. « Oh, ma chérie, je te demande pardon, dit-elle doucement. J'ai cru que tu avais mis quelque chose dans ta bouche et que tu t'étouffais.

– Je veux rentrer à la maison, sanglota Kelly. Je veux ma maman. »

74

WALTER CARLSON sonna à la porte de la modeste habitation de Lila Jackson à Danbury. En chemin, il avait tenté de la joindre au téléphone, mais la ligne était occupée et son portable ne répondait pas. « Au moins savons-nous qu'il y quelqu'un chez elle », avait-il dit pour rassurer Margaret, fonçant sans se soucier des limitations de vitesse. « Il faut absolument qu'elle soit là », avait répondu Margaret.

Maintenant, entendant des bruits de pas se rapprocher de l'entrée, elle murmura : « Oh, mon Dieu, faites qu'elle puisse nous apprendre quelque chose. »

La mère de Lila ouvrit la porte. Son sourire de bienvenue s'évanouit à la vue des deux inconnus qui se tenaient dans la galerie de la maison. D'un geste vif, elle referma la porte et engagea la chaîne de sécurité.

Sans lui laisser le temps de parler, Carlson avait sorti sa carte et la lui présentait. « Je suis l'agent Walter Carlson, dit-il d'un ton cassant. Et voici Margaret Frawley, la mère des deux jumelles qui ont été

312

kidnappées. Votre fille Lila lui a vendu leurs robes d'anniversaire. Nous sommes passés chez Abby's Discount. Mme Howell nous a dit que votre fille était partie plus tôt parce qu'elle ne se sentait pas bien. Il faut que nous lui parlions. »

La mère de Lila détacha la chaîne et bredouilla des excuses. « Je suis désolée. A notre époque, on n'est jamais trop prudent. Entrez. Entrez, je vous prie. Lila se repose dans le petit salon. Entrez. »

Mon Dieu, faites qu'elle nous dise quelque chose qui puisse nous aider, pensait Margaret. S'il vous plaît, s'il vous plaît. Elle aperçut son reflet dans la glace de l'entrée en face de la porte. Elle avait noué ses cheveux en chignon ce matin, mais le vent l'avait défait et des mèches pendaient dans son cou. Des cernes sombres sous ses yeux soulignaient son teint livide, et son regard était morne, terriblement las. Le coin de sa bouche tremblait. Elle s'était si souvent mordu la lèvre inférieure qu'elle était gonflée et craquelée.

Je ne m'étonne pas que cette femme ait refermé sa porte en me voyant, se dit-elle. Elle oublia toute considération touchant à son apparence dès qu'elle fut entrée dans le petit salon. Une silhouette était confortablement installée sur le canapé.

Enveloppée d'une couverture, Lila portait une robe de chambre molletonnée. Elle avait allongé ses jambes sur un pouf et buvait une tasse de thé. Elle leva les yeux et reconnut Margaret. « Madame Frawley ! » s'écria-t-elle en se levant à demi pour poser sa tasse sur la table basse.

Margaret l'arrêta.

« Je vous en prie, ne vous levez pas. Je suis

confuse de vous envahir ainsi, mais je dois vous parler. C'est à propos d'une chose que vous m'avez dite le jour où j'ai acheté les robes de mes petites filles.

— Lila m'en a parlé, l'interrompit Mme Jackson. En réalité, elle voulait aller à la police à ce sujet, mais mon ami Jim Gilbert, qui en connaît un bout sur la question, le lui a déconseillé.

— Mademoiselle Jackson, que vouliez-vous dire à la police ? » Le ton de Carlson exigeait une réponse sans détour.

Le regard de Lila passa du policier à Margaret. Elle vit l'espoir intense dans les yeux de Margaret. Sachant qu'elle allait la décevoir, elle répondit directement à Carlson. « Comme je l'ai dit à Mme Frawley ce jour-là, je venais justement de vendre des vêtements à une cliente qui les achetait pour ses jumelles de trois ans, mais ne savait pas quelle taille prendre. Après l'enlèvement, j'ai cherché son nom mais, comme ma mère vient de le dire, Jim, qui est inspecteur de police à la retraite, a estimé que cela ne valait pas la peine d'être signalé. » Elle regarda Margaret. « Ce matin, quand j'ai appris que vous étiez venue hier au magasin pour me voir, j'ai décidé que j'irais voir cette femme pour lui parler pendant la pause du déjeuner.

— Vous savez qui elle est ? » demanda Margaret, stupéfaite.

Elle a dit à Joan Howell qu'elle s'était déplacée pour rien, se rappela Carlson, l'air sombre.

« Elle s'appelle Angie. Elle vit avec le gardien du country club dans un pavillon situé en bordure du terrain de golf. J'ai inventé une histoire, prétendant

314

que les T-shirts que je lui avais vendus avaient un défaut. Mais son ami m'a raconté qu'Angie, qui fait parfois du baby-sitting, était partie dans le Wisconsin avec une mère de famille et ses deux enfants. Il m'a dit que les deux enfants n'avaient même pas un an de différence. La mère était en route pour prendre Angie au passage quand elle s'est aperçue qu'elle avait oublié une des valises et elle a téléphoné pour demander à Angie d'aller acheter les vêtements dont ils avaient besoin. C'est ce qui explique pourquoi elle n'était pas sûre de leurs tailles. »

Margaret était restée debout. Sentant ses genoux faiblir, elle se laissa tomber dans un fauteuil, face au canapé. C'est sans issue, pensa-t-elle. Elle ferma les yeux et, pour la première fois, sentit la quitter l'espoir de retrouver Kathy avant qu'il soit trop tard.

Walter Carlson, cependant, ne paraissait pas tout à fait satisfait par ces explications. « N'avez-vous rien décelé indiquant que des enfants auraient pu séjourner dans cette maison, mademoiselle Jackson ? » demanda-t-il.

Lila secoua la tête. « C'est très exigu ; une petite salle de séjour, un coin repas sur la gauche séparé de la cuisine par un comptoir. La porte de la chambre était ouverte. Je suis certaine que cet homme, Clint, était seul. J'ai eu l'impression qu'Angie était partie.

— Clint vous a-t-il paru particulièrement nerveux ?

— Jim Gilbert le connaît bien, et il connait sa petite amie, intervint la mère de Lila. C'est pourquoi il a conseillé à ma fille de ne pas s'en mêler. »

Tout ça ne sert à rien, se dit Margaret. C'est

inutile et sans espoir. Elle sentit la tension qui l'habitait faire place à une douleur sourde. *Je veux rentrer à la maison. Je veux être avec Kelly.*

Lila répondait à la question de Carlson. « Non, je ne dirais pas que Clint, qu'il s'appelle comme ça ou autrement, avait l'air particulièrement nerveux. Il était couvert de sueur, mais j'ai pensé que c'était le genre de type grand et gros qui a naturellement tendance à transpirer. » Une expression de dégoût apparut sur son visage. « Son amie devrait lui offrir du déodorant. Il empestait. On se serait cru dans un vestiaire de footballeurs. »

Margaret la regarda fixement. « Qu'avez-vous dit ? »

Lila eut l'air embarrassé. « Madame Frawley, excusez-moi. Je n'avais pas l'intention de plaisanter. Dieu sait que j'aurais souhaité pouvoir vous aider.

– Mais vous nous avez aidés ! » s'écria Margaret.

S'animant soudain, elle bondit hors de son fauteuil, se tourna vers Carlson. Lui aussi avait saisi l'importance de la remarque de Lila.

La seule impression que Trish Logan, la baby-sitter, avait retenue de l'homme qui l'avait maîtrisée était qu'il était corpulent et sentait la transpiration.

75

IMPATIENT d'arriver au Cape Cod, le Joueur de Flûte enfila sous sa veste un sweater à capuche, se munit d'une vieille paire de lunettes noires et prit sa voiture pour se rendre à l'aéroport. Il pénétra dans le petit terminal où il trouva le pilote qui l'attendait. Leur échange fut bref. On lui annonça que l'avion était sur le tarmac, prêt à décoller. Comme il l'avait demandé, une voiture avec une carte de la région serait à sa disposition à l'aérodrome de Chatham. Le pilote resterait sur place pour le ramener dans la soirée.

Cinquante-six minutes plus tard, son avion atterrissait. Il était sept heures du soir. L'air vif et sec du Cape, le firmament constellé d'étoiles le surprirent. D'une certaine manière, il s'était attendu à trouver le même ciel voilé et pluvieux qui affectait la région de New York. Au moins la voiture était-elle conforme à ses désirs, une berline de taille moyenne, noire, semblable à la moitié de celles qui circulaient sur les routes. Un rapide coup d'œil sur la carte lui montra qu'il n'était pas très loin du Shell and Dune sur la route 28.

J'ai au moins une heure à perdre, si ce n'est plus, pensa-t-il. Clint a dû trouver de la place dans la navette de cinq heures trente. A moins qu'il n'ait pris le vol US Air de six heures. En ce moment même, il est probablement à Boston en train de louer une voiture. Le pilote m'a dit que le trajet de Chatham à Boston prenait environ une heure et demie. Je vais me garer dans les environs du motel et l'attendre.

Lors de sa conversation téléphonique avec Clint, il avait eu envie de lui demander le numéro d'immatriculation de la camionnette, mais il aurait risqué d'éveiller ses soupçons. Lucas lui avait dit que c'était un modèle ancien en mauvais état. Elle a certainement une plaque du Connecticut. Je ne devrais pas avoir de mal à la trouver dans le parking du motel, se dit-il.

Lucas lui avait fait un portrait ironique de Clint et d'Angie, mais il ne les avait jamais rencontrés. Prenait-il un risque inutile en venant jusqu'ici, en ne laissant pas à Clint le soin de se débarrasser de la femme et de l'enfant ? Qu'importait s'il gardait le million de dollars ? Mais une fois qu'ils seront tous morts, je pourrai dormir la nuit, songea-t-il. Lucas savait qui j'étais. Eux non. Comment être sûr qu'il n'a pas mis Clint au courant ? Je n'ai pas envie de le voir rappliquer quand il aura dépensé sa part de la rançon. Il pourrait se mettre en tête de vouloir partager les sept millions restants avec moi.

La circulation sur la route 28 était plus dense qu'il ne l'avait prévu. Je pense que Cape Cod est comme beaucoup d'autres lieux de villégiature,

318

pensa-t-il. De plus en plus de gens y vivent toute l'année.

Et alors ?

Il avait repéré la grande enseigne indiquant le Shell and Dune, sous laquelle clignotait une inscription au néon : CHAMBRES LIBRES. L'extérieur était en bardeaux peints en blanc avec des volets verts. Il avait meilleure apparence que les motels ordinaires qui se succédaient le long de la plupart des autoroutes. Il vit qu'après le panneau l'allée de l'entrée se scindait en deux. L'une des ramifications passait sous le surplomb du bureau de la réception, l'autre le contournait. Il quitta la route 28 et s'engagea dans la branche qui évitait le bureau. Ne souhaitant pas attirer l'attention, il conduisit à une vitesse normale, scrutant attentivement les alentours à la recherche de la camionnette. Il était certain qu'elle n'était pas garée devant la façade du motel qui donnait sur la route 28. Il fit le tour par-derrière. Davantage de voitures y étaient stationnées, probablement celles qui appartenaient aux clients logeant dans les chambres du premier étage. Tant mieux, pensa-t-il. Quand il aurait trouvé la camionnette, il pourrait chercher un emplacement voisin.

Si Angie a un brin de cervelle, elle aura préféré stationner à proximité du bâtiment. Les lumières de l'entrée éclairaient les voitures comme en plein jour. Le Joueur de Flûte ralentit, roula au pas, observant attentivement tous les véhicules qu'il dépassait.

Il l'aperçut enfin. Une sorte de vieille fourgonnette marron foncé ; au moins dix ans d'âge, un côté enfoncé, munie de plaques du Connecticut. Il y avait un emplacement inoccupé cinq voitures plus loin dans la rangée suivante. Le Joueur de Flûte se gara et alla discrètement inspecter la camionnette. L'éclairage était suffisant pour voir le siège enfant à l'arrière.

Il consulta sa montre. Il avait le temps et il avait faim. Il y avait un restaurant à une centaine de mètres. Il mit ses lunettes noires et traversa le parking d'un pas rapide. L'endroit était bondé. Parfait. Le seul siège libre était voisin du comptoir des plats à emporter. Au moment où il s'asseyait et consultait le menu, il entendit la femme debout à côté de lui commander un hamburger, un café et un sorbet à l'orange.

Le Joueur de Flûte tourna brusquement la tête. Avant même d'avoir vu sa voisine, une brune aux cheveux raides, il avait reconnu l'intonation stridente et agressive de sa voix.

Il dissimula son visage derrière la carte. Il savait qu'il ne se trompait pas.

C'était Angie.

76

LE BUREAU du service de nettoyage Reliable
Cleaning était situé dans le sous-sol de l'immeuble où habitait Stan Shafter. Une heure
après sa conversation avec Jed Gunther, Marty Martinson résolut d'aller s'entretenir à nouveau avec
Shafter. Il avait vérifié les déclarations de ses deux
fils et des employées qui avaient nettoyé de fond en
comble la maison des Frawley la veille de l'installation de la famille. Les femmes de ménage avaient
toutes déclaré que personne n'avait pénétré dans la
maison pendant qu'elles étaient sur place.

En relisant leur déposition, il avait été frappé par
une omission. Aucune d'entre elles n'avait mentionné que Stan en personne était passé pendant
qu'elles étaient en train de faire le ménage, et pourtant il avait assuré avoir procédé à son inspection
habituelle. Si elles avaient négligé de mentionner
sa visite, il était possible qu'elles aient oublié de
signaler la présence de quelqu'un d'autre. Il décida
d'aller tirer ça au clair.

Stan Shafter en personne vint lui ouvrir la porte.
Soixante ans, robuste malgré sa petite taille, une

abondante chevelure rousse, des yeux marron au regard vif, il avait la réputation d'être toujours pressé. Marty nota qu'il était vêtu d'une canadienne, signe qu'il était sur le point de sortir ou qu'il venait de rentrer.

Il haussa les sourcils à la vue de son visiteur. « Entrez, Marty. Ou préférez-vous que je dise "commissaire" ?

— Marty conviendra, Stan. Pouvez-vous m'accorder deux minutes, à moins que vous soyez retenu ailleurs ?

— Je viens de rentrer ; je n'ai pas l'intention de bouger d'ici. Sonya m'a laissé un mot pour me prévenir que le téléphone n'avait pas cessé de sonner depuis le début de l'après-midi. Je dois prendre mes messages. »

En descendant l'escalier à la suite de Stan, Marty se réjouit de l'absence de sa femme. Bavarde invétérée, collectionneuse de potins, elle l'aurait harcelé de questions concernant l'enquête.

La pièce du sous-sol, revêtue de lambris en pin, rappela à Marty la salle de jeux de la maison de sa grand-mère. Un grand tableau derrière le bureau de Shafter était noirci de caricatures décrivant les divers aspects des travaux domestiques.

« J'en ai de nouvelles, Marty, dit Shafter. Très drôles. Venez voir.

— Plus tard, répondit Marty. Stan, il faut que je vous parle de la maison des Frawley.

— Si vous voulez, mais vos hommes nous ont déjà fait subir un interrogatoire en règle après l'enlèvement.

— Je sais, pourtant il reste quelques points à

éclaircir. Comprenez-moi, nous sommes obligés de traquer la moindre incohérence, aussi banale soit-elle, si nous voulons retrouver les ravisseurs.

– D'accord. Mais j'espère que vous n'insinuez pas que mon personnel vous a menti. »

Le ton sec de Shafter et la façon dont il se redressa sur son fauteuil rappelaient un coq en colère.

« Non, nous ne soupçonnons personne de chez vous, Stan, le rassura Marty. Et il s'agit probablement d'une des innombrables fausses pistes que nous avons suivies jusqu'ici. En résumé, nous croyons que quelqu'un s'est introduit en douce dans la maison et savait à l'avance dans quelle chambre allaient dormir les jumelles. C'est une vieille demeure, beaucoup plus grande qu'elle ne le paraît de l'extérieur. Elle comporte cinq chambres, dont chacune aurait pu servir de chambre d'enfants, et pourtant, quelqu'un savait *exactement* vers laquelle se diriger. Les Frawley ont emménagé le lendemain du jour où vos employées ont terminé leur nettoyage. Margaret Frawley affirme n'avoir reçu aucun visiteur inconnu avant l'enlèvement. Difficile d'imaginer que quelqu'un aurait eu l'audace de pénétrer dans la maison et d'en relever le plan.

– Vous voulez dire que...

– Je veux dire que quelqu'un savait précisément où se rendre à l'étage. Je pense que personne parmi votre personnel ne nous aurait menti délibérément. Mais dans votre déposition, vous déclarez avoir fait votre tour d'inspection en fin de journée. Et cela n'a pas été mentionné.

– Les femmes ont sans doute cru que vous cherchiez à savoir si un inconnu était entré dans la maison pendant qu'elles étaient sur place. Vous devriez les interroger à nouveau. Elles seront bientôt de retour.

– L'un ou l'une d'entre vous savait-il quelle chambre devaient occuper les enfants ?

– Nous le savions tous. Les parents avaient prévu de venir le soir même pour la repeindre. Il y avait des pots de peinture bleue dans la grande chambre du fond, et le tapis blanc était roulé dans le coin. Ils avaient même apporté une partie des jouets et un cheval à bascule.

– En avez-vous parlé avec quelqu'un ?

– Uniquement avec Sonya. Vous connaissez ma femme, Marty. C'est une enquêtrice dans l'âme. Elle avait visité cette maison voilà des années, quand la vieille Mme Cunningham y avait organisé une sorte de vente de charité. Croyez-le ou non, elle aurait voulu que je l'achète à la mort de Mme Cunningham. Il n'en était pas question, bien sûr. »

Stan eut un sourire indulgent. « Sonya était tout excitée quand elle a appris que deux sœurs jumelles allaient habiter cette maison. Elle voulait savoir si elles dormiraient dans la même chambre ou séparément, quel papier on avait tendu sur les murs. Je lui ai dit que les jumelles partageraient la même chambre, la grande pièce dans l'angle du fond, et je lui ai raconté qu'elle serait peinte en bleu ciel et que le sol serait recouvert d'une moquette blanche. Puis j'ai ajouté : "Sonya, maintenant laisse-moi boire une bière tranquillement avec Clint."

– Clint ?

– Clint Downes. C'est le gardien du country club

de Danbury. Je le connais depuis des années. Nous sommes chargés du nettoyage annuel avant l'ouverture du club. Clint était à la maison quand je suis rentré de chez les Frawley, et je l'ai invité à boire une bière avec moi. »

Marty se leva et ramassa sa casquette d'uniforme. « Bon, si un souvenir vous revient, appelez-moi, Stan.

– Certainement. Quand je regarde mes petits-enfants et que j'imagine que l'un d'eux pourrait avoir disparu pour de bon... c'est affreux. »

Marty s'apprêtait à remonter au rez-de-chaussée. Sur la première marche de l'escalier, il se retourna. « Stan, ce type, Downes. Savez-vous où il habite ?

– Oui, dans le pavillon situé sur le terrain de golf.

– Il vient souvent vous rendre visite ?

– Non. Il voulait me prévenir qu'il avait accepté un boulot en Floride et qu'il allait bientôt partir. Il pensait que je connaîtrais peut-être quelqu'un qui aimerait prendre sa place au club. » Stan s'esclaffa. « Je sais que Sonya peut en barber plus d'un, mais Clint a été assez poli pour l'écouter pendant qu'elle lui rapportait par le menu ce que je lui avais dit à propos de la maison des Frawley.

– Bien. A bientôt. »

Au volant de sa voiture, sur le chemin du commissariat, Marty passa en revue tout ce que Shafter lui avait dit. Danbury n'est pas dans mon secteur, cependant je vais appeler Carlson et lui passer le tuyau, décida-t-il. C'est probablement une fausse piste de plus, mais puisque nous sommes tous en train de nous accrocher au moindre indice, autant aller voir à quoi ressemble ce type.

77

L<small>E SAMEDI</small>, en tenue de sport, soucieux de passer inaperçus parmi les autres passagers, les agents Sean Walsh et Damon Philburn attendaient dans la salle de retrait des bagages de Galaxy Airlines au terminal international de l'aéroport de Newark.

Ils arboraient l'expression exaspérée des voyageurs qui, après un long vol, sont impatients de voir leurs valises dégringoler sur le tapis roulant. En réalité, ils surveillaient un homme au visage étroit qui se tenait non loin d'eux. Ils le virent se baisser, s'emparer d'une valise noire et s'avancèrent rapidement vers lui.

« FBI, dit Walsh. Acceptez-vous de nous suivre tranquillement ou préférez-vous faire un esclandre ? »

L'homme ne répondit pas. Il hocha la tête et leur emboîta le pas. Ils le conduisirent dans le bureau de la sécurité du terminal où d'autres agents encadraient un jeune homme menotté à l'air terrifié, vêtu de l'uniforme des bagagistes de l'aéroport. A sa vue, l'homme qu'accompagnaient Walsh et Philburn blêmit et s'écria : « Je ne dirai rien sans la présence d'un avocat. »

Walsh posa la valise sur la table et ouvrit la serrure d'un coup sec. Il déposa sur une chaise les piles parfaitement rangées de sous-vêtements, chemises et pantalons, puis sortit un couteau de sa poche et fendit les bords du double fond de la valise. Quand il l'arracha, son contenu s'étala en pleine vue, de gros paquets de poudre blanche.

Sean Walsh adressa un sourire au passeur. « Je pense, en effet, que vous allez avoir besoin d'un avocat. »

Walsh et Philburn étaient stupéfaits devant le tour qu'avaient pris les événements. Ils étaient venus dans l'intention d'interroger les collègues de Richie Mason et pour tenter de recueillir des bribes d'information prouvant son implication éventuelle dans l'enlèvement. Ils avaient commencé à questionner un bagagiste, un dénommé Danny Hamilton, qui leur parut anormalement nerveux.

Après avoir déclaré avec véhémence qu'il n'était pas au courant du kidnapping, il avait fini par s'effondrer et avouer qu'il savait que Richie Mason recevait des colis de cocaïne via l'aéroport. Il avait raconté que Richie lui avait refilé cinq cents dollars à trois ou quatre occasions pour qu'il la boucle à ce sujet. Il leur avait dit que Richie l'avait appelé dans l'après-midi pour le prévenir qu'un colis allait arriver mais qu'il ne pourrait être sur place pour le réceptionner.

Richie avait indiqué à Hamilton qu'il trouverait le passeur au tourniquet. D'après Richie, il n'aurait aucun mal à le reconnaître parce qu'il l'avait déjà vu avec lui auparavant. Il lui avait donné le mot de passe : « Vive la liberté. » L'homme saurait alors qu'il pouvait lui remettre la valise contenant la cocaïne. Hamilton avait ajouté que Richie lui avait conseillé de cacher la valise dans son appartement, précisant qu'il prendrait contact avec lui dans les jours suivants, et lui ferait savoir à quel moment il la récupérerait.

Le portable de Sean Walsh sonna. Il l'ouvrit, écouta, puis se tourna vers Philburn. « Mason n'est pas chez lui. Je pense qu'il s'est envolé. »

78

« MARGARET, nous suivons peut-être une fausse piste à nouveau », l'avertit Walter Carlson après avoir quitté Lila Jackson. Ils roulaient en direction du pavillon de Clint Downes.

« Ce n'est pas une fausse piste, dit Margaret d'un ton ferme. Le seul souvenir de Trish avant d'avoir perdu connaissance est que son agresseur était corpulent et qu'il sentait la transpiration. Je savais bien au fond de moi que cette vendeuse avait quelque chose d'important à me communiquer. Pourquoi ne l'ai-je pas compris plus tôt ?

– Notre bureau est en train de vérifier les antécédents de Downes », dit Carlson alors qu'ils traversaient le centre de Danbury et se dirigeaient vers le country club. « Nous allons très vite savoir s'il a eu des démêlés avec la justice. Mais s'il n'est pas chez lui, nous n'avons aucun mandat pour pénétrer dans la maison. Je n'ai pas envie d'attendre que l'un de nos agents arrive sur place, aussi ai-je demandé à la police de Danbury de nous rejoindre là-bas. »

Margaret ne répondit pas. Pourquoi ai-je tant

attendu pour retourner au magasin et parler à Lila ? Où se trouve cette femme, Angie ? Kathy est-elle avec elle ?

Les nuages avaient fini par se dissiper, chassés par le vent vif qui s'était levé en fin d'après-midi. Le jour tombait peu à peu et Margaret appela chez elle. Le Dr Harris lui dit que Kelly s'était rendormie. Avec un peu d'hésitation, elle ajouta qu'elle semblait communiquer avec Kathy et qu'elle avait été prise d'une quinte de toux.

Lila Jackson avait dit à Carlson qu'il leur faudrait se garer devant la grille de l'entrée réservée aux fournisseurs. Au moment où ils s'apprêtaient à descendre de voiture, Carlson pria Margaret de rester à l'intérieur. « Si cet homme a été mêlé à l'enlèvement, il peut être dangereux.

— Si cet homme est là, répliqua Margaret, j'ai l'intention de lui parler. A moins que vous ne m'en empêchiez de force. Mais croyez-moi, il vaut mieux que vous me laissiez faire. »

Une voiture de police s'arrêta près d'eux et deux policiers en descendirent, dont l'un était un sergent. Carlson les mit au courant, raconta brièvement comment ils avaient retrouvé la vendeuse d'Abby's Discount, ajoutant que la description qu'elle leur avait faite de Clint correspondait à l'impression qu'avait eue la baby-sitter avant de s'évanouir – celle d'un homme corpulent et en sueur.

Comme Carlson, ils tentèrent en vain de persuader Margaret d'attendre dans la voiture. Devant son entêtement, ils la prièrent seulement de se tenir en arrière jusqu'à ce qu'ils se soient assurés que Clint

Downes ne leur opposerait pas de résistance et accepterait de répondre à leurs questions.

En s'approchant du pavillon, ils s'aperçurent aussitôt que leurs précautions étaient inutiles. La maison était plongée dans l'obscurité. La porte ouverte du garage indiquait qu'il n'y avait aucune voiture à l'intérieur. Déçue, Margaret regarda les policiers se déplacer d'une fenêtre à une autre, éclairant l'intérieur avec une torche. Il se trouvait là aujourd'hui, aux environs d'une heure, pensa-t-elle. C'est-à-dire quatre heures auparavant. La visite de Lila l'avait-elle fait fuir ? Où était-il allé ? Et cette Angie, où se cachait-elle ?

Margaret alla jusqu'au garage et alluma la lumière. A l'intérieur, rangé le long du mur sur la droite, elle aperçut le petit lit que Clint avait démonté. La taille du matelas attira son attention. Il était presque deux fois plus large qu'un matelas de lit d'enfant standard. Avait-il été acheté dans l'intention d'y faire dormir deux enfants ? Au moment où Walter Carlson et les deux policiers de Danbury la rejoignaient, Margaret approcha son visage du matelas. La faible odeur du Vicks lui monta aux narines. Elle pivota sur elle-même et s'écria : « Elles étaient ici ! C'est ici qu'ils les ont cachées ! Où sont-ils partis ? Il faut que vous trouviez où ils ont emmené Kathy. »

79

À L'AÉROPORT de Logan, Clint se dirigea sans perdre une minute vers les comptoirs de location de voitures. Redoutant qu'Angie ait épuisé le crédit de sa carte, il étudia avec soin les tarifs avant de choisir la location la moins coûteuse.

C'est un comble, rageait-il, on a un million de dollars en cash et si ma carte est refusée, je vais être obligé de voler une bagnole pour aller au Cape Cod.

Ses craintes étaient infondées.

« Vous avez une carte routière du Maine ? demanda-t-il à l'employé qui venait d'établir le contrat de location.

– Vous en trouverez là-bas. »

Une main indifférente lui désignait un présentoir un peu plus loin. Clint ramassa son contrat et alla prendre une carte en veillant à ce que l'homme puisse voir qu'il s'agissait de celle du Cape Cod. Il la fourra dans sa veste. Vingt minutes plus tard, il se calait avec peine dans le siège trop étroit d'une voiture d'un modèle bas de gamme. Il alluma le plafonnier et étudia la carte. Ses souvenirs étaient exacts : une heure et demie de route depuis Boston. La circulation ne devait pas être très dense en cette période de l'année.

Il tourna la clé de contact. Angie se rappelait l'avoir entendu dire qu'il était venu au Cape autrefois. Cette fille n'oublie rien, pensa-t-il. Ce que je ne lui ai pas dit, c'est que j'étais en compagnie de Lucas. Il avait conduit un gros bonnet de la finance qui désirait passer le week-end dans le coin et était resté dans un motel à poireauter. Il en avait profité pour inspecter les environs. Nous sommes revenus deux mois plus tard cambrioler une baraque à Osterville, se souvint Clint. Un endroit superchic, mais nous n'en avons pas tiré autant que Lucas l'espérait. En vérité, il m'a donné que dalle pour ma part. C'est pour ça que j'ai exigé la moitié du fric cette fois-ci.

Clint sortit de l'enceinte de l'aéroport. La carte indiquait qu'il fallait tourner à gauche dans le Ted Williams Tunnel puis suivre les panneaux indiquant la direction de Cape Cod. La route 3 m'amène directement au Sagamore Bridge constata-t-il. Et ensuite je dois prendre la Mid Cape Highway jusqu'à la route 137 et l'embranchement de la route 28.

Le ciel était dégagé, ce qui facilitait la lecture des panneaux indicateurs. Une trop bonne visibilité poserait peut-être un problème plus tard, mais il ferait avec. Il hésita à s'arrêter en route pour téléphoner à Angie et la prévenir qu'il serait là à l'heure prévue.

Il la maudit à nouveau d'avoir emporté les deux portables.

Peu après la sortie du tunnel, il aperçut le panneau indiquant la direction du Cape Cod. Au fond, réfléchit-il, c'était peut-être aussi bien de ne pas avoir de téléphone. Angie était cinglée, certes, mais intelligente. Elle pouvait se mettre en tête qu'elle n'avait pas besoin de lui pour se débarrasser de la gosse et se tirer ensuite avec le fric, sans l'attendre.

A cette pensée, il appuya à fond sur l'accélérateur.

80

QUAND il pouvait se libérer, Geoffrey Sussex Banks avait coutume de quitter Bel Air et d'aller passer le week-end dans sa maison de Palm Springs. Obligé de rester à Los Angeles ce samedi, il revint de sa partie de golf pour apprendre par sa gardienne qu'il était attendu par un agent du FBI. « Il m'a donné sa carte, monsieur. » La lui tendant, elle ajouta : « Je suis désolée.

– Merci, Conchita. »

Geoffrey avait engagé Conchita et Manuel des années auparavant, lorsqu'il avait épousé Theresa. Le couple s'était attaché à Theresa et, huit mois plus tard, s'était réjoui en apprenant qu'elle attendait des jumeaux. Après la disparition de Theresa, ils avaient conservé l'espoir d'entendre un jour la clé tourner dans la serrure et de voir leur maîtresse réapparaître. « Peut-être a-t-elle tout oublié après avoir mis ses bébés au monde et la voilà qui a retrouvé la mémoire et revient à la maison avec vos petits garçons », disait Conchita, cherchant à se convaincre elle-même. Elle savait que si le FBI était ici aujourd'hui, c'était pour interroger à nouveau son patron sur la disparition de Theresa, ou, pire, pour confirmer sa mort, après toutes ces années, en lui apprenant qu'on avait découvert ses restes.

C'était la nouvelle à laquelle s'attendait Geoffrey en parcourant le couloir qui menait à la bibliothèque.

Dominick Telesco appartenait au bureau du FBI de Los Angeles. Au cours des dix dernières années il avait lu dans les pages « Affaires » du *L.A. Times* des quantités d'articles concernant le beau Geoffrey Sussex Banks, banquier international, philanthrope, personnalité en vue dont la jeune femme, enceinte, avait disparu en se rendant à une fête donnée en son honneur, dix-sept ans plus tôt.

Telesco savait que Banks avait cinquante ans. Il avait donc à peu près mon âge, trente-deux ans, lorsque sa femme a disparu, pensa-t-il en contemplant par la fenêtre la vue sur le terrain de golf. Je me demande pourquoi il ne s'est jamais remarié. Les femmes doivent toutes tomber amoureuses de lui.

« Monsieur Telesco ? »

Surpris, il se retourna brusquement. « Veuillez m'excuser, monsieur. Je regardais un joueur qui vient d'exécuter un coup superbe et je ne vous ai pas entendu entrer.

– Je sais qui en est l'auteur », dit Banks avec un léger sourire. « La plupart des golfeurs ont du mal à négocier le seizième trou. Seuls un ou deux s'en tirent. Asseyez-vous, je vous prie. »

Les deux hommes s'examinèrent mutuellement pendant un instant. Telesco, brun aux yeux noirs, élancé, portait un costume classique à fines rayures agrémenté d'une cravate. Banks était en short et chemisette de golf. Son visage aristocratique était hâlé par le soleil. Ses cheveux d'un blond grisonnant s'éclaircissaient aux tempes.

La première impression de Telesco fut que la réputation de Banks était justifiée : il dégageait un mélange rare d'autorité et de courtoisie.

« Vous venez me parler de mon épouse, n'est-ce pas ? demanda Banks sans ambages.

– En effet, monsieur, répondit Telesco. Bien que l'objet de ma visite concerne surtout son lien éventuel avec une autre affaire. Vous avez peut-être entendu parler du kidnapping des enfants Frawley, dans le Connecticut ?

– Naturellement. J'ai cru comprendre que les ravisseurs avaient rendu l'une des jumelles.

– Oui. »

Telesco préféra lui taire que le bruit s'était répandu au Bureau que la deuxième jumelle était peut-être en vie.

« Monsieur Banks, savez-vous que Norman Bond, le premier mari de votre femme, siège au conseil d'administration de C.F.G. & Y., et que le conseil a voté le paiement de la rançon demandée pour les jumelles Frawley ?

– Je sais, en effet, que Norman Bond siège au conseil de la société. »

Telesco ne manqua pas de remarquer la colère qui perçait dans la voix de Banks. « Monsieur Banks, Norman Bond a engagé le père des jumelles, Steve Frawley, dans des circonstances plutôt inhabituelles. Trois autres cadres de la société étaient des candidats mieux placés pour le poste, et c'est Frawley qui a été choisi. Outre le fait que Steve Frawley est le père de deux jumelles, il est à noter qu'il vit à Ridgefield, Connecticut. Or, Norman Bond et sa femme habitaient également Ridgefield, quand elle a donné naissance à des jumeaux. »

Le hâle de Geoffrey Banks ne suffit pas à masquer la pâleur qui envahissait son visage. « Laissez-vous entendre que Bond aurait quelque chose à voir dans l'enlèvement des petites Frawley ?

– Vous nous avez confié vos soupçons au moment de la disparition de votre femme. Pensez-vous aujourd'hui que Norman Bond soit capable de concevoir et de mettre à exécution un enlèvement ?

– Norman Bond est le mal incarné, répondit Banks d'un ton catégorique. Je suis absolument certain qu'il est responsable de la disparition de ma femme. Tout le monde sait qu'il a éprouvé une jalousie mortelle en apprenant qu'elle attendait à nouveau des jumeaux. Quand elle a disparu, j'ai décidé de mettre ma vie en veilleuse et elle le restera tant que je n'aurai pas découvert ce qui lui est arrivé.

– J'ai longtemps enquêté sur cette affaire, monsieur. Il n'y a pas un début de preuve que Norman Bond soit impliqué dans la disparition de votre femme. Des témoins l'ont vu à New York ce soir-là.

– Des témoins *croient* l'avoir vu à New York ce soir-là. Il est aussi possible qu'il ait engagé quelqu'un pour accomplir le travail à sa place. J'ai dit alors, et je le redis aujourd'hui, qu'il est responsable de ce qui a pu arriver à Theresa.

– Nous nous sommes entretenus avec lui la semaine dernière. Au cours de la conversation,

Bond a fait allusion à votre épouse en employant les termes : "feu ma femme". Nous nous sommes demandé s'il s'agissait d'un simple lapsus ou de quelque chose de plus révélateur.

– Feu sa femme ! s'exclama Banks. Consultez vos notes. Pendant toutes ces années, cet homme a raconté à la terre entière qu'il croyait Theresa toujours en vie, prétendant qu'elle avait voulu s'éloigner de moi. Jamais il n'a laissé entendre qu'elle était morte. Vous me demandez s'il est capable de kidnapper les enfants d'un homme qui mène l'existence dont il a toujours rêvé ? Oui. Vous pouvez en être sûr. Il en est absolument capable. »

Quand il eut regagné sa voiture, Dominick Telesco consulta sa montre. Il était un peu plus de sept heures sur la côte Est. Il appela Angus Sommers au Bureau de New York et lui rapporta son entretien avec Banks. « J'ai comme l'impression qu'on devrait filer Bond, vingt-quatre heures sur vingt-quatre, conclut-il

– C'est aussi ce que je pense », dit Sommers.

81

« L ILA JACKSON nous a affirmé que le garage était vide, dit Walter Carlson aux policiers de Danbury. Elle nous a dit que Clint Downes avait reçu un appel téléphonique d'un dénommé Gus pendant qu'elle était chez lui. Et elle nous aurait fait part de ses soupçons plus tôt si un de vos inspecteurs à la retraite, Jim Gilbert, ne l'en avait dissuadée. Il lui a dit qu'il connaissait bien Downes et son amie. C'est peut-être ce dénommé Gus qui est passé chercher Downes plus tôt. Gilbert sait peut-être qui est ce type. »

Margaret était incapable de détourner ses yeux du lit démonté. C'est là qu'ils ont fait dormir mes enfants, pensait-elle. Les bords sont si hauts – une véritable cage ! Après la messe que le père Romney a célébrée pour Kathy, Kelly a décrit ce lit, elle a parlé d'un grand lit avec des barreaux très hauts. Il faut que je rentre à la maison. Il faut que je l'interroge. Elle seule peut nous dire où se trouve Kathy en ce moment.

82

Le Joueur de Flûte reposa la carte et se leva de son siège. Il fallait qu'il sache dans quelle chambre se trouvait Angie. Surprenant le regard curieux que posait sur lui le serveur, il sortit son portable de sa poche, l'ouvrit et fit mine de répondre à un appel tout en quittant la salle.

Il se tenait dans l'ombre du bâtiment quand Angie en sortit, un sac de provisions à la main. Sans prendre la peine de regarder autour d'elle, elle traversa rapidement le parking du restaurant et franchit le trottoir qui longeait le motel. Il était visible qu'elle avait hâte de regagner sa chambre. Elle ne s'attend pas à voir arriver Clint avant une heure et demie, calcula-t-il. Sans doute s'imagine-t-elle en sécurité en restant planquée ici.

Il la vit ouvrir une porte au rez-de-chaussée. Plus facile à surveiller, pensa-t-il, satisfait. Il hésita à retourner manger un morceau. Non, il était préférable de suivre l'exemple d'Angie et de commander quelque chose à emporter. Il était sept heures vingt. Avec un peu de chance, Clint serait là vers neuf heures, peut-être avant.

Le store de la chambre était complètement baissé. Le Joueur de Flûte releva le col de sa veste, rabattit la capuche du sweater sur sa tête, mit ses lunettes noires et passa lentement devant la fenêtre, le temps de percevoir les sanglots entrecoupés d'un enfant qui pleurait visiblement depuis longtemps.

Il rebroussa chemin, entra dans le restaurant, commanda un hamburger et un café, les avala en vitesse et se dirigea à nouveau vers la chambre d'Angie. L'enfant s'était apparemment tue mais la télévision marchait, indiquant qu'Angie était toujours là, à attendre l'arrivée de Clint.

Tout se déroulait comme prévu.

83

GUS SVENSON était perché sur son tabouret habituel au Danbury Pub lorsque deux hommes vinrent soudain l'encadrer. « FBI, lui dit l'un d'eux. Suivez-nous. »

Gus en était à sa troisième bière. « C'est quoi cette blague ?

– Ce n'est pas une blague. » Tony Realto se tourna vers le barman. « Donnez-lui l'addition. »

Cinq minutes plus tard, Gus se trouvait au commissariat de police de Danbury. « Que se passe-t-il ? » demanda-t-il. Faut que j'aie les idées claires, songea-t-il. Ces types sont complètement malades.

« Où est allé Clint Downes ? aboya littéralement Realto.

– Comment voulez-vous que je le sache ?

– Vous lui avez téléphoné à treize heures quinze aujourd'hui.

– Vous êtes cinglés. A treize heures quinze, j'étais en train de réparer la plomberie dans la cuisine du maire. Téléphonez-lui si vous ne me croyez pas. Il était présent. »

Realto et Carlson échangèrent un coup d'œil. Il

ne ment pas, disait leur regard. « Pourquoi Clint a-t-il feint de vous parler au téléphone ? demanda Carlson.

– Posez-lui la question. Il n'avait peut-être pas envie que sa chérie sache qu'une autre fille l'appelait.

– Sa chérie, Angie ?

– Oui, cette timbrée.

– Quand avez-vous vu Clint pour la dernière fois ?

– Attendez que je réfléchisse. On est samedi. Nous avons dîné ensemble hier soir.

– Angie était-elle avec vous ?

– Non. Elle était je ne sais où en train de faire du baby-sitting.

– Et quand l'avez-vous vue, elle, pour la dernière fois ?

– Clint et moi on est aussi sortis le jeudi soir, on a pris deux ou trois bières au pub, avec un hamburger. Angie était à la maison quand je suis passé le prendre. Elle gardait un gosse. Il s'appelle Stevie.

– Vous l'avez vu ? demanda Carlson sans pouvoir dissimuler le ton d'excitation de sa voix.

– Ouais. J'ai pas vu grand-chose. Il était enveloppé dans une couverture. J'ai juste vu ses cheveux.

– De quelle couleur étaient-ils ?

– Brun foncé. Coupés court. »

Le portable de Carlson sonna. L'écran indiquait que l'appel provenait du commissariat de Ridgefield. « Walt, commença Marty Martinson, cela fait deux heures que je voulais vous parler, mais nous avons eu une urgence. Un accident grave survenu

344

à des jeunes gens ; ils s'en tireront. Il y a un nom que je veux vous signaler dans l'affaire Frawley. Sans doute un énième coup pour rien, mais je vous expliquerai pourquoi je pense que ça vaut la peine de vérifier. »

Carlson n'eut pas besoin d'en entendre davantage. Il savait que le nom qu'il allait entendre était celui de Clint Downes.

Pendant ce temps, soudain calmé, Gus Svenson disait à Tony Realto : « Je n'avais pas dîné avec Clint depuis des mois. Ensuite j'ai rencontré Angie au drugstore. Elle achetait un tas de trucs, un inhalateur, du sirop pour la toux, pour un gosse dont elle s'occupait et qui était malade. Et je... »

Sans se faire prier, Gus se mit alors à leur raconter par le menu ses récentes rencontres avec Clint et Angie. « J'avais appelé Clint le mercredi soir pour l'inviter à venir boire une bière avec moi, mais Angie m'a dit qu'il était parti voir une nouvelle voiture. Elle gardait des enfants et ils pleuraient tellement qu'on a pas pu parler longtemps.

— Elle gardait *des enfants* qui pleuraient ? s'exclama Realto.

— Oh, peut-être que je me trompe. J'ai cru en entendre deux, mais j'en suis pas sûr. Quand j'ai posé la question à Angie, elle m'a quasiment raccroché au nez.

— Essayons d'y voir clair. La dernière fois que vous avez vu Angie, c'était jeudi soir, et la dernière fois que vous avez vu Clint c'était hier soir ? C'est ça ?

— Ouais. Je suis passé le prendre et je l'ai reconduit plus tard – il m'a dit qu'il avait pas de moyen de transport, qu'Angie était partie dans le Wisconsin pour s'occuper de mômes, et qu'il avait vendu la camionnette.

– Vous l'avez cru ?

– Ecoutez, qu'est-ce que j'en sais ? J'ai pas compris pourquoi il vendait une bagnole avant d'en avoir une autre pour circuler.

– Vous êtes certain que sa camionnette n'était pas là hier soir ?

– Je peux le jurer. Mais elle était dans le garage quand je suis passé le prendre jeudi soir, et Angie était là aussi avec le gosse dont elle s'occupait.

– Bon. Ne bougez pas, Gus. Nous revenons tout de suite. »

Les deux agents sortirent dans le couloir. « Qu'est-ce que tu en penses, Walt ? demanda Realto.

– Angie est sans doute partie avec la camionnette et Kathy. Soit ils se sont partagé l'argent et se sont séparés, soit Downes a l'intention d'aller la retrouver quelque part.

– C'est aussi ce que je pense. »

Ils regagnèrent le bureau où patientait Gus. « Gus, est-ce que Clint avait de l'argent liquide quand vous êtes sortis ensemble ?

– Non. C'est moi qui ai payé à chaque fois.

– Connaissez-vous quelqu'un d'autre qui aurait pu le conduire quelque part aujourd'hui ?

– Non. »

Le sergent du commissariat de Danbury qui avait inspecté le pavillon du country club entra dans le bureau au moment où Realto posait cette dernière question.

« Un chauffeur de la compagnie de taxis de Danbury a conduit Clint Downes au terminal de Continental Airlines à La Guardia, dit-il. Il l'a déposé à l'aéroport à dix-sept heures trente. »

Il y a seulement deux heures, calcula Walter Carlson. Le filet se resserre autour de lui, mais serons-nous assez rapides pour le refermer avant qu'il ne soit trop tard pour Kathy ?

84

AU COMMISSARIAT DE POLICE de Hyannis, le planton, Ari Schwartz, écoutait patiemment un David Toomey furieux protester qu'aucun vol n'avait été commis dans le parking de son motel. « Ça fait trente-deux ans que je travaille au Soundview, expliquait-il. Je ne vais pas laisser cette espèce d'aventurière, qui n'a même pas assez de cervelle pour s'occuper d'un gosse malade, raconter des salades à Sam Tyron à propos d'un siège enfant qui n'a jamais existé et qui aurait été soi-disant volé. »

Le sergent connaissait Toomey et l'aimait bien. « David, calmez-vous. Je vais parler à Sam. Vous dites que l'employé de nuit jure que la femme n'avait pas de siège dans sa voiture ?

— Pas le moindre siège.

— Nous ferons en sorte que le rapport soit modifié. »

Quelque peu apaisé par cette promesse, Toomey s'apprêtait à partir, puis il se retourna. « Je suis inquiet pour ce petit garçon. Il était vraiment malade. Vous pourriez peut-être téléphoner à l'hôpital et vérifier s'il a été admis dans un service, ou peut-être aux urgences. La mère s'appelle Linda Hagen. Ils répondront plus facilement si l'appel vient de vous. »

Schwartz parvint à dissimuler son agacement. C'était gentil de la part de David de se préoccuper de cet enfant, mais il n'avait pas que ça à faire. Il y avait une demi-douzaine de centres de soins au Cape Cod. La mère pouvait avoir emmené son môme dans n'importe lequel d'entre eux. Il faillit le faire remarquer à David, mais composa néanmoins le numéro de l'hôpital.

Aucun patient du service de pédiatrie ne répondait à ce nom.

Bien qu'impatient de rentrer chez lui, Toomey hésitait encore à partir. « Il y a quand même quelque chose qui me chiffonne chez cette femme », dit-il, se parlant autant à lui-même qu'au policier. « S'il s'agissait de son enfant, ma fille serait malade d'inquiétude. » Il haussa les épaules. « Je ferais mieux de m'occuper de mes affaires. Merci, sergent. »

A quatre miles de là, Elsie Stone s'apprêtait à ouvrir la porte de sa maison de bois peinte en blanc. Elle avait reconduit Debby à Yarmouth et décliné l'offre de rester dîner avec sa fille et son gendre. « C'est la fatigue de l'âge », avait-elle dit d'un ton guilleret. « Je vais rentrer chez moi, me faire réchauffer un bol de soupe, lire le journal et regarder le bulletin d'informations. »

Non que j'aie spécialement envie d'entendre les

nouvelles, pensa-t-elle en allumant la lumière de l'entrée. Mais même si cet enlèvement me brise le cœur, je veux savoir où ils en sont dans leur enquête.

Elle accrocha son manteau et alla directement allumer la télévision dans le bureau. Le présentateur du journal de dix-huit heures trente disait : « Suivant une source non identifiée, le FBI semblerait maintenant retenir l'hypothèse suivant laquelle Kathy Frawley serait toujours en vie. »

« Oh, mon Dieu, dit tout haut Elsie. Mon Dieu, faites qu'on retrouve cette pauvre petite. »

Montant le son pour ne pas perdre une parole, elle alla dans sa cuisine et se versa un bol de soupe faite maison qu'elle plaça dans le four à micro-ondes.

« Kathy... Kathy... Kathy... » Pourquoi ce nom lui revenait-il sans cesse à l'esprit ?

85

« ELLE ÉTAIT LÀ. » Margaret pleurait dans les bras de Steve. « J'ai vu le lit dans lequel ils ont gardé nos enfants. Le matelas sentait le Vicks, exactement comme le pyjama de Kelly quand nous l'avons retrouvée. Elles étaient si près pendant tout ce temps, Steve, si près. La femme qui a acheté ces vêtements le jour où j'ai moi-même acheté les robes, c'est elle qui détient Kathy maintenant. Et Kathy est malade. Elle est malade, *très malade* ! »

Ken Lynch, un jeune policier de Danbury avait reconduit Margaret chez elle, s'étonnant de trouver la rue envahie par les camions de la télévision. Soutenant Margaret, il l'avait accompagnée jusqu'à la porte de la maison que son mari tenait ouverte. Se sentant désormais inutile, il lâcha son bras, franchit le seuil à son tour et pénétra dans la salle de séjour.

C'était sans doute ici que se tenait la baby-sitter au moment où elle a entendu une des jumelles crier, se dit-il. Il balaya la pièce du regard, enregistrant tous les détails afin de les raconter à sa femme par la suite. Son attention fut attirée par les pou-

351

pées installées au milieu du tapis. Deux poupons identiques, partageant la même couverture, se donnant la main. Devant la cheminée une table et des chaises de poupée étaient disposées pour le goûter. Deux nounours étaient assis à la table, face à face.

« Maman, maman ! »

Il entendit l'appel résonner à l'étage, puis le bruit de petits pieds qui dévalaient les marches nues de l'escalier. Il vit Kelly se jeter dans les bras de Margaret. Malgré un sentiment d'indiscrétion, Ken ne put s'empêcher d'observer l'angoisse que trahissait le visage de la mère tandis qu'elle étreignait sa petite fille.

C'est sans doute la pédiatre, pensa-t-il en voyant une femme plus âgée aux cheveux gris descendre l'escalier à son tour.

Margaret posa Kelly par terre et s'agenouilla près d'elle, les mains posées sur ses épaules. « Kelly, dit-elle doucement, est-ce que tu as parlé à Kathy récemment ? »

L'enfant hocha la tête. « Elle veut rentrer à la maison.

– Je sais, chérie, je sais qu'elle veut rentrer. Et je veux qu'elle rentre, moi aussi. Tout comme tu le veux. Sais-tu où elle se trouve maintenant ? Elle te l'a dit ?

– Oui, maman. Je l'ai dit à papa. Et je l'ai dit au docteur Sylvia. Et je te l'ai dit. Kathy est dans le vieux Cape Cod. »

Margaret retint une exclamation et secoua la tête. « Oh, ma chérie, tu as oublié. Quand tu étais dans mon lit ce matin, c'est moi qui ai parlé du Cape Cod. C'est à ce moment-là que tu as entendu prononcer ce nom. Mais Kathy t'a peut-être dit qu'elle se trouvait dans un autre endroit. Peux-tu le lui demander maintenant ?

– Kathy a très sommeil maintenant. »

Avec une petite moue boudeuse, la fillette tourna les talons et passa devant Lynch. Elle s'assit sur le sol à côté des poupées. Stupéfait, Lynch l'entendit dire : « Je sais bien que tu es dans le vieux Cape Cod. » Ensuite, bien qu'il tendît l'oreille, il ne comprit pas ce qu'elle chuchotait.

86

L'ESTOMAC PLEIN, Angie se sentit mieux. « Je ne me rendais pas compte que je mourais de faim », fit-elle avec un soupir en s'asseyant dans le seul fauteuil confortable de la chambre, sans plus se préoccuper de Kathy. L'enfant reposait immobile sur le lit, les yeux clos.

J'ai dû l'entraîner en vitesse hors du MacDonald's quand cette vieille pipelette a commencé à lui parler, se souvint Angie. « Comment t'appelles-tu, mon petit garçon... Je m'appelle Kathy... Je m'appelle Stevie... Oh, ma petite-fille a aussi un fiancé pour rire. » Et pendant tout ce temps, il y avait la photo des jumelles étalée sur la table. Bon Dieu, si cette grand-mère avait regardé de plus près, elle n'aurait pas mis longtemps à appeler le flic qui rôdait dans le coin.

A quelle heure Clint devait-il arriver ? Au plus tôt à neuf heures. Il avait l'air de mauvais poil. J'aurais dû lui laisser un peu d'argent. Mais ça lui passera. C'est sûr que j'ai fait une erreur en utilisant la carte de crédit chez Abby's Discount. J'aurais dû me servir du fric que m'avait donné Lucas. Oh, tant pis, c'est

354

trop tard pour m'inquiéter maintenant. Je ne devrais pas avoir de problèmes avant l'arrivée de Clint. S'il a loué une voiture, il va sûrement l'abandonner quelque part et en voler une autre avec laquelle on pourra quitter le Cape.

Ensuite, on aura un million de dollars pour nous seuls. Un million de dollars ! A moi les liftings et les instituts de beauté, se promit Angie en allumant la télévision. Elle jeta un regard vers le lit. Et finie l'envie d'avoir un enfant. C'est une vraie plaie !

87

LES DIFFÉRENTES FORCES de police avaient établi leur quartier général au commissariat de Danbury. Tony Realto et Walter Carlson, ainsi que Jed Gunther et le directeur de la police de Danbury, étaient réunis dans une salle de conférences.

« Nous sommes à présent certains que Clint Downes et Lucas Wohl partageaient la même cellule à Attica, dit Realto. Dès qu'ils sont sortis de prison, nos deux lascars ont enfreint les règles de leur liberté conditionnelle, pris de nouvelles identités, et se sont débrouillés pour nous échapper pendant toutes ces années. Nous savons maintenant qu'ils ont utilisé le numéro de la carte de crédit de Bailey pour louer le taxi Excel. Lucas le connaissait. Il servait fréquemment de chauffeur à Bailey, qui payait toujours avec sa carte. »

Realto avait cessé de fumer à l'âge de dix-neuf ans, mais il aurait donné cher pour tirer une bouffée en douce. « D'après Gus Svenson, Angie vit avec Downes depuis sept ou huit ans, continua-t-il. On n'a malheureusement aucune photo d'eux prise dans le pavillon. Vous pouvez être sûrs que la vieille photo anthropométrique de Downes ne lui ressemble plus. Le mieux serait de communiquer aux médias un portrait-robot accompagné d'une description.

— Il y a eu une fuite en direction de la presse, dit Carlson. Le bruit court déjà que Kathy est vivante. Allons-nous faire des commentaires ?

— Pas tout de suite. En laissant entendre qu'elle est peut-être en vie, nous risquons de la condamner à mort. A l'heure qu'il est, Clint et Angie se doutent qu'ils sont recherchés, et s'ils comprennent que chaque flic en Amérique scrute le visage de tous les enfants de trois ans autour de lui, ils sont capables de s'affoler et de se débarrasser d'elle. Tant qu'ils nous croient certains qu'elle est morte, ils peuvent faire mine de voyager en famille.

— Margaret Frawley est persuadée que les jumelles communiquent entre elles, dit Carlson. J'espérais avoir de ses nouvelles. Si Kelly avait dit quelque chose de significatif, je sais qu'elle m'aurait contacté. Est-ce que l'agent qui l'a raccompagnée chez elle est dans les parages ?

— C'est sans doute Ken Lynch », dit le directeur de la police de Danbury. « Je sais qu'il est rentré. » Il décrocha le téléphone de son bureau et appela le central. « Demandez à Lynch de nous rejoindre. »

Quinze minutes plus tard, Lynch entra dans la pièce. « Je peux vous assurer que Kelly est bel et bien en communication avec sa sœur, dit-il tout net. J'étais là quand elle a déclaré qu'elle se trouvait au Cape Cod. »

88

L A CIRCULATION était fluide sur le Sagamore
Bridge. En traversant le Cape Cod Canal,
Clint roula avec une nervosité accrue, l'œil
rivé sur le compteur. Il avait évité de justesse d'être
arrêté par un flic sur la route 3, alors qu'il atteignait
le cent dix à l'heure dans une zone limitée à quatre-
vingt-dix.

Il regarda sa montre. Il était huit heures. Encore
au moins quarante minutes avant d'arriver. Il
alluma la radio et entendit le journaliste annoncer
d'une voix fébrile : « Le bruit court toujours que la
lettre de Lucas Wohl confessant qu'il a tué Kathy
Frawley pourrait être un faux. Les autorités ne
confirment ni n'infirment la rumeur, mais viennent
de publier les noms de deux suspects dans l'enlèvement des jumelles Frawley. »

Clint sentit la transpiration perler par tous les
pores de sa peau.

« Un mandat d'arrêt a été lancé contre un ancien
détenu du nom de Ralph Hudson. Sous le pseudo-
nyme de Clint Downes, cet homme était tout récemment le gardien du country club de Danbury, dans

le Connecticut. Le mandat concerne aussi son amie Angie Ames. Downes a été vu la dernière fois à l'aéroport de La Guardia où un taxi l'a déposé vers cinq heures et demie de l'après-midi. La femme, Angie Ames, a disparu depuis jeudi soir. Elle circule probablement à bord d'une camionnette Chevrolet marron foncé, immatriculée dans le Connecticut... »

Ils ne vont pas mettre longtemps à retrouver ma trace sur la navette, pensa Clint soudain pris de panique. Ensuite ils remonteront à l'agence de location et auront la description de la voiture. Je ne peux pas continuer à l'utiliser. A la sortie du pont, il s'engagea sur la Mid Cape Highway. Heureusement, j'ai été assez malin pour demander une carte du Maine au type qui m'a loué cette bagnole, pensa-t-il. Ça me laisse un peu de temps pour me retourner.

Je dois courir le risque de rester sur la Mid Cape, décida-t-il. Le mieux est d'atteindre Chatham au plus vite. Si les flics nous croient au Cape, ils vont passer au peigne fin tous les motels de la région – s'ils n'ont pas déjà commencé.

Ses yeux scrutaient la route chaque fois qu'il dépassait une sortie, guettant une éventuelle voiture de police. Le paysage lui devint plus familier aux alentours de la sortie 5 pour Centerville. C'est là que nous avons fait notre casse ensemble, Lucas et moi. Sortie 8, Dennis-Yarmouth. Le temps lui parut interminable avant d'atteindre enfin la sortie 11, vers Harwich-Brewster, et de s'engager sur la route 137. Bientôt Chatham. C'était le moment d'abandonner cette tire. Clint aperçut alors ce qu'il cherchait, un complexe de salles de cinéma dont le parking était bondé.

Dix minutes plus tard, il vit deux adolescents descendre d'un coupé fatigué garé deux rangées plus loin que lui, et pénétrer dans le hall. Il les suivit, les regarda prendre leurs billets, attendit que l'ouvreuse les ait contrôlés et s'assura qu'ils étaient bien entrés dans une salle avant de repartir. Ils n'ont même pas pris la peine de fermer à clé, constata-t-il en ouvrant la portière de la voiture des deux garçons. Ça va être un jeu d'enfant. Il s'installa au volant, patienta un moment, jusqu'à ce qu'il soit sûr qu'il n'y avait personne alentour.

Il se pencha alors sous le tableau de bord et, avec une dextérité due à une longue pratique, relia entre eux deux fils électriques. Le ronronnement du moteur lui fit pousser un soupir de soulagement, le premier depuis qu'il avait entendu les nouvelles à la radio. Il alluma les phares, enclencha le changement de vitesse et entama la phase finale de son voyage.

89

« Pourquoi Kelly est-elle tellement silencieuse, Sylvia ? » demanda Margaret d'une voix inquiète.

Kelly était assise sur ses genoux, les yeux fermés. Sylvia Harris tenta de la rassurer :

« C'est une réaction normale, Margaret. Il semble en outre qu'elle fasse une allergie. »

Elle tendit la main et remonta la manche de Kelly, puis se mordit la lèvre. L'ecchymose avait pris une teinte violette, mais il y avait autre chose. De petits points rouges marquaient le bras de Kelly.

Margaret les examina attentivement puis échangea un regard avec le Dr Harris et Steve. « Kelly ne souffre jamais d'allergie, dit-elle. C'est une des rares choses qu'elle ne partage pas avec sa sœur. Se pourrait-il que Kathy soit en train de développer une sorte d'eczéma ? »

Son ton exigeait une réponse.

« Marg, j'en ai parlé avec Sylvia, dit Steve. Il est possible que l'organisme de Kathy réagisse à quelque chose, peut-être à un médicament.

– Tu ne veux pas dire... à la pénicilline ? Sylvia,

rappelez-vous la violence de la réaction de Kathy aux quelques gouttes de pénicilline que votre infirmière lui avait administrées. Son bras a gonflé et s'est immédiatement couvert de boutons rouges. Vous avez dit qu'une injection totale aurait pu la tuer.

— Margaret, nous n'en savons rien. » Sylvia Harris s'efforçait de dissimuler son anxiété. « Même un excès d'aspirine peut provoquer des symptômes inattendus. »

Margaret est sur le point de s'effondrer, se dit-elle. Et une nouvelle crainte, trop effroyable pour qu'elle puisse même la formuler, s'était emparée de son esprit. Kelly devenait terriblement apathique. Etait-il possible que les fonctions vitales des deux fillettes soient à ce point imbriquées que si quelque chose survenait à l'une, l'autre réagissait sur-le-champ ?

Sylvia avait déjà partagé cette inquiétude avec Steve. Elle voyait maintenant que la même pensée traversait l'esprit de Margaret qui était assise sur le canapé du séjour, à côté de son mari. Elle tendit les bras et attira Kelly contre elle. « Chérie, implora-t-elle, parle à Kathy. Demande-lui où elle est. Dis-lui que papa et maman l'aiment. »

Kelly ouvrit les yeux. « Elle m'entend pas, dit-elle d'une voix ensommeillée.

— Pourquoi, Kelly ? Pourquoi ne peut-elle pas t'entendre ? demanda Steve.

— Elle se réveille plus », répondit Kelly avec un soupir en se pelotonnant dans les bras de Margaret avant de se rendormir.

90

Tassé dans son siège, le Joueur de Flûte écoutait la radio. Répété à intervalles réguliers, un flash indiquait que Kathy Frawley était peut-être encore en vie. Deux suspects étaient recherchés, un ex-détenu qui se faisait appeler Clint Downes et son amie, Angie Ames. Cette dernière voyageait probablement à bord d'une camionnette Chevrolet marron immatriculée dans le Connecticut.

Passé un premier moment d'affolement, le Joueur de Flûte examina les choix qui se présentaient à lui. Il pouvait regagner l'aéroport et reprendre l'avion pour rentrer chez lui. Sans doute la décision la plus raisonnable. Mais restait l'hypothèse que Lucas ait révélé son identité à Clint Downes. Si le FBI arrête Clint, il me dénoncera pour négocier une remise de peine, réfléchit-il. Je ne peux pas courir ce risque. Les voitures entraient et sortaient du parking du motel. Avec un peu de chance, j'apercevrai Clint avant qu'il n'atteigne la chambre d'Angie. C'est à lui que je dois parler en premier.

Une heure plus tard, sa patience fut récompensée. Il vit un coupé faire lentement le tour du parking, longer une rangée de voitures puis la suivante, et aller se garer dans un emplacement libre près de la camionnette d'Angie. Un homme corpulent en sortit. En un instant, le Joueur de Flûte bondit hors de sa voiture et le rattrapa. Clint se retourna brusquement, plongea la main dans sa poche.

« Pas la peine de sortir votre arme, dit le Joueur de Flûte. Je suis ici pour vous aider. Votre plan ne marchera pas. Vous ne pouvez pas circuler à bord de cette guimbarde. »

Il vit la stupéfaction de Clint céder la place à une expression rusée. « Vous êtes le Joueur de Flûte.

— Oui.

— Avec tous les risques que j'ai pris, c'est pas trop tôt qu'on se rencontre. Qui êtes-vous ? »

Il n'en sait donc rien, pensa le Joueur de Flûte. Trop tard. Je n'ai plus qu'à aller jusqu'au bout. « Elle est là, dit-il en désignant la chambre d'Angie. Allez lui annoncer que je suis venu vous aider à fuir. Est-ce que c'est votre voiture ?

— Non, je me suis servi. Les propriétaires sont au cinéma. Je suis tranquille pendant au moins deux heures.

— Alors faites-la monter dedans avec la gosse et filez. Arrangez-vous comme vous l'entendez. Je vous suivrai, puis je vous embarquerai dans mon avion. Je vous déposerai au Canada. »

Clint hocha la tête. « C'est elle qui a tout foutu en l'air.

— Pas encore, dit le Joueur de Flûte. Mais emmenez-la loin d'ici avant qu'il soit trop tard. »

91

L E CHAUFFEUR DE TAXI qui avait conduit Clint à La Guardia avait été convoqué au commissariat de police.

« Le type que j'ai pris à l'entrée des fournisseurs du country club n'avait qu'un petit sac », disait-il aux agents du FBI et au directeur de la police. « Il a payé avec sa carte de crédit. M'a refilé un pourboire minable. S'il avait de l'argent, ça se voyait pas.

– Angie a dû partir dans la camionnette avec l'argent de la rançon, dit Carlson à Realto. Clint est sans doute allé la rejoindre. »

Realto acquiesça.

« Il n'a donné aucune indication sur sa destination ? » insista Carlson.

Il avait déjà posé cette question au chauffeur, mais sait-on jamais.

« Il m'a dit de le déposer au terminal de la Continental Airlines. C'est tout.

– A-t-il utilisé un téléphone portable ?

– Non. Et il n'a pas prononcé un mot sauf pour m'indiquer où aller.

– Très bien. Merci. »

Dépité, Walter Carlson regarda la pendule. Après la visite de Lila Jackson, Clint savait que nous ne tarderions pas à nous présenter chez lui, pensa-t-il. Avait-il rendez-vous avec Angie à La Guardia ? Ou l'intention de prendre un autre taxi, peut-être pour Kennedy Airport ? Comptait-il s'embarquer sur un vol international ? Et qu'était devenue Kathy ?

Carlson savait que Ron Allen, l'agent du FBI chargé de la surveillance des aéroports, menait l'enquête à La Guardia et à Kennedy. Si Clint était enregistré sur un vol, n'importe lequel, au départ de ces deux aéroports, il ne mettrait pas longtemps à le découvrir.

Un quart d'heure plus tard, un appel d'Allen lui parvint. « Downes a pris la navette de dix-huit heures pour Boston, annonça-t-il. J'ai alerté nos gars à Logan. »

92

« Il faut tout faire pour la garder éveillée », dit
Sylvia Harris, sans chercher à cacher son
inquiétude. « Mettez-la debout, Margaret.
Tenez-lui la main. Vous aussi, Steve. Forcez-la à
marcher entre vous deux. »

Les lèvres blanches de peur, Margaret obéit.
« Viens, Kelly », l'encouragea-t-elle doucement.
« Papa, Kathy, toi et moi, nous allons faire une
petite promenade. Viens, ma chérie.

– Je... peux pas... non... je... veux pas... »

La voix de Kelly était plaintive et ensommeillée.

« Kelly, il faut que tu dises à Kathy de se réveiller
elle aussi », insista le Dr Harris.

La tête de Kelly retomba sur sa poitrine, puis elle
se mit à la secouer en signe de protestation. « Non...
non... plus. Va-t'en, Mona.

– Kelly, que se passe-t-il ? »

Aidez-moi, mon Dieu, pria tout bas Margaret. Faites que je puisse communiquer avec Kathy. Cette
Angie, c'est probablement la femme que Kelly
appelle Mona. « Kelly, qu'est-ce que Mona fait à
Kathy ? » demanda-t-elle désespérément.

Trébuchant entre Margaret et Steve qui la portaient à moitié, Kelly murmura : « Mona chante. » D'une voix tremblante, elle se mit à chantonner : « Plus... jamais... Le vieux Cape Cod. »

93

« J E NE VOUDRAIS PAS avoir l'air de chercher à faire parler de moi », confia Elsie Stone à sa fille. Elle tenait le téléphone d'une main et le *Cape Cod Times* de l'autre. Sur l'écran de télévision, des photos des jumelles Frawley passaient en boucle. « Cette femme m'a dit que l'enfant était un garçon, mais je suis sûre que c'était une fille. Et, Suzie, Dieu m'est témoin, je te jure que cette enfant était Kathy Frawley. Je sais, elle avait une capuche sur la tête, et on voyait juste quelques mèches de cheveux bruns, mais maintenant je me souviens qu'ils m'ont paru bizarres. Tu sais, comme les cheveux teints de ton oncle Ray. Et quand je lui ai demandé son nom, elle a répondu qu'elle s'appelait Kathy, puis j'ai vu le regard furieux que cette femme lui a lancé, alors la petite a eu l'air effrayé, et elle a dit Stevie.

– Maman, l'interrompit Suzie, tu es sûre de ne pas te laisser emporter par ton imagination ? »

Elle regarda son mari et haussa les épaules. Ils avaient attendu pour dîner que Debby soit au lit. A présent, les côtelettes d'agneau refroidissaient dans leurs assiettes et Vince semblait exaspéré.

Il aimait sincèrement sa belle-mère mais disait qu'elle avait tendance à radoter.

« Je n'aimerais pas avoir l'air stupide, mais suppose seulement que...

– Maman, je vais te dire ce qu'il faut faire, et ensuite je vais raccrocher et m'asseoir à table avant que Vince ne pique une crise. Tu vas appeler la police de Barnstable. Dis-leur *exactement* ce que tu viens de me raconter, puis laisse-les s'en occuper. Je t'aime, maman. Debby a passé une journée formidable avec toi, et les biscuits qu'elle a rapportés sont délicieux. Bonsoir, maman. »

Elsie Stone tenait le récepteur dans sa main, incapable de se décider. Devait-elle composer le numéro de la police ou celui de la ligne spéciale réservée aux témoignages ? Ils devaient recevoir quantité d'appels farfelus sur cette ligne.

« Si vous n'avez pas l'intention de passer un appel, veuillez raccrocher... » Le son métallique de la voix numérisée poussa Elsie à se décider. « Je veux passer un appel », dit-elle. Elle coupa la ligne, attendit un moment, appuya sur la tonalité et composa le numéro des renseignements.

Quand une autre voix numérisée lui demanda de préciser la ville et l'Etat de son correspondant elle répondit précipitamment : « Barnstable, Massachusetts. »

« Barnstable, Massachusetts, confirmez », répéta la voix.

Soudain consciente de l'urgence de l'information qu'elle avait à transmettre, Elsie perdit patience : « Oui ! Et, pour l'amour du ciel, vous allez continuer votre ritournelle encore longtemps ?

– Personnel ou professionnel ? poursuivit la voix, impassible.

– Le commissariat de police de Barnstable.

– Le commissariat de police de Barnstable, confirmez.

– Oui. Oui. Et oui. »

Après une pause, la voix d'une opératrice demanda : « Est-ce une urgence, madame ?

– Mettez-moi en relation avec le commissariat.

– Tout de suite. »

« Commissariat de police de Barnstable, sergent Schwartz à l'appareil.

– Sergent, je suis Mme Stone. » Elsie avait oublié toutes ses hésitations. « Je suis serveuse chez Mac-Donald's près du centre commercial. Je suis pratiquement certaine d'y avoir vu Kathy Frawley ce matin et je vais vous expliquer pourquoi. »

Elle commença alors à relater les événements de la matinée.

Au commissariat, ils avaient discuté des récents développements de l'affaire Frawley. Tout en écoutant Elsie Stone au téléphone, le sergent Schwartz comparait son récit à celui que lui avait fait David Toomey à propos du prétendu vol survenu au motel Soundview.

« L'enfant a d'abord répondu qu'elle s'appelait Kathy, puis elle s'est reprise et a dit que son nom était Stevie ? vérifia-t-il.

– Oui. Et cela m'a trotté dans la tête pendant toute la journée, jusqu'à ce que je voie la photo de ces adorables petites filles dans le journal et ensuite

371

à la télévision. C'est le même visage. Je le jure sur ce que j'ai de plus cher, c'était le même visage, et elle a dit qu'elle s'appelait Kathy. J'espère que vous n'allez pas me prendre pour une folle.

– Non, madame Stone. Je ne vous prends pas pour une folle. J'appelle le FBI immédiatement. Je vous prie de rester en ligne, au cas où ils souhaiteraient vous interroger. »

94

« WALTER, Steve Frawley à l'appareil. Kathy est au Cape Cod. C'est là-bas que vous devez commencer les recherches.

– Steve, j'allais vous appeler. Nous savons que Downes a pris la navette de Boston, mais il a demandé une carte du Maine quand il a loué une voiture.

– Il n'est pas dans le Maine. Depuis hier, Kelly essaye de nous dire que Kathy se trouve au Cape Cod. Ce qui nous a trompés, c'est qu'elle ne disait pas seulement "Cape Cod". Elle essayait de chanter cette drôle de chanson, "Le vieux Cape Cod". La femme que les jumelles appellent Mona la chante en ce moment même à Kathy. Croyez-moi, je vous en prie, croyez-moi.

– Steve, calmez-vous. Nous allons demander à nos hommes de diffuser un avis de recherche au Cape, mais je vous répète qu'il y a une heure et demie, Clint Downes était devant le comptoir d'une agence de location de voitures à l'aéroport de Logan, et qu'il a demandé une carte du Maine. Nous en avons appris davantage sur son amie,

Angie. Elle a été élevée dans le Maine. Nous supposons qu'elle s'y cache chez des amis.

– Non. Kathy est au Cape !

– Patientez une minute, Steve. J'ai un appel sur une autre ligne. »

Carlson mit Steve en attente, répondit à son correspondant, puis écouta en silence. Après avoir raccroché, il revint à Frawley. « Steve, vous avez peut-être raison. Nous avons un témoin qui déclare avoir vu Kathy ce matin dans un McDonald's à Hyannis. A partir de maintenant, nous concentrons nos recherches sur la région. Dans quinze minutes un avion du FBI nous emmènera sur place, Realto et moi.

– Nous venons avec vous. »

Quand Steve eut raccroché, il courut dans la salle à manger où Margaret et Sylvia obligeaient Kelly à marcher de long en large avec elles. « Kathy a été vue au Cape Cod ce matin, annonça-t-il. Nous y partons tout de suite en avion. »

95

« TE VOICI enfin dans le vieux Cape Cod, s'écria Angie en jetant ses bras autour du cou de Clint. Bon sang, tu m'as drôlement manqué.

– Vraiment ? » Clint retint son envie de la repousser. Il aurait risqué d'éveiller ses soupçons. Il la serra contre lui à son tour. « Et devine à qui tu as manqué, ma belle ?

– Clint, je sais que tu m'en veux d'être partie avec l'argent, mais je commençais à m'inquiéter sérieusement, et j'ai pensé qu'il valait mieux que je m'éloigne au cas où quelqu'un ferait le lien entre Lucas et toi.

– Tout va bien. Tout va bien. Mais il faut qu'on se barre d'ici, et vite. Tu as écouté la radio ?

– Non, j'ai regardé *Everybody Loves Raymond*, à la télé. J'ai refilé à la gosse une bonne dose de sirop et elle a fini par s'endormir. »

Clint jeta un regard sur Kathy. Elle était allongée sur le lit, une chaussure défaite, des mèches humides plaquées sur ses joues. Il ne put s'empêcher de faire remarquer : « Si nous avions suivi les plans qu'on était censés suivre, cette petite serait chez elle en ce moment, nous serions en route pour la Floride avec un demi-million en poche et nous n'aurions pas le pays entier à nos trousses. »

Il ne vit pas l'expression qui était apparue sur le visage d'Angie. Elle venait de comprendre qu'elle avait fait une erreur en lui demandant de la rejoindre. « Qu'est-ce qui te fait dire que le pays entier est à nos trousses ?

– Tu n'as qu'à écouter la radio. Changer de chaîne. Ne pas regarder tes émissions débiles. Tu fais les gros titres, ma poupée. Que tu le veuilles ou non, tu fais les gros titres. »

D'un geste sec, Angie éteignit la télévision. « Alors, qu'est-ce qu'on fait maintenant ?

– J'ai une voiture que personne n'a encore repérée. On file d'ici, on abandonne la gosse là où personne ne la retrouvera, puis toi et moi on dit adieu au Cape.

– Mais nous avions prévu de nous débarrasser de la gosse *et* de la camionnette.

– On laissera la camionnette ici. »

Je me suis inscrite sous mon vrai nom, se rappela Angie. S'ils sont vraiment à notre recherche, ils vont se pointer ici d'un moment à l'autre. Mais Clint n'a pas besoin de le savoir. Je suis sûre qu'il me ment. Il est furieux, et quand cet abruti est furieux, il devient mauvais. Il veut se débarrasser de moi.

« Clint chéri, dit-elle, ce flic de Hyannis a relevé le numéro d'immatriculation de la camionnette. A présent tous les flics du Cape savent que j'étais à Hyannis cet après-midi. S'ils pensent que je suis toujours dans les parages, ils vont rechercher la camionnette. S'ils la trouvent dans le parking, ils sauront que nous ne sommes pas bien loin. J'ai travaillé autrefois dans une marina qui se trouve à cinq minutes d'ici et je sais qu'elle est fermée en hiver. Je peux amener la camionnette jusqu'à la jetée avec la gosse à l'intérieur, puis sauter en marche et la laisser continuer jusqu'au bout. L'eau est suffisamment profonde pour la recouvrir. Ils ne la retrouveront pas avant des mois. Viens, il n'y a pas de temps à perdre. »

Elle vit Clint jeter un coup d'œil hésitant en direction de la fenêtre. Avec effroi, elle comprit que quelqu'un l'attendait dehors et qu'il n'était pas venu pour s'enfuir avec elle, mais pour la tuer.

Elle prit sa voix la plus cajoleuse : « Clint, je devine ce que tu penses. Tu es furieux contre moi parce que j'ai descendu Lucas et que je me suis barrée. Tu as peut-être raison de m'en vouloir, mais dis-moi une chose : c'est le Joueur de Flûte qui t'a suivi jusqu'ici ? »

Elle vit à son expression qu'elle avait deviné juste. Elle ne le laissa pas parler. « Pas la peine de répondre, j'ai compris. Est-ce que tu l'as vu ?

– Ouais.

– Tu le connais ?

– Non, mais son visage me semble familier, comme si je l'avais déjà rencontré. Je me demande où. Il faut que j'arrive à le remettre.

– Tu serais donc capable de l'identifier ?

– Ouais.

– Et maintenant que tu l'as vu, tu penses vraiment qu'il va te laisser en vie ? Crois-moi, t'as pas une

377

chance ! Je suis prête à parier qu'il t'a dit d'en finir avec moi et la gosse, et qu'ensuite vous deviendriez copains tous les deux. Mais ça se passera pas comme ça. Sûrement pas comme ça. Tu ferais mieux de me faire confiance. Nous allons sortir d'ici – on va y arriver – et, comme nous n'avons plus Lucas dans les pattes, nous aurons un demi-million de dollars de bonus. Quand on aura découvert qui est ce type, nous lui ferons comprendre que nous méritons une plus grosse part. Ou sinon... »

Elle vit le visage de Clint s'adoucir. J'en ai toujours fait ce que je voulais, pensa-t-elle. Il est tellement bête. Une fois qu'il aura retrouvé qui est cet homme, nous serons parés pour la vie. « Chéri, dit-elle, prends la valise. Mets-la dans la voiture avec laquelle tu es venu. Attends une minute, tu l'as louée à ton nom ?

– Non, ce n'est pas celle-là. J'ai été plus malin, j'en ai piqué une devant un cinéma.

– Génial. Bon. Je prends la gosse. Tu prends l'argent. Et on fiche le camp. Est-ce que le Joueur de Flûte a l'intention de nous suivre ?

– Ouais. Il croit que je vais monter dans sa voiture et aller avec lui jusqu'à l'endroit où un avion l'attend.

– Au lieu de ça, nous coulons la camionnette et on file dans ta voiture. Il ne va sûrement pas nous poursuivre et risquer de se faire arrêter par les flics, hein ? Ensuite, on dit adieu au Cape. On change encore une fois de voiture, on file vers le Canada, on prend l'avion et on disparaît. »

Clint réfléchit pendant une seconde, puis hocha la tête. « D'accord. Prends la petite. » Lorsque

Angie souleva Kathy dans ses bras, il remarqua qu'une de ses chaussures était tombée. Quelle importance, elle n'en aura plus besoin, pensa-t-il.

Trois minutes plus tard, à neuf heures trente-cinq, après avoir couché Kathy à l'arrière, enveloppée dans une couverture, Angie sortit la camionnette du parking du Shell and Dune. Clint suivait dans la voiture volée. Ignorant que Clint et Angie faisaient à nouveau équipe, le Joueur de Flûte démarra à leur suite. Pourquoi est-elle partie dans la camionnette ? se demandait-il. Mais c'est lui qui porte la valise, l'argent doit être à l'intérieur. « C'est tout ou rien désormais », dit-il à voix haute en prenant sa place dans la procession.

96

L'AGENT SAM TYRON arriva au Soundview douze minutes après avoir reçu un appel laconique du commissariat de Barnstable. En chemin il se reprocha amèrement de ne pas avoir suivi son instinct. Il aurait dû se renseigner davantage sur cette femme qui circulait sans siège enfant.

Il lui vint même à l'esprit qu'elle ne ressemblait pas tellement à sa photo d'identité. Ce doute, cependant, il préférait ne pas le partager avec ses supérieurs.

A son arrivée, il trouva le motel grouillant de policiers. La nouvelle que la deuxième jumelle Frawley, non seulement était vivante mais avait été vue à Hyannis avait attiré sur place tous les gros bonnets de la police. Ils étaient entassés dans la chambre du motel qu'avait occupée la femme enregistrée sous le nom de Linda Hagen. Les billets de vingt dollars éparpillés sous le lit étaient la preuve flagrante que le ravisseur avait occupé la chambre. Kathy Frawley avait reposé sur ce lit quelques heures seulement auparavant.

380

Répondant à un appel du gardien de nuit, David Toomey était revenu au motel. « Cette gosse est très, très malade », avait-il déclaré. « C'est sûr qu'elle n'a pas vu de docteur. Elle toussait et respirait difficilement, on aurait dû l'emmener aux urgences. Vaudrait mieux la trouver rapidement sinon il sera trop tard. Je veux dire...

– Quand l'avez-vous vue pour la dernière fois ? le coupa le directeur de la police de Barnstable d'un ton impatient.

– A midi trente environ. J'ignore à quelle heure elle est partie. »

Cela fait sept heures et demie, calcula Sam Tyron. Elle est peut-être au Canada à l'heure actuelle.

Une hypothèse qu'il exprima tout haut avant d'ajouter : « Au cas où elle serait encore dans la région, nous allons envoyer un message à tous les motels du Cape leur demandant de renforcer leur surveillance. La police de la route établira des barrages sur les ponts. »

97

A L'EXCEPTION des efforts de ses parents pour maintenir Kelly éveillée, tout le monde dans l'avion gardait le silence. Kelly, les yeux fermés, reposait dans les bras de Margaret. Sa tête dodelinant sur la poitrine de sa mère, elle réagissait de moins en moins aux stimulations du monde extérieur.

Les agents Carlson et Realto accompagnaient Steve et Margaret. Ils s'étaient mis en rapport avec le quartier général du FBI à Boston. Leurs homologues se chargeraient de l'enquête au Cape. Une voiture du FBI devait les attendre à l'aéroport et les conduire au commissariat de police de Hyannis, qui servirait de centre opérationnel. Avant d'embarquer, les deux hommes avaient admis sans réserve que Kelly communiquait réellement avec Kathy. Et, à la regarder à présent, ils redoutaient qu'il ne soit trop tard pour sauver sa sœur.

Il y avait huit places à bord. Carlson et Realto étaient assis côte à côte, chacun plongé dans ses pensées, regrettant amèrement d'avoir raté Clint Downes de quelques heures. Même si Angie se trouvait au Cape ce matin, elle avait probablement rendez-vous avec lui dans le Maine, pensait Carlson. C'était logique. Il s'est muni d'une carte du Maine. Elle a été élevée dans le Maine.

Realto essayait d'imaginer ce qu'il ferait à leur place. Je me débarrasserais de la camionnette et de la voiture de location ainsi que de l'enfant, songea-t-il. Avec toutes les polices du pays lancées à sa recherche, la fillette représentait un trop gros risque. Si seulement ils avaient assez de cœur pour l'abandonner dans un lieu où l'on puisse la retrouver facilement.

Mais nous connaîtrions alors l'endroit exact où commencer à les rechercher, conclut-il d'un air sombre. Et j'ai l'impression que ces gens sont trop acculés et trop mauvais pour faire preuve de la moindre humanité.

98

Tous les flics du Cape sont sur la trace de la camionnette, pensa Angie en se mordant la lèvre. Elle conduisait le plus rapidement possible sur la route 28 qu'elle avait prise à la sortie de Chatham. La marina se trouvait à l'entrée de Harwich. Une fois que nous aurons bazardé cette guimbarde tout ira bien, se répétait-elle. Bon Dieu, dire que j'ai eu envie de garder cette gamine de malheur. Quels emmerdements j'ai eus à cause d'elle ! Je comprends que Clint soit furieux contre moi.

Elle leva la tête et constata que les étoiles avaient disparu, obscurcies par les nuages. Le temps a changé si vite, se dit-elle. C'est toujours comme ça par ici. Mais ce n'est peut-être pas mauvais pour nous. En attendant, il n'est pas question de louper le croisement.

Les nerfs tendus, redoutant d'entendre hurler une sirène, Angie commença à ralentir. Le croisement se trouvait à une centaine de mètres. Juste après celui qu'elle venait de dépasser. Un moment plus tard, avec un soupir de soulagement, elle quittait la route 28 et s'engageait sur la petite route sinueuse qui menait vers le Nantucket Sound. La plupart des maisons qui la bordaient se dissimulaient derrière de hautes haies. Celles, peu nombreuses, que l'on pouvait voir étaient plongées dans l'obscurité, sans doute fermées pour l'hiver. L'endroit parfait pour balancer la camionnette dans la flotte, pensa Angie. J'espère que Clint s'en rend compte.

Elle franchit un dernier tournant. Clint roulait derrière elle. Le Joueur de Flûte n'aura pas eu le cran de nous filer le train jusqu'ici, se dit-elle. J'espère qu'il sait maintenant qu'on ne se fiche pas de moi comme ça.

La jetée était juste devant elle, elle allait s'y engager quand elle entendit un bref coup de klaxon.

Quelle andouille ! Pourquoi diable Clint se mettait-il à klaxonner ? Elle arrêta la camionnette et, pâle de rage, le vit sortir de la voiture volée et courir vers elle. Elle ouvrit la portière. « Tu veux donner un dernier baiser à la petite ? » lui lança-t-elle.

Une odeur âcre de transpiration fut la dernière chose qui s'imprima dans son esprit tandis que le poing de Clint jaillissait devant elle et la plongeait dans l'inconscience. Alors qu'elle s'affaissait sur le volant, Clint enclencha une vitesse et appuya le pied d'Angie sur l'accélérateur. Il ferma la portière juste au moment où la camionnette commençait à rouler. Il la vit atteindre la pointe de la jetée, rester en équilibre un instant, puis disparaître.

99

PHIL KING, l'employé de jour du Shell and Dune, avait l'œil rivé sur la pendule. Il quittait son service à dix heures, et il était pressé de partir. Il avait consacré ses moments de pause à se rabibocher avec sa petite amie et elle avait fini par accepter de prendre un verre avec lui à l'Oyster. Encore dix minutes à poireauter, nota-t-il avec impatience.

Il y avait une petite télévision derrière son bureau, pour tenir compagnie aux employés de nuit. Se rappelant que les Celtics jouaient contre les Nets de Boston, Phil alluma le poste, dans l'espoir de connaître le score.

Au lieu de quoi, il tomba sur un flash d'informations. La police confirmait que Kathy Frawley avait été aperçue au Cape dans la matinée. La ravisseuse, Angie Ames, circulait à bord d'une vieille camionnette Chevrolet immatriculée dans le Connecticut. Le journaliste communiqua le numéro minéralogique.

Phil n'écoutait pas. Bouche bée, il contemplait l'écran de télévision. Angie Ames, se dit-il. *Angie*

386

Ames ! D'une main tremblante, il saisit le téléphone et composa le 911.

Quand la standardiste répondit, il hurla : « Angie Ames est descendue ici ! Elle était ici ! J'ai vu sa camionnette sortir de notre parking il y a dix minutes ! »

100

CLINT regarda la camionnette disparaître puis, avec une noire satisfaction, il se remit au volant et fit demi-tour. Dans le faisceau de ses phares, il surprit le regard effaré du Joueur de Flûte qui se dirigeait à pied dans sa direction. Je m'y attendais, grommela-t-il en son for intérieur, il a un pistolet. Tu parles qu'il avait l'intention de partager le magot avec moi. Je t'en fiche ! Je pourrais l'écraser, mais ce serait trop facile. Je préfère m'amuser un peu.

Il fonça sur l'homme, le vit lâcher son pistolet et faire un bond de côté pour éviter la voiture. Bon, maintenant je fous le camp pour de bon, pensa Clint, mais larguons d'abord cette bagnole. Les deux gamins vont sortir du cinéma dans moins d'une heure, et la police va se mettre à ma recherche.

Il rebroussa chemin en vitesse sur la petite route déserte jusqu'au croisement avec la route 28. Il était possible que le Joueur de Flûte se lance à sa poursuite, mais Clint avait une avance confortable. Il va se douter que je me dirige vers le pont, pensa-t-il, mais je n'ai pas d'autre choix, de toute façon. Il tourna sur sa gauche. La Mid Cape Highway serait sans doute plus rapide, pourtant il préféra rester sur la 28. A cette heure, ils savent que j'ai pris l'avion pour Boston et loué une voiture, se dit-il. Je me demande s'ils se sont laissé berner par mon histoire de carte du Maine.

Il alluma la radio au moment où un présentateur rapportait d'une voix surexcitée que Kathy Frawley avait été vue à Hyannis avec la femme qui l'avait enlevée, Angie Ames, connue aussi sous le nom de Linda Hagen. Des barrages routiers étaient dressés sur les routes.

Clint s'agrippa au volant. Il faut que je me barre rapido, pensa-t-il. Je n'ai pas une minute à perdre. La valise contenant l'argent était sur le plancher à l'arrière. La pensée de tout ce qu'il pourrait faire avec un million de dollars empêcha Clint de céder à la panique tandis qu'il traversait South Dennis, puis Yarmouth, et enfin les faubourgs de Hyannis. Encore vingt minutes et j'atteindrai le pont.

Le hurlement d'une sirène le fit sursauter. Son visage se contracta. Ce n'est pas pour moi, pensa-t-il. Je n'ai pas fait d'excès de vitesse. Saisi d'effroi, il vit alors une voiture de police se rabattre devant lui et lui couper la route, tandis qu'une seconde s'arrêtait derrière lui.

« Sortez les mains en l'air. » L'ordre venait d'un haut-parleur dans la deuxième voiture.

Clint sentit la sueur ruisseler le long de ses joues tandis qu'il ouvrait la portière et sortait lentement, ses gros bras levés au-dessus de sa tête.

Deux policiers, l'arme au poing, s'approchèrent

de lui. « Pas de veine mon vieux, plaisanta l'un d'eux. Les gamins n'ont pas aimé le film, ils sont sortis avant la fin. »

L'autre policier braqua sa torche sur le visage de Clint, puis l'examina attentivement. Clint comprit qu'il le comparait au signalement que la police avait certainement déjà diffusé.

« Vous êtes Clint Downes », dit l'homme, sans hésitation, avant de s'écrier, hors de lui : « Où est la petite, espèce de salaud ? Où est Kathy Frawley ? »

101

M ARGARET, Steve, Sylvia et Kelly étaient dans le bureau du directeur général de la police lorsque parvint la nouvelle qu'Angie Ames s'était inscrite sous son propre nom dans un motel de Chatham et que l'employé avait vu la camionnette partir à peine dix minutes plus tôt.

« Kathy était-elle à l'intérieur ? murmura Margaret.

– Il ne le sait pas. Mais il y avait une chaussure d'enfant sur le lit et une empreinte sur l'oreiller. Il semble probable que Kathy y ait séjourné. »

Sylvia Harris tenait Kelly sur ses genoux à présent. Soudain elle se mit à la secouer. « Kelly, réveille-toi, ordonna-t-elle. Kelly, il faut que tu te réveilles. » Elle s'adressa au directeur de la police : « Trouvez un respirateur, demanda-t-elle. Vite. »

102

LE JOUEUR DE FLÛTE avait vu les voitures de police bloquer celle de Clint. Il ne connaît pas mon nom, mais dès qu'il m'aura décrit, le FBI sera à ma porte, songea-t-il. Quand je pense que je n'avais pas besoin de venir ici, se reprocha-t-il. Lucas ne lui a pas dit qui je suis.

Il refoula la bouffée de hargne qui faisait trembler ses mains sur le volant. J'ai sept millions de dollars, moins la commission de la banque, qui m'attendent en Suisse. Le passeport est dans ma poche. Il faut que je prenne un vol international le plus rapidement possible. Le jet peut m'emmener au Canada. Clint ne me donnera peut-être pas tout de suite, il peut se servir de moi pour négocier. Je suis son seul atout.

La bouche sèche, la gorge nouée, le Joueur de Flûte quitta la route 28 nord. Avant même que Clint, menotté, monte dans une des voitures de police, il roulait sur la route 28 sud, en direction de l'aéroport de Chatham.

103

« NOUS SAVONS que ta petite amie a quitté le Shell and Dune il y a vingt minutes. Kathy Frawley se trouvait-elle avec elle ?

– Je ne sais pas de quoi vous parlez, dit Clint d'une voix blanche.

– Tu sais parfaitement de quoi nous parlons. »

Frank Reeves, du Bureau de Boston, Tony Realto, Walter Carlson et le directeur de la police de Barnstable menaient l'interrogatoire. « Kathy est-elle dans la camionnette, oui ou non ?

– Vous venez de m'énoncer mes droits. Je veux un avocat. »

Carlson s'énerva :

« Clint, écoute-moi bien. Nous pensons que Kathy Frawley est très malade. Si elle meurt, tu auras deux accusations de meurtre sur le dos. Nous savons que ton copain Lucas ne s'est pas suicidé.

– Lucas ?

– Clint, on va trouver les traces de l'ADN des jumelles dans le pavillon de Danbury. Ton ami Gus nous a raconté qu'il avait entendu deux enfants pleurer pendant qu'il était au téléphone avec

393

Angie. Angie s'est servie de ta carte quand elle a acheté des vêtements pour les jumelles. Un policier de Barnstable l'a vue ce matin avec Kathy. Ainsi qu'une serveuse du MacDonald's. Nous avons toutes les preuves qu'il nous faut. Ta seule chance de bénéficier d'une certaine indulgence est de te mettre à table sans tarder. »

Un bruit de voix à l'extérieur détourna leur attention. Ils entendirent le planton dire d'un ton ferme : « Madame Frawley, je regrette mais vous ne pouvez pas entrer.

– Je veux entrer. Vous détenez l'homme qui a kidnappé mes enfants. »

Realto et Carlson échangèrent un regard.

« Faites-la entrer », cria Realto.

La porte s'ouvrit brutalement et Margaret, le regard noir, le visage mortellement pâle, ses longs cheveux en désordre, entra précipitamment dans la pièce. Elle regarda autour d'elle puis se dirigea vers Clint et se jeta à ses genoux. « Kathy est malade, dit-elle d'une voix tremblante. Si elle meurt, je ne sais pas si Kelly pourra vivre. Je vous pardonnerai tout si vous nous permettez de la retrouver. Je plaiderai en votre faveur à votre procès. Je vous le promets. Je vous le promets. Je vous en prie. »

Clint tenta de l'ignorer, mais il ne pouvait détourner ses yeux du regard étincelant de la jeune femme. Ils me tiennent, raisonna-t-il. Je ne vais pas dénoncer le Joueur de Flûte tout de suite, mais peut-être y a-t-il un autre moyen d'éviter l'inculpation pour meurtre. Il resta silencieux pendant une minute, le temps de mettre au point son histoire, puis dit : « Je ne voulais pas garder la deuxième gamine. C'était l'idée d'Angie. La nuit où nous devions les rendre, elle a abattu Lucas et écrit cette lettre bidon. Elle est folle. Puis elle s'est tirée avec tout le fric, sans me dire où elle allait. Elle m'a téléphoné aujourd'hui en me demandant de la rejoindre. Je lui ai dit que nous allions abandonner la camionnette et quitter le Cape dans la voiture que j'avais volée. Mais ça ne s'est pas passé comme ça.

– Qu'est-il arrivé ? demanda Realto.

– Angie connaît le Cape. Pas moi. Elle savait qu'il y avait une marina non loin du motel. Elle a dit qu'elle allait rouler avec la camionnette jusqu'au bout de la jetée et la précipiter par-dessus bord. Je la suivais quand il s'est passé quelque chose. Elle n'est pas sortie de la camionnette à temps.

– La camionnette est tombée de la jetée avec Angie à l'intérieur ?

– C'est ça.

– Et Kathy, était-elle à l'intérieur elle aussi ?

– Ouais. Angie ne voulait pas lui faire de mal. Nous allions l'emmener avec nous. Nous voulions avoir une famillle. »

La porte de la salle d'interrogatoire était encore ouverte. Le cri déchirant de Margaret se répercuta dans le couloir.

« *Une famille ! Une famille !* »

Steve, qui s'apprêtait à la rejoindre, comprit ce que signifiait son hurlement. « Oh, mon Dieu, implora-t-il, aidez-nous. » Dans la salle, il vit Margaret étendue aux pieds d'un homme corpulent. Il se précipita, la prit dans ses bras et se tourna vers Clint Downes. « Si j'avais une arme, je vous tuerais », dit-il.

395

Le directeur de la police saisit le téléphone après que Downes lui eut décrit l'endroit où la camionnette s'était abîmée dans l'eau. « Direction la marina de Seagull, ordonna-t-il. Prenez des équipements de plongée. Trouvez un bateau. » Il regarda Carlson et Realto. « Il y a un ponton sous la jetée. » Il se tourna vers Margaret et Steve. Il ne voulait pas leur donner de faux espoirs. En hiver le ponton était en général fermé à son extrémité par une chaîne. Peut-être, par miracle, la chaîne avait-elle retenu en partie la camionnette avant qu'elle ne bascule complètement dans l'eau. Mais la marée montait vite, et même si la camionnette avait été arrêtée dans sa course, le ponton serait recouvert dans vingt minutes.

104

TOUS LES AÉROPORTS sont surveillés, se dit Realto en se dirigeant vers Harwish avec Reeves, Walter Carlson et le directeur de la police de Barnstable. Downes prétend qu'il n'est pas le Joueur de Flûte. Il dit qu'il peut nous donner son signalement en échange d'une réduction de peine. Je le crois. Il n'est pas assez malin pour avoir concocté tout seul l'enlèvement. Une fois que le Joueur de Flûte saura que nous tenons Downes, il se doutera que son comparse n'hésitera pas long-temps à le livrer. Il a sept millions de dollars plan-qués quelque part. Son seul salut dorénavant est de quitter le pays avant qu'il ne soit trop tard.

A côté de lui était assis Walter Carlson, inhabi-tuellement silencieux, les mains jointes, le regard fixé devant lui. Le Dr Harris avait fait hospitaliser Kelly au Cape Cod Hospital, mais Margaret et Steve avaient tenu à ce qu'une voiture de police les conduise à la marina. J'aurais préféré qu'ils ne vien-nent pas, pensa-t-il, j'aurais préféré qu'ils ne nous regardent pas remonter la voiture du Nantucket Sound et en sortir leur fille.

Le flot de la circulation s'écartait pour laisser passer le convoi de la police. Neuf minutes leur suffirent pour atteindre l'embranchement de la 28 et foncer sur la route étroite qui menait à la marina.

La police du Massachusetts était déjà sur place. Des projecteurs éclairaient la jetée à travers le brouillard épais. Un bateau s'approchait, fendant les vagues.

« Il y a un espoir que nous n'arrivions pas trop tard, dit O'Brien. Si la camionnette est tombée sur le ponton de chargement, en contrebas, et qu'elles n'ont pas été tuées dans la chute... » Il ne termina pas sa phrase.

Dans un crissement de freins, la voiture de police s'arrêta à mi-chemin de la jetée. Les hommes en jaillirent et s'élancèrent, faisant résonner les planches de bois sous leurs pas. Arrivés au bout, ils s'arrêtèrent et regardèrent au-dessous d'eux. L'arrière de la camionnette sortait de l'eau, retenu par la lourde chaîne. L'avant était déjà submergé et les vagues venaient se briser sur le capot. Realto s'aperçut que le poids des policiers et du matériel de levage installé sur le ponton le faisait basculer vers l'avant. Impuissants, ils virent une des roues arrière passer par-dessus la chaîne et la camionnette s'enfoncer davantage dans l'eau.

Realto sentit une main le pousser violemment sur le côté. Une seconde plus tard, Steve Frawley se tenait debout à l'extrémité de la jetée, ôtait sa veste et plongeait. Il réapparut à côté de la camionnette.

« Dirigez le projecteur vers l'intérieur de la voiture », hurla Reeves.

La marée soulevait la deuxième roue arrière.

Trop tard, pensa Realto. La pression est trop forte. Il n'arrivera pas à ouvrir la portière.

Margaret Frawley s'était élancée à son tour sur la jetée.

Steve regardait à l'intérieur de la camionnette. « Kathy est sur le plancher, à l'arrière, cria-t-il. Il y a une femme à la place du conducteur. Elle ne bouge pas. » Il tira de toutes ses forces sur la porte arrière sans parvenir à l'ouvrir. Prenant son élan, il lança violemment son poing contre la fenêtre. Rien n'y fit. Les vagues le repoussaient, l'écartaient de la voiture. S'agrippant d'une main à la poignée, il se mit à frapper la vitre à coups redoublés.

Une fracas de verre brisé retentit au moment où la vitre cédait. Ignorant sa main cassée et ensanglantée, Steve écarta les morceaux de verre qui restaient et passa d'abord les bras, puis la tête et les épaules à l'intérieur de la camionnette.

La dernière roue s'était complètement dégagée de la chaîne et la voiture commençait à s'enfoncer dans l'eau.

Elle menaçait de disparaître quand la vedette des gardes-côtes arriva à la hauteur de la jetée et accosta. Deux hommes se penchèrent et saisirent Steve par la taille et les jambes, le hissant à bord du bateau. Ses bras serraient une petite forme enveloppée d'une couverture. Au moment où il s'écroulait aux pieds de ses sauveteurs, la camionnette bascula et s'abîma dans les flots.

« Il l'a ! exulta Realto. Il l'a ! Pourvu qu'il ne soit pas trop tard. »

Le cri de Margaret, « Donnez-la-moi, donnez-la-moi », fut couvert par la sirène de l'ambulance.

105

« MAMAN, je viens d'écouter la radio. J'ai entendu qu'il y avait des chances que Kathy soit en vie. Je voulais seulement que tu saches que je n'ai rien à voir avec l'enlèvement des enfants de Steve. Mon Dieu, tu ne crois quand même pas que j'aurais fait une chose pareille à mon frère ? Il a toujours été là quand j'avais besoin de lui. »

Richie Mason parcourut d'un regard inquiet la salle d'embarquement de l'aéroport Kennedy. Il écoutait sa mère, en larmes, lui assurer qu'elle avait toujours su qu'il était innocent, qu'il n'aurait jamais fait de mal aux enfants de son frère. « Oh, Richie, si on arrive à sauver Kathy, nous prendrons tous l'avion et nous aurons une grande fête de famille.

– Bien sûr, maman, dit-il, lui coupant la parole. Il faut que j'y aille maintenant. On m'a proposé un nouveau job, un boulot épatant. Je prends l'avion dans quelques minutes pour l'Oregon, où se trouve le siège de la société. L'embarquement a commencé. Je t'aime, maman. Je te donnerai des nouvelles. »

« L'embarquement du vol 102 de la Continental Airlines à destination de Paris va commencer, disait l'hôtesse. Les passagers de première classe et les personnes accompagnées... »

Jetant un dernier regard autour de lui dans la salle, Mason présenta sa carte d'embarquement et monta à bord de l'avion avant de s'installer à la place 2B. Au dernier moment, il avait décidé de renoncer à l'ultime envoi de cocaïne en provenance de Colombie. Après l'interrogatoire en règle que lui avait fait subir le FBI à propos du kidnapping, son instinct l'avertissait qu'il valait mieux quitter le pays. Heureusement, il pouvait compter sur le jeune Danny Hamilton pour prendre livraison de la drogue à sa place et cacher la valise en attendant. Il n'avait pas encore réfléchi à quel revendeur se fier pour récupérer la valise et lui expédier l'argent. Il prendrait sa décision plus tard.

Plus vite, avait-il envie de crier tandis que l'avion se remplissait peu à peu. Il tenta de se rassurer. Je ne crains rien. Comme je l'ai dit à maman, mon cher frère Steve m'a toujours aidé. Etant donné notre ressemblance, son passeport m'a été très utile. Merci, Steve.

L'hôtesse avait déjà fait l'annonce préliminaire avant le décollage. Pressons, pressons, pensait-il, la tête penchée et les poings serrés. Puis il sentit sa bouche se dessécher en entendant un bruit de pas précipités dans l'allée centrale.

« Monsieur Mason, veuillez nous suivre sans opposer de résistance, je vous prie », disait une voix.

Richie leva la tête. Deux hommes se dressaient à côté de son siège. « FBI », dit l'un.

L'hôtesse s'était approchée de Richie. « Il y a sans doute une erreur, protesta-t-elle. Il s'agit de M. Steven Frawley, pas de M. Mason.

– Je connais le nom inscrit sur la liste des passagers, dit l'agent Allen du FBI, mais en ce moment même M. Frawley est au Cape Cod avec sa famille. »

Richie avala une gorgée du whisky pur malt que l'hôtesse lui avait apporté quand il était monté dans l'avion. Probablement mon dernier scotch avant longtemps, pensa-t-il en se levant. Les passagers autour de lui le regardaient d'un air étonné. Il leur adressa un geste amical de la main. « Bon voyage, dit-il. Navré de ne pas pouvoir vous accompagner. »

106

« NOUS AVONS STABILISÉ KELLY, mais elle respire toujours avec peine, bien que ses poumons soient clairs à la radio », dit gravement le pédiatre du service des soins intensifs. « Kathy est dans un état beaucoup plus préoccupant. L'inflammation des bronches s'est transformée en pneumonie, et on lui a visiblement administré de fortes doses d'un médicament qui a affaibli son système nerveux. Je voudrais me montrer plus optimiste, mais... »

Les bras couverts de bandages, Steve était assis près du lit avec Margaret. Kathy, méconnaissable avec ses cheveux courts teints en brun et le masque à oxygène appliqué sur son visage, reposait, complètement immobile. L'alarme du monitoring respiratoire avait déjà sonné à deux reprises.

Kelly était installée plus loin dans le service de pédiatrie. Le Dr Harris se tenait à côté d'elle.

« Il faut amener Kelly ici, avec sa sœur, ordonna Margaret.

– Madame Frawley...

– Tout de suite, insista Margaret. Kathy a besoin d'elle. »

107

NORMAN BOND n'avait pas quitté son appartement de toute la journée. Il était resté assis
sur le canapé du salon, à contempler la
vue de l'East River, quand il ne regardait pas le journal télévisé ou le énième reportage sur l'enlèvement des petites Frawley.

Pourquoi ai-je engagé Frawley ? se demandait-il.
Pour me donner l'illusion que je pouvais recommencer à zéro, remonter le temps, me retrouver à
Ridgefield avec Theresa ? Faire comme si nos
jumeaux n'étaient pas morts ? Ils auraient vingt et
un an aujourd'hui.

Ils pensent que j'ai trempé dans ce kidnapping.
Comment ai-je pu dire « feu ma femme » en parlant
de Theresa ? J'ai toujours feint de croire qu'elle
était encore en vie, qu'elle avait laissé tomber Banks
comme elle m'avait laissé tomber.

Depuis que le FBI l'avait interrogé, il n'avait pas
pu chasser Theresa de son esprit, pas une minute.
Avant qu'il ne la tue, elle l'avait imploré, supplié
d'épargner les jumeaux qu'elle portait, de la même

404

manière que Margaret Frawley avait supplié qu'on lui rende ses enfants saines et sauves.

La deuxième jumelle s'en tirerait peut-être. Tout est parti de la rançon, pensa Norman. Quelqu'un s'attendait à ce que la société paye.

A sept heures, il se prépara un verre. « Un suspect dans l'affaire du kidnapping aurait été vu à Cape Cod », disait le journaliste.

« Norman... pitié... non... »

Le pire de tout était le week-end, pensa-t-il.

Il avait cessé de visiter les musées. Ils l'ennuyaient. Les concerts lui paraissaient fastidieux. Au début de son mariage avec Theresa, elle se moquait de son impatience. « Norman, tu réussis parfaitement dans les affaires, et tu deviendras peut-être un mécène réputé, mais tu ne comprendras jamais pourquoi une sculpture, un tableau ou un opéra est une œuvre d'art. C'est à désespérer. »

A désespérer. Norman se versa un autre verre, le savoura lentement en effleurant du doigt les alliances de Theresa suspendues à son cou ; celle qu'il lui avait offerte et l'autre, l'anneau serti de diamants que son riche et distingué second mari lui avait donné. Il se souvint du mal qu'il avait eu à ôter cette dernière de son doigt. Ses doigts minces avaient gonflé pendant sa grossesse.

A huit heures et demie, il résolut de prendre une douche, de s'habiller et de sortir dîner. Avec un soupir de lassitude, il se leva et se dirigea d'un pas mal assuré vers sa penderie, en sortit un costume classique, une chemise blanche et une des cravates assorties que le vendeur de chez Paul Stewart lui avait conseillées.

Quarante minutes plus tard, il quittait son immeuble. Jetant un coup d'œil dans la rue, il aperçut deux hommes en train de sortir d'une voiture. La lumière du réverbère éclaira le visage du conducteur. C'était l'agent du FBI qui était venu à son bureau et s'était montré soudain hostile et soupçonneux quand l'expression « feu ma femme » lui avait échappé. Pris de panique, Norman Bond pressa le pas et traversa précipitamment la 72ᵉ Rue. Il ne vit pas la voiture faire demi-tour dans l'avenue.

L'impact du camion qui le heurtait fut semblable à une explosion. Il se sentit projeté en l'air, puis une douleur atroce le déchira au moment où son corps s'écrasait sur le trottoir. Le goût du sang emplit sa bouche.

Il entendit une clameur autour de lui, des voix qui appelaient une ambulance. Le visage d'un agent du FBI flottait au-dessus du sien. La chaîne avec la bague de Theresa, pensa-t-il. Il faut que je l'ôte.

Mais il ne pouvait pas bouger la main.

Il sentait sa chemise blanche s'imbiber de sang. L'huître, pensa-t-il. Souviens-toi quand elle a glissé de la fourchette et que la sauce s'est répandue sur ta chemise et ta cravate. En général, ce souvenir l'emplissait de honte, mais maintenant il n'éprouvait rien. Rien du tout.

Ses lèvres formèrent un nom : « Theresa ».

L'agent Angus Sommers s'était agenouillé à côté de Norman Bond. Il posa un doigt sur son cou. « Il est mort », dit-il.

108

L ES AGENTS Reeves, Carlson et Realto pénétrèrent dans la cellule du commissariat où était retenu Clint.

« Ils ont sorti l'enfant de la camionnette mais il n'est pas certain qu'elle s'en tire, dit sèchement Carlson. Ta petite copine Angie n'a pas survécu. Ils vont pratiquer une autopsie, mais devine ce qu'on a découvert. On pense qu'elle était déjà morte avant de se retrouver dans la flotte. Quelqu'un l'a frappée assez violemment pour la tuer. Je me demande qui a fait ça. »

Clint eut l'impression de recevoir un bloc de ciment sur la tête. C'était la fin pour lui. Mais il ne plongerait pas tout seul. Leur donner le signalement du Joueur de Flûte ne lui servirait peut-être à rien, pourtant il n'avait pas l'intention de pourrir en prison pendant que ce fumier mènerait la belle vie avec sept millions de dollars.

« Je ne connais pas le nom véritable du Joueur de Flûte, dit-il aux agents, mais je peux dire à quoi il ressemble. Il est grand, un peu plus d'un mètre quatre-vingts. Des cheveux blonds, l'air classe, la quarantaine. Il m'a dit de me débarrasser d'Angie et de le suivre ensuite jusqu'à l'aéroport de Chatham où un avion l'attendait. »

Clint se tut. « Hé, attendez, s'exclama-t-il. Je sais qui c'est. Je savais bien que je l'avais vu quelque part. C'est l'un des gros bonnets de cette société qui a payé la rançon. Celui qui a déclaré à la télévision qu'il était opposé au paiement. »

« Gregg Stanford ! » dit Carlson.

Realto hocha la tête.

Reeves parlait déjà au téléphone.

« Pourvu qu'on lui mette la main dessus avant le décollage de son avion », dit Carlson. La voix pleine de mépris et de colère, il se tourna vers Clint : « Tu ferais mieux de te mettre à genoux, salopard, et de prier pour que Kathy Frawley s'en sorte. »

109

« L ES PETITES FRAWLEY ont été transportées d'urgence au Cape Cod Hospital, annonça le présentateur de la chaîne 5. Kathy est dans un état critique. Le corps d'Angie Ames, la femme qui a participé à l'enlèvement, a été découvert dans une camionnette immergée dans la mer, à Harwich. Son complice, Clint Downes, dont le domicile, à Danbury, Connecticut, a abrité les enfants séquestrées, a été arrêté à Hyannis. L'homme qui serait le cerveau de toute l'opération, le Joueur de Flûte, court toujours. »

Ils ne disent pas que je suis au Cape, pensa fébrilement le Joueur de Flûte. Il était assis dans le salon d'attente de l'aéroport de Chatham et regardait les dernières nouvelles à la télévision. Cela signifie que Clint ne leur a pas encore donné mon signalement. Il le fera pour éviter une condamnation à mort.

Il faut que je quitte le pays. Mais la pluie et le brouillard retenaient les avions au sol. Son pilote lui avait annoncé que le retard ne devrait pas s'éterniser.

Pourquoi me suis-je affolé ? se disait-il. Quelle

mouche m'a piqué de monter cette histoire d'enlèvement ? Je l'ai fait parce que j'étais paniqué. Parce que j'ai eu peur que Millicent m'ait fait suivre et ait appris que je la trompais avec d'autres femmes. Je risquais alors de me retrouver sans job et sans un sou. Je l'ai fait parce que j'ai fait confiance à Lucas. Il savait garder le silence. Il ne m'aurait jamais donné, quoi qu'on ait pu lui offrir. Même à la fin, il n'a rien dit. Clint a toujours ignoré qui j'étais.

Si seulement je n'étais pas venu au Cape. J'aurais déjà quitté le pays à l'heure qu'il est, avec la perspective d'un paquet de millions à ma disposition. J'ai mon passeport. Je vais partir aux Maldives. Il n'y a pas d'accord d'extradition là-bas.

La porte du salon s'ouvrit brusquement et il vit deux hommes débouler dans la pièce. L'un d'eux se glissa derrière lui et lui ordonna de se lever, les mains sur la tête. Il le fouilla rapidement.

« FBI, dit l'autre. Quelle surprise de vous voir ici, monsieur Stanford. Qu'est-ce qui vous amène au Cape ce soir ? »

Gregg Stanford regarda froidement l'homme qui lui faisait face. « Je suis venu rendre visite à une amie, une jeune femme. Une affaire privée qui ne vous regarde pas.

– Elle ne s'appelle pas Angie, par hasard ?

– Qu'est-ce que vous racontez ? s'indigna Stanford. C'est scandaleux !

– Vous savez parfaitement de quoi nous parlons, répliqua l'autre. Vous ne prendrez pas votre avion aujourd'hui, monsieur Stanford. A moins que vous préfériez qu'on ne vous appelle monsieur le Joueur de Flûte ? »

110

Accompagnée du Dr Harris, Kelly fut transportée dans son lit jusqu'au service de soins intensifs. Comme sa sœur, elle était équipée d'un masque à oxygène. Margaret se leva. « Débranchez son masque, dit-elle. Je vais la mettre dans le lit de Kathy.

– Margaret, Kathy a une pneumonie. »

La protestation mourut sur les lèvres de Sylvia Harris.

« Faites ce que je vous dis, ordonna Margaret à l'infirmière. Vous pourrez le rebrancher dès que je l'aurai installée. »

L'infirmière regarda Steve. « Allez-y », dit-il.

Margaret souleva Kelly dans ses bras et, pendant un instant, pressa le visage de sa fille contre son cou. « Kathy a besoin de toi, mon bébé, lui chuchota-t-elle à l'oreille. Et tu as besoin d'elle. »

L'infirmière abaissa le côté du lit et Margaret déposa Kelly à côté de sa jumelle, le pouce droit de Kelly touchant le pouce gauche de Kathy.

C'est par le pouce qu'elles étaient réunies, se rappela Sylvia.

411

L'infirmière rebrancha le masque à oxygène de Kelly.

Priant en silence, Margaret, Steve et Sylvia veillèrent toute la nuit auprès du petit lit. Les jumelles restèrent complètement immobiles, plongées dans leur profond sommeil. Puis, comme les premières lueurs du jour pénétraient dans la chambre, Kathy bougea, remua la main et mêla ses doigts à ceux de Kelly.

Kelly souleva les paupières et tourna la tête vers sa sœur.

Les yeux de Kathy s'ouvrirent tout grands. Son regard parcourut la pièce, allant de l'un à l'autre. Ses lèvres se mirent à remuer.

Un sourire éclaira le visage de Kelly et elle murmura quelque chose dans l'oreille de Kathy.

« Elles ont retrouvé leur langage, dit Steve à voix basse.

– Qu'est-ce qu'elle te dit, Kelly ? demanda doucement Margaret.

– Kathy dit que nous lui avons beaucoup, beaucoup manqué et qu'elle veut rentrer à la maison maintenant. »

Épilogue

Trois semaines plus tard, assis à la table de la salle à manger avec Steve et Margaret, Walter Carlson savourait sa deuxième tasse de café. Durant tout le dîner, il n'avait cessé de penser à la première fois où il les avait vus. Ils étaient tous les deux en tenue de soirée et venaient d'apprendre que leurs enfants avaient disparu. Les jours suivants, il les avait vus devenir de plus en plus pâles et émaciés, s'accrochant l'un à l'autre dans leur désespoir, les yeux rouges et gonflés.

Aujourd'hui Steve était détendu et confiant. Margaret, ravissante et souriante dans son pull blanc et son pantalon noir, ses cheveux retombant librement sur ses épaules, n'était plus la jeune femme hagarde qui les suppliait de croire que Kathy était toujours en vie.

Néanmoins, Carlson avait remarqué qu'elle jetait constamment un regard vers le salon où les deux jumelles en pyjama servaient le goûter à leurs poupées et leurs nounours. Elle a besoin de s'assurer qu'elles sont bien là toutes les deux, pensa-t-il.

Les Frawley l'avaient invité à dîner pour célébrer

leur retour à une vie normale, comme avait dit Margaret. A présent, le moment inévitable était venu de leur communiquer quelques-unes des informations révélées par les confessions de Gregg Stanford et Clint Downes.

Il n'avait pas eu l'intention de parler du demi-frère de Steve, Richard Mason, mais quand Steve mentionna la visite de sa mère et de son père, il demanda de leurs nouvelles.

« Vous comprendrez combien il est pénible pour ma mère de savoir que Richie s'est de nouveau attiré des ennuis, dit Steve. Passer en fraude de la cocaïne est un crime pire que l'escroquerie à laquelle il a participé autrefois. Elle sait qu'il encourt une peine de prison maximale et, comme toutes les mères, se demande ce qu'elle a fait pour qu'il ait si mal tourné.

– Elle n'y est pour rien, affirma Carlson. C'est un de ces cas sans espoir comme il en existe, tout simplement. »

Puis, vidant sa tasse, il ajouta : « Nous avons par ailleurs appris une chose, c'est que Norman Bond a assassiné son ex-femme, Theresa. L'alliance que lui avait offerte son deuxième mari était accrochée à une chaîne qu'il gardait en permanence autour du cou. Elle la portait le soir de sa disparition. Geoffrey Sussex Banks peut enfin reprendre le cours de sa vie. Pendant dix-sept ans il a vécu en espérant qu'elle était toujours en vie. »

Carlson contempla les jumelles. « Elles se ressemblent comme deux gouttes d'eau, dit-il.

– N'est-ce pas ? dit Margaret. La semaine dernière nous avons emmené Kathy chez le coiffeur afin qu'il ôte cette horrible teinture, puis nous lui avons demandé de couper les cheveux de Kelly, et maintenant elles ont la même coiffure de lutin. C'est mignon, vous ne trouvez pas ? »

Elle soupira. « Je me lève au moins trois fois par nuit pour aller m'assurer qu'elles sont bien là. Nous avons installé une alarme ultraperfectionnée, qui se déclenche instantanément dès qu'une porte ou une fenêtre est ouverte. Elle fait un vacarme à réveiller un mort. Malgré tout, je ne supporte pas de les perdre de vue. »

Carlson la rassura :

« Cela passera. Peut-être pas tout de suite, mais avec le temps. Comment vont-elles ?

– Kathy fait encore des cauchemars. Elle crie dans son sommeil : "Plus Mona, plus Mona." Et, l'autre jour, pendant que nous faisions des courses, elle a vu une femme très maigre avec de longs cheveux bruns mal peignés, qui lui a sans doute rappelé Angie. Kathy s'est alors mise à hurler et s'est agrippée à mes jambes. C'était à vous briser le cœur. Mais le Dr Harris nous a recommandé une excellente psychologue pour enfants. Nous lui amenons les jumelles une fois par semaine. La guérison prendra du temps, mais elle nous a promis qu'elles finiront par récupérer complètement.

– Stanford a-t-il l'intention de plaider coupable ? demanda Steve.

– Il n'a pas grand-chose à négocier. Il a concocté le kidnapping dans un accès de panique. Il craignait que sa femme n'ait découvert ses frasques et demande le divorce. Il risquait alors de ne plus avoir un sou. Il avait été impliqué dans les précédents problèmes financiers de sa société et redoutait toujours d'être découvert. Il lui fallait absolument des fonds pour retomber sur ses pieds. Quand il a fait votre connaissance au bureau, Steve, et que vous lui avez montré les photos des jumelles, il a imaginé ce plan.

— Lucas Wohl et lui entretenaient une relation étrange, poursuivit Carlson. Lucas était son fidèle chauffeur, il le conduisait à ses divers rendez-vous galants. Un jour, à l'époque de son second mariage, Stanford est rentré chez lui à l'improviste et a trouvé Lucas en train de forcer le coffre dans lequel sa femme gardait ses bijoux. Il lui a dit de continuer son cambriolage, mais a exigé un pourcentage sur la recette. Par la suite, il lui est arrivé de donner des tuyaux à Lucas sur certaines maisons à cambrioler. Stanford a toujours vécu en marge de la légalité. Ce qui me réjouit dans le dénouement de cette affaire, c'est qu'il aurait pu filer avec la totalité de l'argent s'il avait fait confiance à Lucas. Il était parmi les premiers sur notre liste de suspects et nous l'avions à l'œil, mais nous n'avions aucune preuve contre lui. C'est ce qui va poursuivre Stanford pendant le restant de ses jours quand il se réveillera dans sa cellule.

— Et Clint Downes ? demanda Margaret. A-t-il avoué ?

— C'est un kidnappeur et un assassin. Il prétend toujours que la mort d'Angie a été un accident, mais je ne vois pas qui va gober ça. Les tribunaux fédéraux s'occuperont de son cas. A mon avis, il ne boira plus de bière au pub de Danbury. Il ne ressortira jamais de prison. »

Les jumelles avaient fini de faire goûter les pou-pées et arrivaient en sautillant dans la salle à man-ger. Kathy grimpa sur les genoux de Margaret, Steve souleva Kelly dans ses bras.

Walter Carlson sentit sa gorge se nouer. Si seule-ment tout se passait toujours ainsi, pensa-t-il. Si seu-lement nous pouvions ramener chez eux tous les enfants disparus. Si seulement nous pouvions débarrasser le monde de tous les prédateurs. Mais, cette fois au moins, tout finit bien.

Les jumelles portaient leurs pyjamas à fleurs bleues. Deux petites filles en bleu, pensa-t-il. Deux petites filles en bleu...

REMERCIEMENTS

Les phénomènes de télépathie m'ont toujours passionnée. Dans mon enfance, j'ai souvent entendu ma mère dire d'un air inquiet : « J'ai peur que... », et aussi sûrement que le jour succède à la nuit, la personne à laquelle elle faisait allusion avait ou allait avoir un problème.

J'ai parfois évoqué certains aspects de la télépathie dans mes livres précédents, mais le lien qui existe entre jumeaux, en particulier entre les vrais jumeaux, est véritablement fascinant. C'est un sujet qui me trottait dans la tête depuis longtemps, avec l'idée d'en faire un livre un jour.

Je tiens à remercier les auteurs d'ouvrages qui traitent de cette question, tout particulièrement Guy Lyon Playfair pour *Twin Telepathy : the Psychic Connection* ; Nancy L. Segal, Ph. D., pour *Entwined Lives* ; Donna L. Jackson pour *Twin Tales : The Magic and Mystery of Multiple Births* ; Shannon Baker pour son article, « On Being a Twin » ; et Jill Neimark pour son article de fond, « Nature's Clones », dans *Psychology Today*. Les exemples qu'ils citent de la relation fusionnelle entre jumeaux m'ont été d'un grand secours pour écrire mon roman.

D'autres, comme toujours, ont fait le voyage avec moi.

Mon éternelle gratitude va à mon éditeur par excellence depuis toujours, Michael V. Korda, et à Chuck Adams, éditeur senior, pour leurs conseils éclairés.

Lisl Cade, mon attachée de presse et amie chère, est toujours à mon côté. Mon cercle de lecteurs reste inchangé. Je les remercie tous ainsi que mes enfants et petits-enfants, qui me réconfortent tout au long du chemin et apportent joie et animation dans mon existence.

J'ai voulu que ce livre soit un témoignage de l'engagement sans limites du Federal Bureau of Investigation à la suite d'un kidnapping. Je souhaite rendre ici un hommage particulier à la mémoire du regretté Leo McGillicuddy, héros légendaire parmi ses pairs.

Joseph Conley, ancien du FBI, m'a beaucoup aidée dans la description minutieuse de l'activité du Bureau lors d'une enquête. J'ai condensé certaines procédures pour alléger la narration, mais j'espère avoir clairement montré le dévouement et l'humanité de ses agents.

A présent, une autre histoire commence à germer dans mon esprit, il est temps d'abandonner celle-ci et de m'asseoir près du feu à côté de mon très cher John Conheeney.

ENTRE HIER ET DEMAIN
LA NUIT EST MON ROYAUME
RIEN NE VAUT LA DOUCEUR DU FOYER

En collaboration avec Carol Higgins Clark

TROIS JOURS AVANT NOËL
CE SOIR JE VEILLERAI SUR TOI
LE VOLEUR DE NOËL

« SPÉCIAL SUSPENSE »